言ノ葉便り

KOTONOHA
DAYORI

言ノ葉ノ花

[novel]
Touko SUNAHARA
[illustration]
Romuco MIIKE

砂原糖子
イラスト：三池ろむこ

言ノ葉ノ花

言ノ葉便り

目次

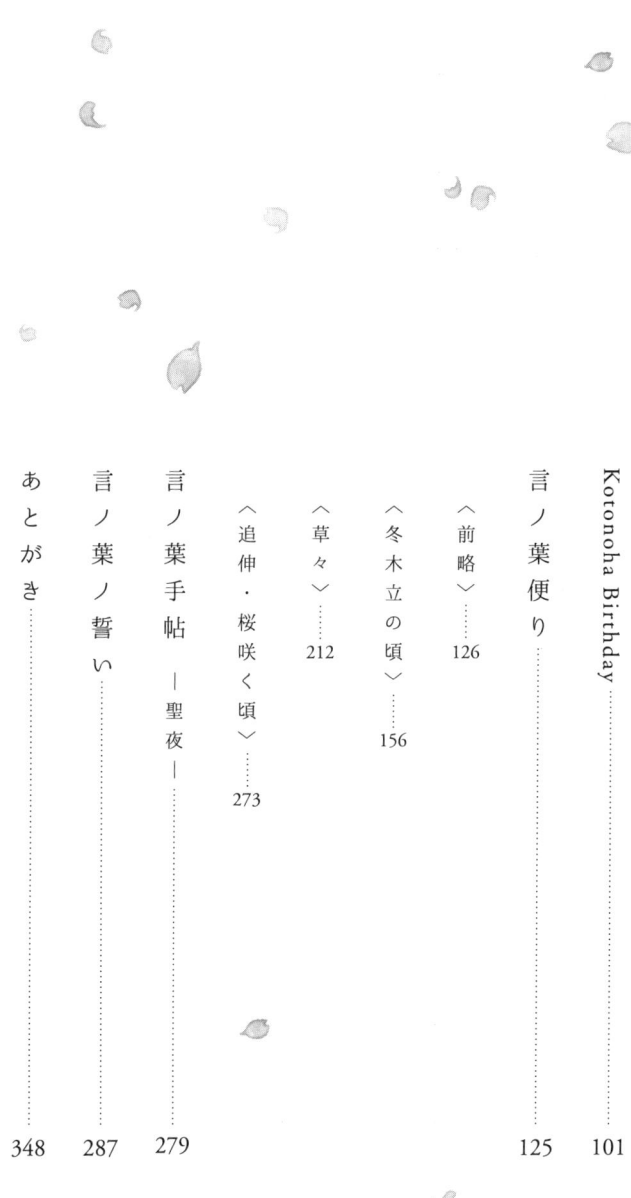

イラストレーション／三池ろむこ

言ノ葉日和《びより》

自分は心の中でものを考えて、完結してしまうところがある。

子供の頃にもよく大人に言われた。『修一《しゅういち》くん、なにを考えてるの？』と。

そんなとき、大人は決まって少し困ったような表情をしていた。中には悲しい目で自分を見つめる者もいた。クリスマスプレゼントやら正月のお年玉やらをくれた親戚は特にそうで、ときに責めるような眼差《まなざ》しで見つめられ、自分の『おれい』が足りなかったのかもしれないと悲しくなった。

嬉しい。楽しい。そして、悲しい。感情は心の中に溢《あふ》れるけれど、それを表に出すのは難しかった。感情とは、人に伝えずとも自分の中にあるものだ。人に伝えて起こすものではない。すでにそこにあるものを、あえて形にして表現する——自分はそれが不得手《ふえて》だった。

どうしてみな自然と顔や言葉に表わせるのだろう。

小学校で初めてもらった通信簿には、『コミュニケーションが少し苦手のようです』と書かれていた。次の年も、そのまた次の年も。言葉は少し違っていたけれど、似たような注意書きが記《しる》されていて、意味が判《わか》るに連れ落ち込んだ。成績は悪くはないのに、成績の冴《さ》えない子供が親に見せるのを拒《こば》むように、どうにかして隠し通せないものかと通信簿を手に考えたりもした。

そんなときでも自分の感情はやっぱりあまり表には出ていないようで、数少ない友達は後に控《ひか》えた夏休みや冬休みの話をはしゃいで振ってくる。それがまた少し気を重くした。

何故《なぜ》か、妹だけは理解してくれていた。

「お兄ちゃん、どうしたの？　今日、元気ないね」

いつもと変わらないはずの自分の顔でも、帰り道で会うと心配そうに覗き込んできた。

◇◇◇

「高いなぁ。あんなところまで、よく届くもんだね」

赤いゴムボールを突いて弾《はず》ませたイルカのジャンプに、わっとプールサイドの観客が歓声を上げる。長谷部《はせべ》の隣では、恋人の余村和明《よむらかずあき》も青空の下で次々と高く飛ぶイルカの姿を見つめ、感嘆の呟きを零《こぼ》していた。

八月の下旬。久しぶりに重なった二人の休日に、長谷部がデートの場所として選んだのは水族館だ。午後のイルカショーの観客席はほとんど埋《う》まっていた。夏休み中の水族館は若い学生グループや親子連ればかりで、平日のため大人同士の客は少ない。男の二人連れともなれば、広い観客席にもたぶん数えるほどだろう。

けれど、そんなことは誰も気に留めるはずもなく、客の視線は力強くプールを泳いで技を決めるイルカの愛らしさに釘《くぎ》づけだ。

すぐ傍《そば》でジャンプしたイルカの尾ひれが派手に水面を打ち、水飛沫《みずしぶき》が観客席を襲う。

「……うわっ」

長谷部は驚きの声を上げた。いつの間にか余村の横顔に気を取られていたせいで、無防備に水を受けてしまった。

「修一、だ、大丈夫?」

Tシャツの色が変わるほどまともに水を被《かぶ》った長谷部を、余村が焦《あせ》った顔で見る。

「あ、ちょっとぼんやりして油断してて……余村さんこそ、大丈夫ですか?」

「うん、少し濡れたけど、夏だしすぐ乾くよ。使う?」

取り出されたハンカチを借りると、照れ隠しに長谷部はぎこちなく笑った。『まいったな』と思わず呟いたのは、イルカに対してではなく、余村に目を奪われていた自分に対してだ。付き合って三ヵ月だけれど、未《いま》だに彼が隣にいるのが信じられないときがある。

職場で見るのとは違う、寛《くつろ》いだ表情。以前よりずっと、余村は自然な笑顔を見せるようになった。

「イルカのショーなんて見るの、ホント何年ぶりかな」

少し弾んだ声を聞くと、長谷部も嬉しくなる。

気を取り直して見始めたショーは、アシカやトドのショーへと続き、三十分ほどで終了した。

「結構濡れちゃったけど、楽しかったね」

「うん、俺もイルカショーなんて見たの、子供のとき以来です。よかった。こんなところに連れてきて、余村さん退屈すんじゃないかと思ってたんだけど」

「どうして? 水族館は好きだよ。綺麗だし、夏場は涼しげでいいし」

人波に流されるようにしながら、通路を屋内へと戻る。まだ見ていない階へと足を向けかけ、賑《にぎ》わっている土産物《みやげもの》コーナーが目についた。

「果奈《かな》に土産を買ってもいいですか？」

「あ、じゃあ僕も果奈ちゃんに……」

言いかけた余村があっとなった顔で、こちらを仰《あお》ぐ。

「二人で水族館に行ったなんて、変かな？」

「そんなことないと思います。俺に久しぶりに友達ができたって喜んでるみたいだし。あいつ、自分も行きたかったたって言い出すかもしれませんけど」

「それだったら、果奈ちゃんは僕らなんかとより、彼とデートに行きたいって思うんじゃないか？」

「あー、それもそうか……」

毎週のように、会社の同僚だという彼氏と出かけている妹が頭に浮かんだ。

土産物の売り場には､イルカを中心に海の生き物を模《も》したグッズや菓子がところ狭しと並んでいた。棚の周囲を歩き始めると、癒《いや》し系グッズの並んだコーナーで余村が足を止める。

「これ、どうかな。可愛いけど、果奈ちゃんこういうの好きじゃないかな？」

手にしているのは、薄っぺらな縫《ぬ》いぐるみのようなイルカのアイピローだ。

「ああ、たぶん好きですよ。あいつはああ見えて結構少女趣味なんで、部屋にキャラクターの縫いぐるみとか並べてたりするんです」

「へぇ、そうなんだ？　ちょっと意外だな。じゃあ、もっと可愛いやつでもいいのかな」

妹のことなど知っても楽しくはないだろうに、余村はショーを見ていたときよりも嬉しそうにしていた。やけに熱心に棚の商品を一つずつ覗き込み始める。

「なんか……余村さん、楽しそうですね」

「え？　ああ、誰かに土産買うとか久しぶりなんだ。僕は兄弟もいないし」

「そういえば一人っ子なんでしたね」

あまり実家の話は聞かないが、いつだったか、『兄弟がいないから、子供の頃は家で遊び相手がいなくてつまらなかった』と話していた。

「あ、修一！　こっちはどうかな？」

今度はアシカのバスグッズに目を輝かせる男の顔を、長谷部はショーのときのように、気もそぞろになって見てしまう。恋人が楽しそうにしているのを見れば嬉しくなるのは当然かもしれないけれど、それだけでなくホッとした気持ちになれた。

安堵感《あんどかん》。この気持ちがどこから来るものか、長谷部は知っている。

少し前まで、彼は人の心の声が聞こえていたらしい。

最初は信じられなかった。『信じる』と口にしてからも、何度も『信じられない』と否定しようとする自分は現われた。『現実的に考えて有り得ない』という気持ちからだったけれど、いつからか否定したがるのは、それによって生じる自分にとっての『不都合』から目を背《そむ》けたいからに変わっていた。

信じることも、彼自身も怖くなった。

誰しも人に心を覗かれるのは気持ちのいいものではない。けれど、嫌だと思う以上に覚えたのは『恐れ』だ。知られることへの恐怖。その恐怖すら伝わってしまうことへの怯《おび》え。

そんな自分の躊躇《ため》らいが、あのとき彼を傷つけてしまったのを今でも悔《く》いている。

彼の目にしている世界が——耳に聞こえていた世界が、どんなに殺伐《さつばつ》としたものであったか、今は判る気がする。自分の身に置き換えて考えれば、とても正気でいられる状況でなかっただろうことも。

だからこそ、余村の笑顔を見ると安心して嬉しくなる。

大事にしたいと思う。余村は年上で、大人の男で、自分の庇護《ひご》など必要としていないだろうけれど、馬鹿な独りよがりでも彼を傷つけるものから守れたらと思う。

以前、結婚するつもりの女性がいたと聞いた。

でも、彼女は本当に自分を好きではなかったと——

余村が今まで何人の女性と付き合ってきたのか知らない。知ったらくだらない嫉妬をするだけだろうから、訊かないでいるつもりだけれど、たぶん少なくはないのだろう。

その中で結婚しようとまで決めた女性だ。

どんなに余村は傷ついただろう。それを話してくれたときの、彼のひどく寂しそうな表情が今も頭に残っている。

「ねぇねぇ、こっちのほうが似合うって」

身長の高い長谷部は、ふっと顔を起こした拍子《ひょうし》に、棚の向こうの若い男女に目を留めた。

仲睦《むつ》まじそうに土産物を選んでいるカップルがいる。Tシャツを互いの胸に押し当て、どっちが似合うだとか変だとか。他愛《たわい》もない買い物姿だけれど、なんとなしに微笑《ほほえ》ましい。

——あんな風に、彼もその人と付き合っていたんだろうか。

それがもし、表面上のものだったとある日突然知らされたら。

一見クールで斜《しゃ》に構えているようにも見える余村が、その実とても優しくて、恋人になれば甘い一面も覗かせるのを知っている。

どんなに傷ついただろう。

愛した女性に委《ゆだ》ねていた心はどんな痛みを負《お》っただろう。

彼の受けた傷を、自分に癒せたらいいのに。

それができないのなら、せめて自分のことで余村にあんな哀しい顔はさせたくない。

「修一、これにしようと思うんだけど。君は果奈ちゃんになに買うの？　お菓子とかにする？」

ぱっと隣で顔を上げた余村が、反応を窺《うかが》うように商品を見せてくる。その顔に上った笑顔に、長谷部はやっぱり嬉しくなった。

夕食を取ったのは、近くのウォーターフロント施設内のレストランだった。

水族館を出たときには、まだ西の空は夕焼け色だったけれど、のんびりと食事を終えた後にはすっかり夜も更《ふ》けてしまっていた。

レストラン傍の、週末であればカップルで賑わっていそうな公園も、人気《ひとけ》がほとんどない。少し潮《しお》の匂いのする風を受けながら、公園内の綺麗に舗装された小道を二人でぶらぶらと歩いた。

腰を下ろしたのは、海に向かって設置されたベンチだ。闇に沈んだ海面はどこにあるのかも判別がつかなかったけれど、対岸に並んだ街の明かりはなかなかに美しい。ちょっとした夜景スポットかもしれなかった。

静かなベンチに並び座ると、長谷部は自然と切り出していた。

「あの、果奈のこと……なんですけど」

「果奈ちゃん？」

「俺、いずれはちゃんと果奈に話したいって思ってますから」

食事の間、言おうか言うまいか迷っていたことを言葉にした。

「……え？」

「余村さんの迷惑じゃなければですけど。俺、果奈にもあなたと付き合ってること、知ってほしいと思ってるんです」

「でも、それは……」

隣を見れば、余村は驚いた顔で目を瞠《みは》らせている。

当然だ。でも、本当の気持ちだった。

「やっぱり男同士なんで、偶然知られてしまうのはまずいと思ってます。でも、上手く伝えて……あいつにも理解してほしい。知って、認めてもらいたいんです。俺の、大事な人だって……」

自信があるわけではない。この関係を妹が受け入れてくれるかどうか、長谷部にも判らない。

余村を好きになったということは、自分は同性愛者なのだろう。けれど、自分自身ですら、あまりピンとこないでいる。

男だから余村を好きになったわけではない。気がついたら彼が心を占《し》めていて、恋をしている自分がいた。

好きになったら欲しくなった。

彼に好かれたい。その心が欲しい。体が欲しい。全部、自分のものにしたい——そんなことでどんどん頭がいっぱいになっていた。

今だってそうだ。

いつの間にか返事でも待つみたいにじっと見つめてしまい、視線の先で余村が戸惑った顔になる。

「修一……な、なんだかプロポーズみたいだな」

「あ、そんなつもりじゃ……」

「判ってるよ」

焦って返せば、余村は小さく苦笑した。

笑われると否定したくなった。そんなつもりではなかったけれど、誤解されたって少しも構わない。

「……でも俺、そう思ってもらってもいいです。俺はずっとあなたと一緒にいたいから……この気持ちはずっと変わらないって、俺は言い切れるから……プロポーズと思ってもらっても、全然構わないです」

「修一……」

引かれてしまいそうだと思いながらも、言葉を止められなかった。

「俺もいつか、余村さんの家族に会ってみたい」

ぼそりと低い声で告げる。吐露《とろ》した本音に、余村の表情が一瞬にして変わったのが見て取れた。

「それは……難しいかな」

たぶん駄目だろうと判っていても、馬鹿みたいに落胆する自分を長谷部は感じた。

「すみません、そうですよね。果奈に会うのとはわけが違いますよね。余村さんは、家族と一緒に住んでるわけじゃないんだし……男の俺が実家に押しかけて紹介してもらったりしたら、たとえ友達って言っても変ですよね」

顔が見れない。けれど、懸命に繕《つくろ》おうとする長谷部に寄こされたのは、思いがけない反応だった。

余村は緩《ゆる》く首を振った。

「いや、そういう理由じゃないんだ。僕自身、親には何年も会ってないからなんだよ」

「え……あ、会ってないんですか？」

「あんまり親とは上手くいってなくてね。僕のほうが避けてたっていうか……でも、最近変わってきたんだ。ちょっと、会ってみようかって気にもなっててさ。いろいろ誤解もあったのかもしれないって……」

余村は言葉を濁《にご》すように言った。それ以上、今は話せないのだろうけれど、よい方へと変わりつつあるのなら応援するだけだ。

「そう…だったんですか。上手く話せるといいですね」

「うん、そうだね」

微笑む顔を見ると、体の力が抜ける。

ほっとした気分で、しばらくの間ただぼうっと海のほうを見た。会話がなくとも、誰かが傍にいる時間が心地いいのを、長谷部は余村と付き合い始めてから知った。

いつの間にか距離は縮《ちぢ》み、ベンチの上で手が触れ合うと、指をそっと絡《から》ませる。

吹き抜けてくる夏の夜風は生暖かいけれど、随分と優しかった。昼の厳しい暑さを、一時《いっとき》の間忘れさせてくれる。

頬を撫でるその緩い感触に目を細めていると、ベンチの繋《つな》がれた手に力が籠《こ》められるのを感じた。

「……修一、今からどうしようか。遅くなっちゃったけど、うちに来る?」

海の先を見つめたまま、そう呟くように言った男の前髪がさらさらと風にそよいでいる。

「そうですね……でも、今から寄らせてもらうと、終電逃《のが》しちゃいそうだな」

余村の家まではここから遠い。行ってしまえば、すぐに帰る自信はない。

余村に触れた指が熱を帯《お》びる。指先を絡ませているだけで欲は膨《ふく》らみ、触れたい気持ちは募《つの》る。

「泊まってしまえばいいよ。明日は君も出勤日だろうけど、着替えが気になるなら早めに出て家に帰るとか……面倒かな？」

「いや、あんまり家空《あ》けるのも果奈が心配するんで。あいつ、俺がいつも飲み過ぎで泊めてもらってると思ってるんです」

最初にそう言い訳してしまったせいだ。時々余村の家に世話になっているのを、酔《よ》い潰《つぶ》れるほど飲んだからだと果奈はどうやら思っているらしい。『お兄ちゃん、お酒はほどほどにね。余村さんにあんまり迷惑かけちゃダメよ』なんて、今朝は釘《くぎ》でも刺《さ》すみたいに言われてしまった。

ただ傍にいたいからそうしてる、とは伝えそびれた。今まで親しい友人も作らなかったせいで、特別な理由もなく一緒にいたがるのが不自然でないか、咄嗟《とっさ》に判断がつかなかった。

隠し事や嘘は苦手だ。妹に全部知ってもらいたいと思うのは、そのせいもある。

「……そうか、そうだな。じゃあ、うちへはまた次の休みにでも来るといいよ」

余村の返事はあっさりとして感じられた。ベンチの上の繋がれた指が、するりと抜けてしまいそうな気配に、長谷部は思わずぎゅっと握り締めた。

「あの、俺あなたが好きですから」

陳腐《ちんぷ》だけれど、精一杯の言葉だった。

以前、余村の不安を聞いてから、なるべく自分の想いを言葉にしようと誓《ちか》った。気の利《き》いたセリフなんて思いつかないから、口にする度《たび》に呆れさせているだけかもしれないけれど、ちゃんと知っていてほしかった。

余村はこちらを見つめ返した後、困ったように顔を伏せる。

「……ひどいな、君は」

「え……？」

「……駄目だって言ったくせに。今、そんな風に言われたら僕は……」

「余村さん？」

なにを窘《たしな》められているのか判らない。追及する間もないまま、思い返したように余村は言った。

「いや、いいんだ。大したことじゃないんだ。うん、僕も……君が好きだよ」

吹き抜ける夜風のように優しい声。嬉しい言葉だったけれど、どこか力ないその声に困惑する。

「そろそろ行こうか」

余村は立ち上がり、そのまま歩き出した。

慌てて後を追う。なにが気を損《そこ》ねてしまったのか判らない。隣に並んでも、余村は嫌がる素振《そぶ》りを見せはしないけれど、歩道を歩く顔は俯《うつむ》き加減になったままだ。

「余村さん、あの、俺……」

不快にさせることを言っただろうか。やっぱり、プロポーズみたいなことを言って、引かれてしまったのか。

「さっきのは……よ、余村さん？」

公園内の小さなレストハウスの傍を通りかかったときだった。

余村は急に足を止めた。閉店時間をとうに迎え、明かりも人気《ひとけ》もない小ぢんまりとした建物の傍で、こちらを見上げたかと思うとふらりと身を寄せてきた。

「……修一」

肩に手をかけられて驚く。

あっと気づいたときには、唇が触れ合っていた。

余村からのキス。自分より華奢《きゃしゃ》で繊細《せんさい》な顔立ちの恋人が、普通に男性なのだと感じる瞬間は多々ある。時折こちらがはっとなるほど能動的で、ストレートに欲求をぶつけてくる。

「よむ…っ…わ……」

ちょっと身を引こうとした拍子に、よろけて建物の壁に背をついた。すぐさま追いかけてきた唇に口を塞《ふさ》がれ、口づけは深いものになる。

なんだろう。怒ってでもいるのかと思えば、ひどく甘い。

求められているのは本当みたいで、長谷部も煽《あお》られるままにその唇を貪《むさぼ》った。

火でも点《つ》けられたように、熱が体を巡《めぐ》る。柔らかな唇を重ね、開かせ、湿った部分を絡みつかせて──とっくに覚えたはずの、余村の口腔《こうこう》を押し込んだ舌で探る。

人気《ひとけ》がほとんどないといっても、無人ではない。さっき遠くに散歩しているカップルも見えた。誰かにキスしているところを見られてしまったらマズイと頭の隅で考える一方で、見られてもまったく構わないとも思う。

好きだ、好きだ。

余村を感じるほど、気持ちが高揚《こうよう》していく。

その背が反《そ》るほどに、腕の中の体を強く抱いた。

長い、長いキス。途中何度も止めようとしたけれど、まだ満たされるには全然足りなくて、唇を解放する度にその顔を目にしては、呼吸を整える間もなく再び奪い取る。

キスだけでは埋められない。欠けているものに気づきながらも、どうすることもできず、もどかしさばかりが膨らむ。

腰を引き寄せた瞬間、触れ合った部分に抱いた体がびくりと小さく弾んだ。

「……ぁん……」

微《かす》かに漏らされた艶《つや》めいた声。衣服を隔《へだ》てていても察せられるほど、余村のそれは反応を見せていた。

「あ……いや、違うんだ。ごめ……」

目が合うと、ゆらゆらと眸《ひとみ》は揺らぎ、慌てたように伏せられる。一瞬街灯の明かりに浮かび上がった眦《まなじり》や頬は、うっすらと赤かった気がした。

「余村さん、あの……」

ぽすりと自分の肩の上に落とされた頭に、長谷部は狼狽《うろた》えずにもいられない。

「……しゅ…修一……」

背に回された両手がシャツを摑《つか》むのが判った。寄せられた体をしっかりと受け止めてみても、それでは少しも足りないと言いたげに、腕の中の体は身じろぐ。

昂《たか》ぶった場所を、ジーンズの腰に押し当てられる。熱をやり過ごせずに、切なく疼《うず》くそれを摺《す》りつけてくる恋人に、長谷部は驚いた。

まるで腕の中で自慰《じい》でもされているみたいだ。最初は遠慮がちだった動きはすぐに大胆になり、隔てた厚い布越しにも余村が一層《いっそう》それを昂ぶらせているのが伝わってくる。

肩口に額を押しつけたままの男は、やがて堪《こら》えきれなくなったように小さな吐息を零し始める。

「……ぁっ……あっ……」

堪《たま》らなかった。こんな姿を見せつけられて、平静でいられるわけがない。

自分に身を寄せ、欲情している恋人の姿に、愛しさが溢れると同時に、長谷部の欲望も膨れ上がる。

「……さん……余村さん、顔上げて」

髪を撫《な》で梳《す》くと、赤く染まった耳朶《じだ》が覗いた。

「こっち……見てください。俺を、見て……」

そっと窺うように向けられた顔に、目を奪われる。

蕩《とろ》けた眸が自分を見据《みす》える。もう何度か見たことのあるその表情は、ベッドの上でだけ見る顔だ。

自分を求めてくれるときの、あの表情。

溶け落ちるみたいに熟《う》れた体が、自分を包んで狂わせる瞬間を思い出し、長谷部は居ても立っても
いられなくなった。

食らいつくみたいに唇を奪う。余村の中を夢中で探り、その舌を絡め取り、自分の口腔に招いてき
つく吸い上げる。

びくびくと抱いた体が撓《しな》って、余村が達してしまったのかと思った。

「和明さん……」

名を呼んだ。普段は、気恥ずかしさと、職場でぽろっと呼んでしまいかねない自分を抑《おさ》えるため口
にしないでいる名前を、自然と言葉にしていた。

背中に回った両手が、縋《すが》るように指を立ててくる。

「……したい。ダメかな？　もう……帰らないとダメかな？」

余村の狂おしい声が、耳に届いた。

「君が欲しい」

◇　◇　◇

今でも彼に人の心の声を聞く力があればと、長谷部は思う瞬間がある。

もちろん本気でそう願っているわけではないけれど、あれほど怖《おそ》れていたはずが、時々余村がまた

自分の心を読んでくれたらとふと考える。

彼は気づいているだろうか。

その言葉や行動一つ、一挙手一投足《いっきょしゅいっとうそく》でどんなに自分の心が今も躍《おど》らされるかということ。

この気持ちは、余村にちゃんと伝わっているだろうか。子供の頃のように、上手く伝え切れずにいるのではないか——長谷部は不安になる。

こんなにも嬉しくて、幸せで、心がいっぱいになるのに。

こんな風に、余村に好きになってもらえる日が来るとは思ってもいなかった。

初めて言葉を交わした日のことを、長谷部は鮮明に覚えている。あれは夏の日で、ちょうど一年ほど前だった。店の売り場で声をかけられ、振り返ると今まで話したこともない従業員の男が立っていた。

「よかったらこれ、飲んでください」

頭痛薬を差し出されて心底びっくりした。

どうして今、自分が死にそうに頭が痛いのを知っているのか。ただただ驚くばかりで、ろくに反応もできずにいると、彼は少し困ったような笑みを浮かべて言った。

「大丈夫?　もしかしたら薬嫌いなのかもしれないけど、ひどいときは無理しないほうがいいと思うよ」

優しく自分を諭《さと》す声。労《いた》わるようなその声に、やっぱり戸惑わずにはいられなかった。

「あ……ああ、はい」

「じゃあ、僕はこれで。お大事に」

「あ、あの……ありがとうございます」

戻ろうとする背に慌てて声をかけると、男は一瞬だけこちらを振り返り、微《かす》かな笑みを浮かべただけで去って行った。

余村和明。

やけに親切な男の名を、目にした名札と事務所に置いてあるタイムカードで帰り際に長谷部は確認した。

どんな人なのだろうと関心を覚えた。

少し前にパソコンコーナーに入った男なのは知っている。社員ではなく、契約社員らしいのもなんとなくは。ちょっと店長や周囲に尋ねてみると、入店して間もないにもかかわらず随分と仕事のできる男らしい。特別口の上手《うま》そうなタイプには見えなかったけれど、パソコンコーナーだから知識が豊富なのかもしれないと勝手に納得した。

知れば知るほど彼を意識するようになった。

辛《つら》い頭痛を治してくれた男なのだから、少しぐらい気になって当然かと思っていたけれど、一ヵ月経《た》っても二ヵ月経っても、『余村和明』という男が頭を占めるのに変わりはなかった。

むしろ、時間が経つほどにその傾向《けいこう》は強くなった。

毎朝、店に着くと彼の姿を探してしまう。

顔を見るとほっとする。休みだと寂しい。薬の礼は改めては言いそびれてしまい、彼とは会話をする仲でもないのに。

他人にこんなにも興味を抱いたのは初めてだった。

彼の噂話ですら気にかかる。いつだったか、パソコンコーナーの傍を通りかかった際、客が余村を探しているところに出くわした。

派手めな若い女性の二人連れで、パソコンにさほど興味があるタイプには見えず、実際余村を探している理由に商品は関係ない様子だった。

たぶん、以前購入したときの担当が余村だったのだろう。

「ああ、あの人、確かにちょっとカッコいいよね。俳優の誰かに似てる。目元とかさぁ、なんか憂《うれ》いがあるっていうの？」

「いないね。今日、休みかなぁ」

「昼休みかもよ？　待ってみる？」

「えー、べつにそうまでして相手してほしいってわけじゃないよ」

余村に興味があるらしい女性は、反論しながらも売り場をキョロキョロと見回していた。

そのとき初めて、長谷部は彼が女性にモテるタイプらしいと知った。

余村は確かに整った顔をしている。色がやや白くて、間近で見た目は髪色と同じく茶色みがかっていた。印象に残るくらいだから、色素がかなり薄いほうなのだろう。

目は小さくもなく、はっきりとした二重《ふたえ》だけれど、どこか遠くを見ているような寂しげな目元をしている。それが、女性客の言う『憂い』であるのもなんとなく判った。

人の顔なんて……まして美醜《びしゅう》なんて、今まで意識したこともなかったのに、言われてみるともう一度その眸を至近距離で見てみたくなった。誰かの顔を、近くで確認したいなんて思うのもやっぱり初めてだった。

そういえば、彼がちゃんと笑うのを見たことがない。

いや、接客のときには笑顔を見せているけれど、いつもどこか疲れたような表情をしている。余村を思い描くとき、長谷部の頭に浮かぶのは華のある顔立ちにそぐわない悲しげな表情だった。

唐突に、なにか降ってでもきたみたいに思った。

——彼が笑ったところを見てみたい。

彼も家に帰れば心から笑っているのだろうか。

誰か、そこで待っているのか。

恋人や友人の前では、きっと自然な笑顔を見せるに違いない。自分がその輪の中に入れないのは残念だけれど、せめて傍《はた》からでも寛いだ彼の姿を見てみたい——

自分の考えが、単なる恩人相手のものでは収まらなくなっているのを、長谷部はもう判っていた。

売り場では冷房器具はとうに姿を消し、暖房器具が幅《はば》を利かせ始めた頃。店の裏の倉庫で余村に出くわした。棚の手前にしゃがみ込んだ彼は、一番下の段に置かれたダンボールの中を覗き込んでいて、なかなか目当ての商品は見つからないのか、視界を遮《さえぎ》る前髪を何度も邪魔臭《じゃまくさ》げに払っていた。

咄嗟《とっさ》にその髪に触れたいと思ってしまった。その栗色の髪を掻《か》き上《あ》げて、もっとよく顔を見てみたい。あの眸を覗き込んでみたい。

普通でない自分に罪悪感を覚え、『手伝いましょうか』とは言えなかった。

「おつかれさまです」

狭い通路を擦《す》れ違《ちが》う瞬間、声をかけた。

それだけで鼓動《こどう》が高鳴った。

「あ、おつかれさまです」

余村は挨拶《あいさつ》を返してくれたけれど、頭は箱の中身でいっぱいのようだった。ちらとこちらを見上げた視線は、自分の顔の上をするっと通り抜け、すぐに箱に戻される。

自分をちゃんと見てはいない眼差し。もしかしたら、薬のこともう覚えていないのかもしれないと思うと、長谷部はひどく落ち込んだ。

その日は余村と言葉を交わしたことよりも、ほとんど相手にされなかった事実に、一日中打ちのめされた気分だった。誰もそんな心境の変化に気づきはしなかったけれど、家に帰ると妹には『なにかあったの？』と心配されてしまった。

初めて知った感情。誰かの存在に、激しく心が揺さぶられる。姿を見られるというだけで、仕事に出るのが楽しくなったり、満員電車も苦ではなくなったり。一方で、立ち上がるのも億劫《おっくう》なほどにその言動に凹《へこ》まされる。

それまで、長谷部の毎日はずっと単調だった。まだ高校生のうちに両親が他界して、波乱に見舞われて慌しい時期もあったけれど、生活の術《すべ》が定まってしまえば後はただ働くばかりだった。

不満はない。自分の人生が少し人と違い、大学も華やかな職業も望めなかったのも、仕方がないことだ。むしろ早くに自立できたことや、妹を自分の力で短大に通わせたのは長谷部にとって小さな誇《ほこ》りだった。

けれど、妹も立派に社会人となり、結婚の話もちらつき、急に自分の進む道の先があやふやなものに思え――余村に出会ったのは、そんな折だった。

胸の中にぽっと送り込まれた種のような想いは、どんどん育って根づいていく。はち切れんばかりに胸の中で膨らんで、苦しいのにそれを手放したくはない。

余村を意識するようになって半年。

季節は冬に変わっていた。

ろくに言葉も交わさないまま日々は過ぎていき、遅番の仕事を終えて店を出た帰り道、彼の姿を表で偶然目にした。

余村は、駅前の小さな広場に立つクリスマスツリーを見上げていた。

金色の電飾や飾りが煌《きらめ》く白いツリー。高く聳《そび》えるそれを仰《あお》ぐ余村の顔は、いつにもましてどこか切ない表情に見えた。

誰かを待ってでもいるのか。余村の私服は品がいい。白っぽいステンカラーのハーフコートや手にしたバッグは、どこかいい会社の社員のようで、以前はソフトウエア会社に勤めていたらしいという噂を思い出した。

駅のコンコースから出てきた、可愛らしい小柄な女性が、余村のほうへ走っていくのが見えた。

その瞬間、胸がぎりぎりと締めつけられるような痛みを感じた。

苦しかった。なのに少しも目は離せなくて、遠くに立ち止まったまま余村とその女性を長谷部は見つめた。

女性は余村の元を素通りし、近くにいたべつの男に声をかけた。

勘違いと判り、ほっとした。

余村はツリーを見上げ続けたままだった。

自分に声をかけることができればいいのにと思った。けれど、抱《かか》えた感情が彼にとって迷惑にしかならないものであるのを、長谷部は判っていた。

あの人が好きだ。

優しい言葉をかけてくれた人。綺麗で、いつも寂しい顔をしたあの人が、いつの間にか自分は好きでならない。

——余村さん。

余村さん、余村さん——声を聞きたい、俺を見てほしい。俺を、知ってほしい。

あなたが、好き。

明日がクリスマスイブというその日。長谷部は、余村が動き出すまでただずっと、その場で見つめ続けるしかできなかった。

◇　◇　◇

枕が変わったら眠れないとか、そういう繊細さは自分には無縁のはずだけれど、眠りはたぶん浅かった。

カーテンの隙間から弱い朝日が覗き始めただけで、長谷部は目を覚ました。

見慣れない天井、見慣れない部屋。余村のマンションでもないその部屋は、昨晩二人で転がり込むようにして利用した海辺のラブホテルだ。日付の変わる前には帰るつもりが、結局そのまま泊まってしまった。

果奈にはメールで外泊すると伝えたけれど、こんなことを繰り返していては、本当に知られるのもすぐな気がする。

でも、後悔はしていない。

広いダブルベッドは、男二人でも自由に寝返りを打って眠れる快適な広さにもかかわらず、すぐ傍に余村は眠っていた。頭も体も自分に寄せるようにして眠っている男を、長谷部はじっと見つめる。

起こそうとはせずに、しばらくの間息を潜《ひそ》めて眺めていた。こんなに近くに、余村の顔があるのが今でも不思議でならない。

鼻先の埋《うず》められた肩先を、規則的にかすめる寝息。落とされた薄い目蓋《まぶた》は、時折細《こま》かに揺れて目覚めの気配を感じさせる。目元を半分覆《おお》った前髪を、指先でそろりと掬《すく》おうとすると、ふっと余村は名でも呼ばれたみたいに目蓋を起こした。

ゆっくりと数度瞬《まばた》きしたのち、こちらを見上げる。

「……おはよ……修二」

ぼんやりとした眼差しだった。たぶん、ちゃんと目覚めていない。そぐわない緩みきった顔で自分を見るから、長谷部は長い間『待て』でも命令されていた犬みたいに堪《たま》らなくなって、その髪を掻き上げた。

「ん……なに？」

顔を覗き込む。ずっと近くで見ることすらままならなかった眸は、不思議そうにこちらに向けられる。

「和明さんの目って、ちょっと茶色いですよね」

「え……目？　ん、ああ……そうかな。子供の頃はよく言われたけど……あんまり気にしてなかったな……」

眠そうにしながらも余村は応《こた》えた。長谷部が身を起こし、その体に圧《の》しかかれば、驚いた表情で目を瞬《しばたた》かせる。

「なに、どうし……」

スプリングの心地《ここち》いいベッドに、その両肩を押さえ込んでキスをした。

唇をしっとりと重ね合わせる。一度目は押しつけただけだったけれど、二度目はすぐに深い口づけに変わった。少し強引に口を開かせて、舌を捻《ね》じ込《こ》ませる。

深いところで互いを絡み合わせると、されるがままだった体が身じろぐように弾んだ。

「……んっ、どっ…どうしたんだよ？　修一、急に……」

「ちょっと……思い出したんです。あなたと話ができる前のこと」

なんのことだか判らない様子の男の唇に、長谷部は言葉を紡《つむ》ぐ間も、自分のそれを触れ合わせた。

キスだけのつもりだった。けれど、肌を合わせれば、昨晩何度も癒したはずの熱がまた戻ろうとする。

衣服は互いに身につけないままだった。脇腹の辺りに這《は》わせた手のひらに、余村の素肌は吸いつくような感触で、じわりと体温すら上がって感じられた。

それとも、熱くなったのは自分の手のひらなのか。

「和明さん……も…う、ダメですよね？　今日仕事だし……早くここ、出なきゃならないし」

問う声が、寝起きのせいだけでなく掠《かす》れる。

「え……？」

「したい。ダメですか？」

腰を抱くようにして、長谷部はあの場所に一方の手を滑《すべ》らせた。

薄い肉を割り、指先で狭間《はざま》を探る。見つけ出した腰の奥、自分だけが知る場所に確かめるみたいに指を僅《わず》かに潜《くぐ》らせると、驚いた余村が身を竦《すく》ませる。

「あ…っ……」

「……だめ？　まだ、柔らかいみたいだけど……痛い？　無理、かな」

何度か家には泊めてもらったけれど、余村の負担を感じて朝に求めたことはない。それに、いつもはもっと体を気遣っていたつもりが、昨夜《ゆうべ》は自分も箍《たが》が外れ切ってしまった。

余村から求められたのが嬉しかった。

今まで、この行為が彼が自分に合わせてくれることで成り立っているのは判っていた。

恋人も男だ。過去に女性と付き合ってきた彼にとって、自分とのセックスはきっとひどい違和感で、ましてその体に受け入れる行為は好んで望むものではないに決まっている。

潤滑剤《じゅんかつざい》を使ってのセックスは、余村もちゃんと快楽を得られるようだけれど、それでもいつも最初は緊張を覚えるみたいだった。

けれど、昨夜は余村から欲しがってくれた。『欲しい』と言った言葉そのままに、自分を求めてくれた。ホテルに行こうと言い出したのも余村だ。部屋に着くなり、またキスをして抱き合って——公園よりずっと奔放《ほんぽう》に体を摺《す》り寄《よ》せてきた彼は、普段は想像もできない震える蠱惑的《こわくてき》な声で『してほしい』とねだった。

理性なんて保《たも》っていられなかった。長谷部はいつになく性急になった。一度で満足してその体を手放してしまうこともできず、ベッドの上で繰り返し求めて——最後は意識を手放すみたいにして、余村も自分も眠りについた。

「……ん、いいよ」

伸ばされた二本の手が、するっと首に絡みついてくる。まだ眠たげな余村の声が、引き寄せられた耳に響く。

「本当に？　いい…んですか、また……しても？」

「ん……君がしたいなら」

唇や首筋や、鬱血《うっけつ》の跡の散った胸元にキスの雨を降らせながら両足を抱え広げた。昨日、夢中になって何度も繋がれた場所を露《あら》わにする格好《かっこう》に、余村は少し抵抗を見せて身を捩《よじ》る。

「いや…嫌だ、こ…れは……」

そんな仕草も、今の長谷部には劣情《れつじょう》を煽《あお》るばかりでしかない。

「和明さん、和明さん……」

ますます欲しくなった。宥《なだ》めるように何度も声をかけると、余村は首を振りながらも大人しくなった。寝起きと羞恥《しゅうち》でぼうっと潤《うる》んだ眸で見つめ返され、その眼差しに促《うなが》されるように、剝《む》き出《だ》しにした体の奥に昂ぶるものを押し当てる。

ゆったりと、尖端《せんたん》を擦《こす》りつけるように腰を動かした。浮いてきた先走りを塗《ぬ》りつける。

「……ひ…ぁっ…う……」

くんっと入り口を押すようにして開かせると、余村は声を裏返らせた。

まだ柔らかさを残したままのそこは従順《じゅうじゅん》に開いて、硬く撓《しな》った長谷部の性器を飲み込んでいく。いっぱいに奥まで頬張《ほおば》らせれば、余村は啜《すす》り泣《な》くみたいな声を上げ始めた。

「……ぁっ、あっ…や、いや……」

無理に押し込んだつもりはないけれど、辛《つら》いのかもしれない。

「和明さん、怒ってる？　嫌…だった？　まだ、寝て…たのに」

「怒ってっ…な、いよ、いいから……」

優しい余村。自分をどこまでも受け入れてくれる。見た目はクールそうな余村の内側は、温かくて柔らかくて——とても傷つきやすい。

長谷部は慎重に探るように腰を動かしながら、男の性器に指を絡めた。

ゆっくりと擦り上げて刺激する。

「……ん…ぁっ、あ…っ……」

余村の感じるところはもう覚えている。その場所をじわりと押し上げるように腰を入れると、余村の眸も声も泣き出しそうに潤んでいく。

「……や、やっ…そこ、だ…め、ダメ…っ……」

眠っていた体を無理矢理高める行為。ぐったりと力ない体を意のままにしながら、甘く乱れ始める余村を見下ろす。

ずっと焦《こ》がれていた男の顔だ。あのとき自分を助けてくれ、『大丈夫？』と声をかけてくれた優しい男。いつも見つめていた。こうして触れられる日が来るなんて、思ってもみなかった。

ただ、笑うところが一目見られたらと願った。誰かが、彼を幸せにさせているのならそれでいいとさえ思っていた。

でも、今は嫌だ。自分でなくては嫌だ。

自分が彼を幸せにしたい。

自分の中にこれほどに強い嫉妬心や独占欲が隠されているなんて、長谷部は余村を好きになるまで知らなかった。

誰にも取られたくない。自分以外の誰かを、余村が再び見るなんて絶対に嫌だ。絶対に。

「……あぁっ、ん…っ……」

気持ちの昂ぶるまま強く突き上げると、甘い悲鳴が鼓膜を震わせる。

息が荒い。反応の鈍《にぶ》かった余村の性器は、長谷部の手の中で形を変えていた。

絡めた指をゆるゆると動かす。硬く勃《た》ち上《あ》がった余村の性器は手の中を出入りし、枕の縁《ふち》にこめかみを押し当ててそれを見つめる余村は胸を激しく喘《あえ》がせている。

とろりと膜《まく》でも張ったみたいに濡れた、淡い色の眸。物欲しげな声を振《ふ》り撒《ま》く、薄く開かれた唇。

艶《なま》めかしくも、淫《みだ》らな表情や声に、長谷部は理性を削《けず》り取《と》られていく。

「……あっ、あ…っ……」

無意識だろう、腰が揺らめいていた。

「しゅ……ち、しゅう…いちっ……それ…っ……あっ、あ…それ……」

「これ？　ん、すごい濡れて……ぬるぬるしてる……」

「……んっ、ん……ふ、あっ……」

上擦《うわず》る声を上げながら、余村は愛撫に身を委《ゆだ》ねる。快感に溺《おぼ》れる恋人を見つめるうち、長谷部の中に同時に湧《わ》き上《あ》がってきたのは、もっと大切に優しくしたい気持ちと、凶暴にすべて奪ってしまいたい気持ちだった。

鈴口《すずぐち》から先走りが幾重《いくえ》にも浮き上がってくる。ぷくりと膨らんだ透明な雫《しずく》を、長谷部は何度も何度も指の腹で拭《ぬぐ》い取《と》り、息づいて綻《ほころ》ぶその尖端の小さな窪《くぼ》みを指先でなぞった。

「ひぁっ……やっ、や……」

止《と》め処《ど》なく浮く雫を押し込むように執拗《しつよう》に摩擦《まさつ》すると、強過ぎる刺激に余村の身が捩《よじ》れる。

引き剝がそうと伸ばされた手を、押《お》し除《の》けた。

「痛い？　気持ちよくない、ですか？」

「い、いた…痛く…はない、でもっ……」

「気持ちよくないの？」

余村はしばらく啜《すす》り喘《あえ》いでから、頭を横に振った。

「けど……そ、それ…変、へん…で…っ…」

「変な感じ、なんですか？　でも、嫌じゃない？」

「……あ…あっ、あっ……」

指の動きに合わせ、ちゅくちゅくと卑猥《ひわい》な音を響かせながら、長谷部は自身も動かす。快楽の波に飲まれ、ベッドの上で身をくねらせる彼の内を感じた。

「修…一、……ういちっ…いや、や……」

否定する言葉を零しながらも、余村は長谷部を拒《こば》まない。

「……気持ちいい？　和明さん、いい？」

「ん、ん……いいっ、あ……あっ…いい、すごくっ……あ……」

今にも達してしまいそうなのが判った。はぐらかして愛撫の手を緩めれば、物欲しげな眼差しで見つめられる。

「もっと、見せて……もっといっぱい、和明さんが……俺で感じてるとこ、見たい」

こんなにとろりとした眼差しや体で、自分を迎え入れる余村を今まで知らない。

すべてが愛おしい。もっともっと自分を感じてほしい。

柔らかな肉のぬかるみを分け、くちゅくちゅと淫らな音をさせながら自身を穿《うが》っては抜き出す。その度にしゃくり上げるような余村の声が堪らなかった。

「あうっ、んっ…や……」

「これ……いい？　いい？　和明さん……」

「いっ…いい、気持ち…いっ、だ…め、だめっ…だ、もう…っ、んんっ……」

「イっちゃいそう？　すごい顔…してる。ここ、感じる？」

「しゅ、いち……修一っ……」

手にしたものがぴくぴくと跳ねた。いつ弾けてもおかしくないほどに、先走りは長谷部の手を濡らし続けている。またはぐらかして手の動きを止めてしまうと、切なく身をくねらせ、下から腰を突き上げてくる姿がひどく扇情的《せんじょうてき》でいやらしい。

「は…ぁっ……あっ、あっ……」

シーツを両手で硬く握り締め、規則正しい動きで余村は腰を上下に揺さぶる。自分の手の中で必死で快楽を得ようとする恋人を可愛いと感じる一方、余村が女性と重ねていたセックスまでもが頭を過《よ》ぎった。

このホテルを選んだときも、余村は手馴《てな》れた……というより自然だった。勝手が判らずにいた長谷部は、落ち着かない自分を押し隠すだけで精一杯だった。

「和明さん……いつも、そんな風に…してたんですか？」

「……え、あっ……なに…っ…」

「……もう…させない」

「修…一…？」

シーツから余村の両手を引き剥がし、指を絡みつける。顔の左右で縫《ぬ》い止《と》め、ぴったりと重ね合わせて敷き込んだ体の中を激しく穿った。貪るように自分を打ちつける。

「あっ…待っ…あっ、あぁっ……」

「奥のほう…昨日の、俺のでまだ…っ…濡れてる。俺のこと欲しい…って。欲しいって、昨日は何度も言ってくれて……ね、ここ…っ、すごい気持ちいい…んでしょっ……」

つまらない嫉妬で声が沈む。少しも脅《おびや》かしたくはないのに。

理不尽な嫉妬をぶつけられ、混乱させられているはずの余村は、素直に応える。

「ん……いいっ、いい…よっ…？」

「和明さん……」

「しゅ、いち…そこ、気持ちい…いいっ…いいから、もっと……」

見つめる眼差しは熱っぽく、変わりなく自分を求めてくれる。

「もっと、そこ…して…、もっと、さっきみたいに、君の…でっ……」

「……こう？」

「んっ、ん……あ、いいっ、んっ…修一、の…硬くて……」

馬鹿な自惚《うぬぼ》れだろうか。

最近、余村は自分に甘えてくれるようになった気がする。

「……これで、いい？　俺の、気持ちいい？」

「あ…っ、ん……いい、あっ…あっ……」

触れていなくとも濡れそぼつ余村の性器を腹の辺りに感じた。

感じ入っているのが判る。自分に身を預けきり、無意識にまた下腹をびくびくと跳ね上げている余村に、長谷部はどうしようもなく愛しさでいっぱいになる。

うっすらと汗ばんだ額《ひたい》を押し合わせ、ゆったりと律動を続けながら上気した顔を覗き込んだ。涙の滲《にじ》んだ眸が縋《すが》るように自分を仰ぎ、薄く開いた唇の間から吐息が間断《かんだん》なく零れ落ちる。物欲しげに覗く濡れた舌先に、堪らなくなって唇を捲《めく》った。

「あっ、あ……」

求めに応じて責め立て、余村の中を味わいながら深く口づける。

気持ちいい。余村の中はどこもかしこも温かくて、柔らかくて、切ない動きで自分を締めつけてくる。潤滑剤を使っていないせいで、抵抗が大きい。絡んでくる粘膜《ねんまく》に、溺れそうになりながら何度も腰を入れる。

根元まで飲み込ませて、なおも腰をぶつけ合わせるように深いところで揺さぶり動かすと、余村の開かれた内腿《うちもも》がぶるぶると震え始めた。

くちゅくちゅと淫靡《いんび》な音が響く。

口腔に誘い込んだ舌を、飲み込んでしまおうとでもいうようにきつく吸い上げた。余村の喉奥《のどおく》から零れたしゃくり上げる高い声が、長谷部の耳を擽《くすぐ》る。

「……んんっ…ぁっ……しゅ…いちっ……」

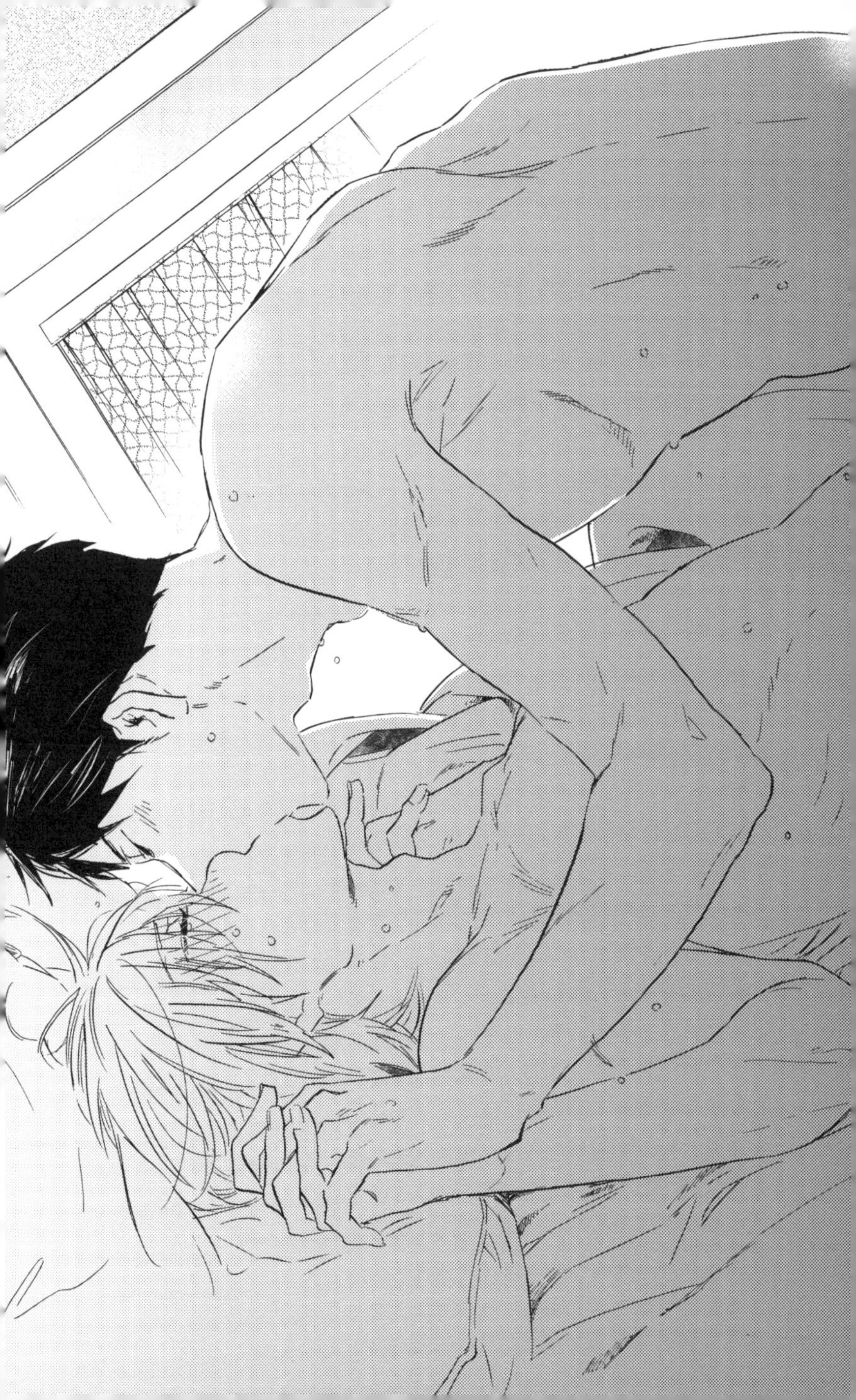

「……辛い？　きつ…い？」

「修…一、も…っ、もうイきそ……も、出るっ……」

「いいよ、和明さん……イって、みせて」

「あっ、あぁっ……」

赤く染まった眦《まなじり》に浮いた涙が、じわりとこめかみを伝った。断続的に漏れる意味をなさない声に、触れ合わせたままの長谷部の唇を吐息が温かく撫でる。

押さえ込んだ両手を、握り返してくる強い力。敷き込んだ体は、小さく波を打つようにくねった。

「……いち、しゅ…っ、いち…っ……」

その瞬間自分の名を呼んでくれる余村に、胸が熱くなった。

どろっとした熱いものが、二人の腹の間に溢れ出す。硬い腹で揉《も》みくちゃにするみたいに性器を擦りつけ、震える声で何度も自分の名を呼びながら余村は達した。

「ん……あっ、ん……」

繋がれた長谷部の屹立《きつりつ》も、めちゃくちゃに揺さぶられる。絶頂にうねる粘膜は、まるで一緒に連れて行こうとでもするみたいに長谷部自身をも追い立てる。

我慢などとても効かなくて、闇雲に余村の中を突いた。

「あっ、待っ…て、そんな…に、あっ……」

「……ず…あき、さん……俺もっ、もう…イキそう」

腰が蕩けそうだ。強張《こわば》りを、ねとりとした肉できつく舐《な》め溶《と》かされてでもいるかのような愉悦《ゆえつ》。堪え切れずに、何度も何度もそこで自身を擦り立て、快感にまた欲望を膨れ上がらせる。

「……っ、んっ……しゅ…いち、いいっ？　君も、気持ち…いい？」

「ん……いいっ、すご……は…ぁっ」

長谷部は吐息を零した。息が荒れる。体裁《ていさい》など構っていられず、本能に突き動かされる雄《おす》に成り果てた自分を、包み込んだものはひどく甘やかす。

揺れる濡れた眸が、自分を見上げた。息も絶え絶えに喘ぎながら、余村は言葉を紡いだ。

「……修一、す…き……好き」

涙声で告げられ、噛みつくみたいに口づける長谷部は、熱いものを叩きつけるように迸《ほとばし》らせた。

自分にとって唯一無二の愛しい人を腕に抱き、幸福感で心をいっぱいにして呟いた。

「……ん、俺も…っ……俺もあなたが、大好きです」

◇◇◇

時刻はまだ七時過ぎだった。

けれど、夏の朝日は強過ぎて、ホテルの部屋のカーテンを開けた余村は眩《まぶ》しげに目を細めている。

暴力的な日差しから逃れ、日の当たらないソファに移動して腰を下ろす彼を、長谷部は部屋の片隅から見ていた。

それぞれの家に出勤前に一旦戻るには、そうのんびりもしていられない。けれど、まだ余村はバスローブを纏《まと》っただけの姿だ。

シャワーを浴びた後だった。少しだるそうにソファに体を預けた男の、短めのローブの裾《すそ》から覗いた白い足に、長谷部は目を釘づけにしそうになる。

自分は一体どうしてしまったんだろう。朝から我儘《わがまま》を通して欲望を満たしておきながら、まだ足りないとでもいうのか。

何事もない素振りで、手元に視線を戻した。先に着替えまですませた長谷部は、部屋の備品の電気ケトルを使って、コーヒーを淹《い》れているところだった。

ラブホテルといっても、設備は普通のホテルとそう変わらないものだなと思う。むしろ洒落《しゃれ》た部屋は広くて過ごしやすい。

サービスで備えつけられていたドリップオンコーヒーに湯を注《そそ》いでいると、ソファの余村が呟くように言った。

「果奈ちゃん、怒ってないかな。ごめん、急に引き止めたりして……」

結局外泊になってしまったのを、気に病《や》んでいたらしい。

「大丈夫です。怒ったりしませんよ。また小言は言われるかもしれませんけど」

「小言?」

「ほら、果奈は、今日も酒の飲み過ぎで俺が泊めてもらってると思ってるんで」

「そっか……僕と外泊すると君の印象が悪くなるばっかりだな」

笑い飛ばすかと思えば、余村はますます深刻そうな顔になる。

「本当のこと知ったら、果奈ちゃん……どう思うかな。僕がこんな風に、引き止めたって知ったら……」

「そんな、俺も果奈もいい大人なんだから、そこまで気にしなくていいですよ」

余村は応えなかった。黙り込んでテーブルの一点を見据《みす》えたままだ。

水族館で買った妹への土産の袋が、そこには置かれている。余村はじっとそれを見つめ、聞こえるか聞こえないかくらいの小さな溜め息をついた。

それほど自責の念に駆《か》られることではないだろうに。付き合っている事実に、外泊の真相。どちらの果奈への問題も自分の問題で、余村にはほとんど無関係だと思っていたのに、そうではないらしい。

長谷部は近づき、淹れたばかりのコーヒーのカップを差し出す。

「あ……ああ、ありがとう」

「和明さん」

名を呼ぶと、受け取る手を伸ばした男は、はっとなった顔で見上げてきた。

「なにをそんなに悩んでるんですか？」

「悩んでるってほどじゃ……」

「和明さん、俺はいろいろ言葉足らずで……あなたを安心させられてないかもしれないけど、でも……あなたもいつも言葉が足りないと思うんです。もっと、俺に言いたいことがあるなら言ってください」

隣に腰を下ろした。さあ話してくれとばかりに顔を見ると、余村はまごついた様子で視線を泳がせた。

「言いたいことなんて……ただ、果奈ちゃんに嫌われたら嫌だなと思ってさ」

「果奈に？」

「僕は嫌われたくないんだよ。君の大事な妹だろう？」

長谷部は軽く息を飲んだ。片手に持つ自分のカップのコーヒーが、薄く波立つ。妹を余村が気に入ってくれているのは知っていたけれど、そんな風に考えてくれているとは思っていなかった。

「もし……もし果奈が知って嫌がることがあっても、それは俺に対してです。俺が……あなたを好きになって、こうして付き合ってもらってるんだから」

「……そうかな？」

余村はコーヒーを一口飲む。なにか言い出すのかと思えば、カップの中を見つめてまた黙り込む。なかなか話を続けようとせず、部屋の空調の音さえ気になりだした頃、ようやく口を開いた。

「最近……僕は変なんだ。自分でもちょっとおかしいんじゃないかって思うくらい、君のことばかり考えてる」

「……え？」

そんな反応がくるとは考えていなかった。

白いカップを手にしたままの余村は、どこか照れくさげに視線を落としたまま言った。

「表ではどうにか普通にしてるけど、今まで店でどうやって君を意識しないでいられたのか判らないくらいで……正直、毎日いっぱいいっぱいなんだ」

「か、和明さん……」

「君と過ごせる休みが楽しみで、一日一緒にいても足りなくて……その、こんなところまで誘ってしまってさ。君のことが、僕は好きで好きで堪らないみたいなんだよ」

余村らしくもない。告白も、その内容も。

嬉しくないはずがない。けれど、びっくりし過ぎて声も出なかった。

「修一、だからさ……どっちが先に好きになったかなんて、果奈ちゃんには関係ないと思う」

余村はコーヒーを手前のテーブルに置くと、反応を窺《うかが》ってきた。

額に降りたまだ湿った前髪が、どことなく普段よりも年を若く見せている。

光の加減か寝不足のためか、まだ潤んで見える眸。薄手のローブの合わせ目から覗く、情事の跡が残った肌。身を乗り出して見つめられれば、動揺せずにもいられない。

「あ、わ……」

一口も飲んでいないコーヒーが、今度こそ零れそうに波打った。

慌てて長谷部もカップをテーブルに置き、身を引かせる。

「あ、あの、そんな風に今言われたら俺……」

また欲しくなってしまう。

誘っていると誤解しそうな仕草に、ストレートなまでに自分をその気にさせる言葉。

——酷いな。

そう思った瞬間、公園での余村の言葉を閃《ひらめ》くように長谷部は思い出した。

あのとき、自分が『好きだ』と口にした瞬間、余村が拗《す》ねたみたいな反応を見せたその理由。

今更、判った。帰らなきゃならないと言っておきながら、自分は余村を煽るような真似をしたのだと。

「修一？」

ソファの上で後ずされば、恋人は怪訝《けげん》な顔をする。

「あ……いや、なんでもないです」

「……なに？　なんだよ、君が言葉が足りないって言うから……話したのに」

また機嫌を損ねてしまいそうになり、長谷部は焦った。なにか、余村の心に響く言葉を紡がなければと思うのに、少しも気の利いた言葉は出てこない。

ただ、自分の望みを率直《そっちょく》に口にしていた。

「えっと……また、デートしてください」

「え？」

「次の休みも、俺とデートしてください。それから、その次の休みと、そのまた次も……」

本気で言ったのに、何故か余村は小さく噴き出して笑った。

笑わせるつもりなんてなかった長谷部は、少しばかり不貞腐《ふてくさ》れたくなった。けれど、薄い肩を揺らして楽しそうな笑顔を見せる男を見ると、『まぁ、いいいか』と思い直した。

時々甘い恋人は、長谷部の肩に手をかけ、その唇を耳元に寄せて囁きかけた。

「うん、デートしよう。次の休みも晴れるといいね」

自分はどうかしている。

そんなことは、長谷部《はせべ》に無理を言って引き留めた時点から判っていたのに、余村《よむら》が居たたまれない気持ちに駆《か》られたのは、ホテルに着いてからだった。

海辺のホテルは、リゾートホテルと見紛《みまご》うような外観をしているが、夜の暗がりに目立つネオンはラブホテル以外のなにものでもない。

「ホテルに行こう」とストレートに誘ったのは余村だ。家まで帰っていては、長谷部の言うとおり終電に間に合わなくなるし、妹の果奈《かな》に心配をかける。

ただ二人きりになりたい、まだこのまま帰りたくはない――その一心で誘った。余村の感覚では、恋人同士がホテルを利用するのはなにも変ではなかった。

けれど、ホテルに入ってから長谷部の様子がおかしいことに気がついた。

「修一《しゅういち》？」

ホールに設《もう》けられた部屋写真のパネルを見つめる長谷部は、難しい顔をしている。

心の声を聞けなくとも、余村は最近前よりずっと長谷部が判《わか》ってきた。あまり表情を大きく変えない男だけれど、彼はけして感情が乏《とぼ》しいわけじゃない。

ただ少し不器用で、伝えるのが苦手なだけで。

今目に映る横顔は、困ってでもいるみたいだ。

「えっと……部屋とか拘《こだわ》りある？」

「いや、特には」

「じゃあ、ここにとかにする？」

「そうですね」

余村が示したのは、落ち着いた雰囲気で眺めのよさそうな上階の部屋だ。長谷部は頷いたものの、返事はやっぱりどこかぎこちない。

――呆れてるのかもしれないな。

そう思うと、急に居たたまれなくなった。

真面目な男だから、ラブホテルなんて本当は気乗りがしなくて、戸惑っているのかもしれない。

でも、付き合っているんだし、誘ったときは行こうって……『行きましょう』ってキスして、応《こた》えてくれたのに。

部屋ボタンを押すと自動で出てきたカードキーを取り、エレベーターに向かう。下りてくるのを待つ時間は長く感じられ、長谷部のぎこちなさに、余村も気まずくなった。

「あ……」

隣に立っていた男が、急にホールのほうへと移動して驚く。

「しゅ、修一？」

帰ってしまうのかと、一瞬どきりとした。

長谷部は出て行こうとしたのではなく、反対側に並び直しただけだった。気づかなかったけれど、カップルが一組ホールに入ってきていた。女性は部屋選びに夢中のようだが、男はちらちらとこちらを見ている。

無理に覗こうとしないと見えないのは、長谷部が間に立ち、視線を阻《はば》んだからだ。庇《かば》ってくれたんだ――

本当言うと、余村はあまりそういうことを気にするほうじゃない。ホテルなんて、みんな利用するものだし、男同士でも誰にも迷惑かけないならいいじゃないかとさえ思っている。

でも、長谷部の優しさは嬉しかった。

彼はいつも、自分を大事にしてくれている。

水族館でも、自分がちゃんと楽しんでいるか気にかけてくれていた。仕事の都合で、たまにしか重ならない休日。一緒にいられるのなら、どこだって構わないのに。

笑っていると視線を感じるときがある。彼はなんだか自分が笑うのを見るのが好きみたいだ。そんなときの眼差《まなざ》しは、なにか見守られてでもいるみたいで面映《おもは》ゆい。

「行きましょう。エレベーター、来ましたよ」

ぎゅっと手を握られ、引っ張られた。

エレベーターの箱の中で二人きりになると、余村はまた息が上がりそうになるのを感じた。繋《つな》がれた手から感じる体温。長谷部の少し熱っぽい手にドキドキする。緊張とは違う鼓動《こどう》の高まりは、その体を欲しているからだ。

こんな切羽詰《せっぱつ》まった気分で誰かと抱き合いたいと思うのは、初めてだった。

自分は変だ。頬が熱い。傍《そば》にいるのに、それだけでは足りなくてもどかしい。

「……え？」

床に視線を落としていた余村は、なにか頭に触れたのを感じ、隣を仰《あお》いだ。目が合うとうろたえた顔をした長谷部に、髪にキスをされたのだと知って驚く。

「あ……すみません、なんか和明《かずあき》さんが……ああ、着いた。こっちかな……」

ちぐはぐな反応。気乗りがしないのかと思えば積極的で、判らなくなってくる気持ちは、部屋に辿《たど》り着《つ》いてようやく理解した。

ドアを開けて入った部屋は広い。フローリングの床に、洒落《しゃれ》たソファとフロアスタンド。中央のダブルベッドは一際《ひときわ》存在感があり、普通のホテルとは雰囲気が違う。

落ち着かない様子で部屋を見回す長谷部に、彼はただこういう場所に慣れていないだけなのだと気づかされる。

「えっと……そうだ、風呂。和明さん、先に入りますか……」

長谷部がばっとこちらを振り返り、余村はその体に抱きついた。

「修一」

「か、和明さ…っ……」

首筋に両腕を回し、引き寄せる。自《みずか》らも身を伸ばし、強引に近づけた唇を重ね合わせる。

「ん…っ……」

余村の勢いに重心は傾き、長谷部が僅《わず》かに仰《あお》のいた拍子《ひょうし》に、密着した体は縺《もつ》れ合《あ》うようにしてベッドのほうへと倒れ込んだ。

「……んっ……ゆう、いち…っ……」

押し倒したような体勢だったけれど、構わずキスを繰り返す。角度を変え、触れ合う方法を変え——自ら熱い口腔《こうこう》へと舌を捻《ね》じ込《こ》ませると、すぐさま彼も応えて舌を絡《から》ませてきて、ますます歯止めは利《き》かなくなる。

余村は無意識にまた腰を擦《す》り寄《よ》せていた。

「……あっ……」

乗っかった体を揺さぶり動かす。長谷部が身につけたままのジーンズに、布越しの昂《たか》ぶる熱が擦《こす》れて堪《たま》らない。自らの重みの分だけ、それは公園でキスしたときよりもずっと生々しく感じられる。

「……ぁ…っ、んん…っ……」

しゃくりあげるみたいに喉《のど》が鳴った。

ようやく触れ合うことを許された部屋で一度感じてしまえば、欲望を抑《おさ》えるなどできなくなる。

長谷部をひどく欲しがる余村は、その顔や首筋にもキスをした。微《かす》かに汗の匂いの混じった肌。今日は朝から歩き回った。一緒に過ごせて嬉しかった。久しぶりの休日をどんなに自分が心待ちにしていたか、彼はきっと知らないだろう。部屋に迎えるつもりで準備していたのも、絶対に知らない。

――いっそ自分の心の声が、彼に聞こえてしまえばいいのに。

普通でない思考の過《よ》ぎる余村は、求めるあまり無我夢中でおかしくなっていた。

「あ…っ……」

跨《また》いだ身を大きく揺すってしまい、頬が火照《ほて》る。

「……和明さん」

そっと見下ろした長谷部の黒い眸《ひとみ》が綺麗で、優しく自分を見つめ返してくるのが、なんだか居たたまれない。

「……修…一」

「ん？」

「……早く、欲しい……しよう、お風呂とか後でいいから……」

まるで盛《さか》りでもついたみたいだ。

彼が好きで、好きでたまらない。

どうしてだろう。いつの間にか、こんなに夢中になってしまっている自分がいる。優しくて、真《ま》っ直《す》ぐで、誰かを信じる気持ちを取り戻させてくれた彼に――

抱き寄せられ、両脇に手のひらを這《は》わされただけでも体が震える。たくし上げられたシャツが肌を掠《かす》める刺激にさえ反応して、びくびくとなった。

「和明さん……」

「……修一、あっ……」

下から伸びてきた手が中心に触れる。パンツのボタンが外され、ファスナーを下ろすのももどかしげに中へと押し入ってきた手に、悲鳴のような声が零《こぼ》れた。

「あぁっ……」

衝撃に腰が浮き、触られただけで達してしまいそうになる。

「……もう濡れてる」

囁きに一層《いっそう》体は熱を持った。長谷部の長い指を敏感《びんかん》な場所に感じ、体を支えているのがままならないほど、ベッドについた手からは力が抜ける。

軽く動かされるだけで淫《みだ》らに湿った音が響き、余村はかぶりを振って訴《うった》えた。

「……だめ、服……君の、服が…っ…汚れる、から……」

崩れそうになる身をどうにか堪《こら》え、覚束《おぼつか》ない手で懸命に長谷部のシャツを脱がせようとする。

「和明さん、すぐ……出ちゃいそうなんですか?」

まだ少し触られただけなのにイキそうだなんて、早漏《そうろう》みたいで恥ずかしい。

嘘は言えず、こくこくと頷いた。

長谷部が上体を起こし、服を脱がせ合う。その間も、触りたがる手は伸びてきた。キスに湿った唇や、膨《ふく》らみのない胸や、それから濡れて勃《た》ち上《あ》がっているものにも悪戯《いたずら》な指は触れて刺激しようとする。

余村はどうにか拒《こば》もうと身を捩り、声を震わせた。

「……だめ、ダメだって……本当にすぐ、イっちゃ…い…そうだから」

「……可愛いな」

思わず出てしまったような長谷部の言葉に戸惑った。

自分は年上で、可愛いなんて言われる年齢でもなく、ましてや男なのに、長谷部は時折そう口にする。所在《しょざい》なく伏し目になれば、抱き寄せた頭に男は唇を押し当て、さっきと同じだと思った。

エレベーターの中でも、きっと同じことを長谷部は考えていたに違いない。

「キス、してもいいですか？」

「え……」

「ここに……してもいい？」

くちゅりと音が鳴った。濡れそぼった性器の尖端《せんたん》をわざと音が立つよう責められ、羞恥《しゅうち》を覚えると同時に抗《あらが》えない快感が膨れ上がる。

「…ぁっ……だめ、だ…め…っ……」

「……どうして？　先にイキそうだからです？」

「……だって……いやっ…ぁっ……」

転がるように身を反転させられ、強引に組み敷かれた。裸になって覆《おお》うものを失くした場所は、押さえ込まれてしまえば簡単に暴《あば》かれる。

「修…一っ……」

口で触れられたら、もう我慢なんて無理だった。

感じやすくなった性器に施《ほどこ》される愛撫に、余村はすぐにぐずぐずになって、啜《すす》り喘《あえ》ぎながら達した。

ずっと欲しくて、欲しくてたまらなかった愛撫を恋人に与えられ、堪えることなんてできるはずがない。

「すぐ…イクってっ、言ったのに……あっ……」

膝《ひざ》を深く折って、腰を浮かされた。奥まった場所までも、長谷部は躊躇《ためら》いなく口づけてくる。

そこで男でも感じることができるのを、長谷部に抱かれて知った。少しずつだけれど、繋がる抵抗も薄れてきている。

長谷部は優しい。最初のときこそ勢いもあったけれど、それからはいつも気恥ずかしくなってしまうくらい丁寧なセックスをしようとする。

たぶん自分が男だからだ。彼はきっと無理をさせていると思っていて、それで余計慎重になるのだろう。

——もっと好きにしたっていいのに。

時折、そう思う。

「しゅう、いち…もうっ……」

「……濡らし足りないかも」

埋《うず》めた場所から顔を起こし、心配げに言う。

「ゴムなら…そこに…っ……ローションとか…も、その辺に……」

「その辺って？」

「えっと……へ、部屋に自販機とか、ないかな」

「自販機？」

鈍《にぶ》った頭をどうにか動かして余村は答え、長谷部は部屋を見渡した。

「ああ……ちょっと待っててください」

ベッドを降りた男の体温が離れる。急に、今のはもの慣れた言動ではなかったかと気になった。機嫌を損《そこ》ねてないか不安になる。

「修…一？」

そろりと名を呼んだ。起き上がって様子を窺《うかが》おうとしたと同時に、ベッドが軽く揺れ、購入を終えた長谷部は戻ってきた。

ぶつけるように唇を重ね合わせてくる。

嚙《か》みつくみたいなキス。

不安は打ち消され、意識を奪い取られる。

「和明さん、来て」

「え……」

手を引かれ、その身に乗るよう促《うなが》された。

最初にキスをしたときと同じ体勢だ。口づけにぼうっとなる余村は、長谷部を跨ぐことにさして抵抗も覚えなかったけれど、回した手で腰を抱かれるとびくりとなった。

ボトルから垂らしたローションに濡れた指が、ぬるりと狭間《はざま》を這う。

「ひ…ぁっ……」

沈み入る感触に肌がざわついた。

抵抗を失くした指はぬるぬると自在に蠢《うごめ》き、まだ馴染《なじ》まないでいる道筋を和《やわ》らげようとする。

反射的に上擦《うわず》る声が漏れた。

「や…っ、いや……」

「……嫌なんですか？　俺のこと、欲しいって言ってくれたのは？」

「しゅ、修一……」

少し責めるかのような声に、慌ててその顔を見返す。

長谷部は至近距離でじっと自分を見ていた。

普段より熱を感じる眼差し。長谷部もまた余裕をなくしているのだと思うと、堪らなくなる。

「ほしいよ？　君が……欲しい」

「和明さん……」

「このまま……する？」

見つめ合う視線が揺らいだ。

「……ダメですか？」

余村は首を横に振り、長谷部の身に縋《すが》った。何度か行き交ったのち指は抜き出され、代わりに狭間には猛《たけ》るものが押し当てられる。

導かれるまま、腰を落とした。

「和明さん、痛く…ない？」

「……んっ……うん、うん…っ…ぁっ……」

タイミングを計ろうにも、楽に腰を浮かせていられない。密着させた体はバランスも悪く、重みを預けることになってしまい、長谷部はいつもより性急に余村の中へ押し入ってきた。

「まっ、待って、まだ…っ……あっ、あぁっ……」

ずるっと深くまで身を分けたものに、余村は順応《じゅんのう》できずに泣き声を上げる。

「や…ぅっ……」

ベッドの頭上のボードに背を預けた男が、顔を覗き込んできた。

頬が熱く火照る。熱の塊《かたまり》を飲み込んだ場所が、突然の行為にひくついて喘いでいる。口を開かせるものを懸命に押し出そうとでもするように、そこはきゅうっと長谷部を締めつけては弛緩《しかん》した。

「……ぁ…はぁ…っ、は…ぅっ……」

「……きつい？」

長谷部に感じ取られているのが恥ずかしい。

息がひどく乱れる。意思とは無関係に、眦《まなじり》も濡れた。

余村は緩《ゆる》く首を振った。

「平気…だから、して……君がしたいように」

「和明さん……」

「……ぁっ…ん……んんっ……」

「ホントに？　本当にしてもいい？」

探る動きで腰を動かされる。当たると肌がざわめいて、ぶるっと奥から震えてしまうポイントがある。

「……あっ……」

「……ココ？」

「や…っ、や……」

探し当てた場所を、大きく張った尖端で捏《こ》ねるように揺さぶられた。余村は急速に膨《ふく》れ上《あ》がる快感にまごつき、身じろいで引いてしまいそうになる腰を、抱いた両手で強く引き戻される。

「いや…ぁっ……」

何度も『嫌だ』と口走ったけれど、本気で嫌がっていないのは明白だった。

余村の腹を打ちそうに反《そ》った性器からは、感じてならないと訴えるみたいに、先走りがとろとろと溢《あふ》れ出《だ》している。

「……またっ……あっ、あ……」

「和明さ…んっ……」

「僕…も…っ、また……イキそう……」

ぎゅっと唇を押《お》し潰《つぶ》される。

「んんっ……」

激しく押し当てられた唇を吸い返し、潜《もぐ》り込《こ》んできた舌の動きに応えた。汗ばんだ背に両手を回し、助けを求めるように縋りつきながらも、びくびくと弾《はず》み出《だ》した体は止まらない。

不安で心許《こころもと》ない、細くなった声で余村は泣き喘いだ。

「……や……やぁ…っ……」

生暖かいものが、長谷部の腹を濡らす。

暴走する体。勝手に先走ってどうにもならない。

信じられなかった。こんなに簡単にまた達してしまうなんて——

「あっ…はっ……はぁっ……」

残滓《ざんし》を溢れさせているものを、濡れた目で見下ろす余村は、深く繋がれたままの体がガクガク揺れて、まだ終わりでないことにどうしていいか判らなくなる。

「しゅ……いち……」

「……和明さん、今日、すごい…感じるんだ。中…たまんない、気持ちいい……」

長谷部にぴたりと吸いつき包んだ場所が、もの欲しげにうねっている。感嘆したように言う恋人は嬉しそうだけれど、達しても硬く張ったままの性器に触れられた余村は、我を忘れてしゃくり上げた。

「か、和明さん……」

「さわ…っ…触らないで…くれ、またっ……僕は、変なんだ…っ…今日、おかしく、て……」

「今日……どうしたんですか?」

いつもと違うのは、長谷部も判っているのだろう。

背を摩《さす》って宥《なだ》められ、その頬に顔を擦《す》り寄《よ》せる。

どうしてだろう。きっと、答えは単純だ。

「君とずっと一緒にいられたから……」

「え?」

「好きなんだ。君が、好き……」

頬から唇へ。余村は唇を移し、重ね合わせた。下唇の膨らみに音を立てて吸いつき、想いをキスで伝えようと何度も何度も啄《ついば》む。

応える長谷部と、息継《いきつ》ぎもままならないほど唇を奪い合いながら、じわりと腰を動かした。恐る恐る腰を浮かせ、ゆっくりと雄々《おお》しい昂ぶりを抜き出しては、また時間をかけて飲み込む。

長谷部だって、イキたいに決まってる。もっと彼を感じさせたくて、喜ばせたくて……恋人に与えたい一心だったけれど、余村も再び溺《おぼ》れるのにそう時間はかからなかった。

与えているのでも、与えられているのでもない。

互いに移し合い、連動していく快楽に、身は混ざり合えなくとも心は一つになっていく。

「……好き」

「……っ……和明、さ…んっ、俺も……」

「すき……あっ、好き……」

朦朧《もうろう》としながらも、余村は幾度《いくど》も想いを口にした。

気持ちを表わすのはほんの二文字の言葉なのに、繰り返しても言い尽くせず、足りない気がしてもどかしい。

互いに精を解き放ってもそれは同じで、夏の夜は堪《た》えがたいほどに短く感じられた。

言ノ葉ノ休日

言ノ葉ノ休日─朝─

余村《よむら》が待ち合わせのカフェに到着したのは、午前十時半を過ぎた頃だった。

店内は予想よりも混んでいた。長谷部《はせべ》との約束の十一時までコーヒーでも飲んでいようと思ったけれど、この時間になると日曜日のカフェは待ち合わせに利用する人も多い。

カウンターで受け取ったペーパーカップのコーヒーを手に店内をうろつく余村は、一つだけ空《あ》いている席を見つけた。二人用の丸テーブルの席は、居心地もよさそうな窓際だ。

ちょうど空いたところなのだろう。『ツイていたな』と思いながら腰を下ろす。

駅ビルの一階に位置する店からは、歩道を行き交う人の姿が見えた。ビルの谷間には梅雨《つゆ》の晴れ間の青空も覗いていたが、カップに口をつける余村の視線は自然と向かいの空席に吸い寄せられた。

椅子の上に本がある。旅行のガイドブックで、誰かが席を取っているのかと店内を見回してみたが、その気配はない。

忘れ物なら、そのうち取りに来るだろう。帰るときまでに来なかったら、店員に渡したほうがいいかもしれない──そんなことを思いながらコーヒーを飲むうちに、今度は表紙の文字が気になった。

和歌山。ちょっと珍しい行き先だ。余村のイメージする和歌山は、高野山《こうやさん》や熊野古道《くまのこどう》だったが、表紙には白黒の柄の生き物が幅《はば》を利《き》かせている。観光の目玉は世界遺産よりパンダらしい。

好奇心に負けて腰を浮かせた。テーブルの脇を回って本を手に取る。まだ真新しい感じのする本は買ったばかりのようだ。そろりと指先でページを捲《めく》ってみても、目に飛び込んでくる巻頭特集はアニマルワールドのパンダである。

余村は暇潰《ひまつぶ》しを欲していた。遠慮がちに覗き見ていると、そうこうするうちに待ち人がやって来た。

「余村さん、早いですね。すみません、待ちました？」

約束の時間の十分ほど前だ。長谷部はいつも待ち合わせには早く来る。

「修一《しゅういち》……いや、そんなに待ってないよ。ちょっと早く着いてさ」

「なに読んでるんですか？」

「ああ、これは忘れ物なんだ。そこの椅子に置いてあって……」

「座りなよ」と勧《すす》めると向かいに腰を下ろした男は、興味ありげに本を見下ろす。

「和歌山って、なんか珍しいな。行ったことありますか？」

「ないよ、だから僕も気になってさ。パンダが有名なんだって。たくさんいるところが関西のほうにあるのは知ってたけど……」

「へぇ、あれって和歌山だったんですね。子供が何匹も生まれてるんでしょ」

長谷部もうろ覚えだったらしい。

互いに旅行は趣味ではない……というより、纏《まと》まった休みの取りづらい販売業で、なかなか行けない環境だった。今日のように、週末に揃《そろ》って休みになるのも稀《まれ》なことだ。

こうして昼間出かけるのは、二週間ほど前に初めてのドライブに出かけて以来だった。せっかくだから、旅行とまではいかなくとも、長谷部と有意義に過ごしたいと思う。

そんなことを考えていると、伝わりでもしたのか長谷部が妙案を思いついたように言った。

「そうだ、今日は上野にパンダ観に行くってのはどうですか？　行く先決めてなかったでしょ」

「動物園？」

「のんびりできそうだし……俺は中学のときに行って以来ですね。余村さんは最近行ったことありますか？」

「最近はないけど……」

最後に行ったのは、長谷部ほど昔ではない。しかも、何度か出かけており、相手はみな女性だった。動物園といったら、デートの定番の場所の一つだ。

「僕は大学の頃にも行ったかな、友達と」

特別嘘をつく必要もないけれど、あえてデートだったなんて話す必要もない。

以前、長谷部は年下だとか恋愛経験が少ないことだとかを気にしたような話をしていた。今も少しぐらい引っかかっていないとも限らない。

恋人の過去の恋愛事情なんて、知りたくないものだ。自分だって、彼にそんな人がいれば嫉妬するだろうと思う。

余村は言葉を濁《にご》したが、真《ま》っ直《す》ぐな長谷部は誤魔化されたとは思いもしない様子で応《こた》えた。

「じゃあ、わざわざ行く必要もないかな……」

「随分前だよ。行こうよ、動物園。せっかく天気もいいし、君と行きたいな」

にっこり笑《え》んで乗り気を見せると、心なしか照れたように長谷部は視線を泳がせる。

「じゃあ、そうしますか。時間もちょうどいいし」

「あ、先にどこかで昼ご飯にしてもいいかな。動物園でなにか買ってもいいけど……実は朝抜いたから お腹空《す》いてて。起きたときはあんまり食欲なかったから、いいかなーなんて、思ったんだけど」

「えっ、なにか食べてもよかったのに」

長谷部はレジカウンターのほうを見る。カウンター脇のショーケースにはサンドイッチやスコーンが並んでおり、余村もコーヒーを買う際に美味《おい》しそうだとは思ったけれど、もうすぐ長谷部と会うからと控《ひか》えた。

食事はデートの楽しみの一つだ。

余村は少し笑って応える。

「食べるなら、ここじゃないほうがいいかなって」

「そっか……じゃあ、そろそろ行きましょうか」

カップに残ったコーヒーを飲み干し、余村は長谷部と立ち上がった。

和歌山のガイドブックもついでに手に取る。レジカウンターの店員に忘れ物だと言って手渡し、身軽になって店を出た。

表に出てから、ふとさっきまでいた場所をガラス越しに見ると、空いたばかりの窓際の席には、もう新たな若い男女が腰を下ろそうとしているところだった。

——今日は街がデートのカップルで溢れる日曜日だ。

思わぬ成り行きで行き先も決まり、歩道を歩き始めた余村は爽《さわ》やかな初夏の風に目を細める。隣を歩く男の横顔に、素直に胸が躍《おど》る。

「余村さん、なにか食べたいものありますか?」

「うーん、なにがいいかな。お腹空いてるから、なんでもいいよ……君が食べたいもので」

ありきたりの恋人同士の会話をしながら歩く二人を、天頂に昇ろうとする太陽の光は優しい木漏《こも》れ日《び》となって平和に照らしていた。

デートなので
休日は
動物園に来ました
言ノ葉ノ休日
—昼—
三池ろむこ 原作：砂原糖子
だら〜
…パンダって
やる気あるように
見えないよね……
いつも
何考えて
いるんだろう…
笹かな…
ワイ
ワイ
ワイ
そういえば……
余村《よむら》さんて
動物の声は聞こえたり
しなかったんですか？
…動物……
あ
猫の声は少しだけ
聞こえた事あるよ
猫？
うん
コンビニ帰り
ニャーニャー
寄ってくるから
何かと思ったら
お腹すいたから
ツナサンドくれ
……て

それで ツナサンド あげたんだけどね…
ブッ
すみません
あっ なんで 笑うんだ？
コンビニ帰りに 猫に鳴かれたら 誰だって なにかねだられてるって 思うんじゃないですか？
また
違う ちゃんと「くれ」って言ったよ
猫は「ツナサンド」なんて言葉 知らないです
……
あ
ちょっと 余村《よむら》さんっ！
もういい どうせ 信じないんだろ
違《ちが》っ 信じないわけじゃ ないんです
スタスタスタ

スタスタ…
余村《よむら》さん！
チキチ…
すみません
俺……
チキ…
チキチ…
グッ!!
え？
よむ…っ
余村《よむら》さん…？

……
許してほしいって君の心の声が聞こえたから
からかわないで下さい
もう心の声は聞こえなくなったんじゃないですか？
聞こえたよ 許してくれ〜 キスしてくれ〜 って
言ってません！
じゃあキスはいらなかったんだ
……それは…

END

言ノ葉ノ休日—夜—

珍しく日曜日の休みが長谷部《はせべ》と重なり、デートらしいスポットへと足を運んだ休日。過ごした動物園のざわめきが、余村《よむら》は夜になっても耳の奥にずっと残っている感じがした。

仕事や家事や勉強に追われる日常から解放された人々の、楽しげな声。シャワーを浴びて自宅のベッドに寝そべった余村がふと連想したのは夏の海だ。

火照《ほて》った体にシーツの冷たさが心地いい。まるで海の帰りに車中でエアコンの冷気を浴びたときのような気持ちよさで、すぐに眠りに引き込まれそうになる。

眠ってはいけない。デートの最中に、車を運転する者が眠るわけにはいかない——そんな現実にそぐわないことをベッドの上で覚えた時点で、余村はもう夢うつつだったのだけれど、必死で重い目蓋《まぶた》を起こそうと四苦八苦《しくはっく》する。

夢の中でどうにか抉《こ》じ開《あ》けた薄目からは、運転席が見えた。自分が座っているのは助手席だ。運転席には背の高いシルエットの黒髪の男が座っていて、『眠っていいですよ』と優しく声をかけてくれる。

——嬉しいな。

夢の余村は笑《え》んだ。安心して目蓋を落とそうとして、現実の余村のほうは反対にふっと目蓋を起こす。

なにかふわりとした柔らかなものに体が覆《おお》われるのを感じた。

「……余村さん、起こしてしまいましたか」

頭上から長谷部が覗き込んでいる。かけられたのは、ベッドの端に畳《たた》んでおいたブランケットだ。

余村は夢の続きのように笑いかけて言う。

「夢を見てたよ……海の夢」

「海?」

「うん、すごく気持ちがよかった」

「泳いだんですか?」

「泳いだんだろうと思うけど……帰りに冷房の効いた車ん中でうとうとするんだ」

まだ寝ぼけているとしか思えない調子の余村に、長谷部は苦笑しつつも低く穏やかな声で応える。

「居眠りの夢?　変わってますね」

「ヘンかな……でも、泳いだ後に涼しいところで眠るのってすごく気持ちいいだろう?」

「それは、そうですけど……」

「車の運転は君がしてくれてるんだ。それで、僕に『寝てていいよ』って」

車で寝ていただけどころか、実際は風呂上がりにベッドに寝そべっていただけなのに、ひどく幸せな気分だった。

夢の話をあたかも現実に言ったかのように語られても、反応に困るだろう。当惑気味の男の首筋に余村は手を伸ばした。引き寄せるように両手を絡《から》ませ、伸び上がってキスをする。

上手くヒットできずに唇の端になったけれど、構わずそのましがみついた。ベッドへと誘う余村が喉仏《のどぼとけ》の辺りに唇を押し当てれば、耳元で響くのはますます戸惑う声だ。

「余村さん……今夜、ホントにいいんですか？　一日歩き回ったし、疲れてるなら無理しなくても……」

長谷部の髪は少し濡れていた。

バスルームを入れ替わりで使い、余村がベッドで待っていたのは、デートの夜に相応《ふさわ》しいことをするためだ。

「無理してないよ。君が嫌だって言うなら……しないでおくけど」

無意識に拗《す》ねたように返すと、今度は長谷部のほうが不満そうに言う。

「意地悪ですね。嫌なわけないでしょ」

「だったら……」

再びキスをしようとすれば、体を浮かせるより先にベッドに押さえつけられた。

求めていたものが降りてくる。柔らかく唇を押《お》し潰《つぶ》され、余村は目を閉じた。長谷部とのキスは、男同士なのに自然で気持ちがいい。いつの間にか、最初に覚えたはずの違和感もなくなり、そういうことになっている。

舌を伸ばし合って、濡れた粘膜《ねんまく》を触れ合わせれば体の芯が熱くなる。一気に欲する気持ちは高まり、期待に応《こた》える長谷部の手が、かけたばかりのブランケットを捲《めく》って体を探り始めた。

余村のシャツを脱がせる男は、露《あら》わになる傍《そば》から肌に口づける。

付き合って二ヵ月ほどで、まだぎこちない部分はいくらもあるのに、抱き合う行為はまるでずっと昔からこうしていたみたいだ。長谷部は自分の感じる場所をよく覚えていて、くまなく順に愛撫を施《ほどこ》してくる。

「んっ、あ……しゅう……修一《しゅういち》っ……」

肌に触れる唇と零《こぼ》れる声に、体は熱を上げた。

「……男でも、ここって膨《ふく》らむんですね」

唇にやんわりと挟まれた乳首は、ちゅくちゅくと吸い上げられると僅《わず》かながらも膨らんで硬度を増し、存在を主張する。

男でもそんなところが愛撫に形を変えるだなんて知らなかった。

長谷部に触れられるまでは、こうして感じてしまうことも——

「あっ、あっ……やっ……」

薄いコットンパンツの縁《ふち》に手をかけられ、声が出る。下着ごと抜かれれば、勃起《ぼっき》したものは隠しようもなく露わになった。

「……ちょっと待ってください」

反射的に目を閉じた余村の額に唇を押し当てながら、長谷部が低く声をかける。なにかを取ろうと身を伸ばしたようだが、確認するほどの猶予《ゆうよ》はなかった。

「あっ、待っ……」

足を割られて膝頭《ひざがしら》を震わせながらも、余村に拒否はできない。羞恥《しゅうち》を上回る快楽への期待に飲み込まれる。長谷部に性器に触れられると、すぐに堪《こら》えきれなくなるほどに感じるのをもう知っている。

「……んっ、や…っ…あっ、あ、んっ……」

ひくひくと撓《しな》ったものが、悦《よろこ》びに打ち震える。淫《みだ》らな水音が目線を向けても見えないところで鳴っていた。足の間に深く俯《うつぶ》せた長谷部の顔の下で、猫がミルクでも飲むみたいな音が弾《はじ》ける。

すっぽりと包まれた部分が熱かった。口腔《こうこう》に招かれた性器は切なく疼《うず》いて、奥から気持ちのいいものが上がってくる感じがする。じゅっと音を立てて吸われる度《たび》、それは大きくなった。

射精感に腰が震える。

「やっ、修一っ……あっ……とけ、るっ……」

自分がなにを口走っているのか、余村は把握《はあく》していなかった。

「んっ、んっ、あっ……あぁ…っ……」

切れ切れの喘《あえ》ぎはピッチを上げて零れ落ち、自覚のないまま腰が揺れる。

「修一、もっ……も、イキそ…うっ……」

訴えた瞬間に、腰の奥で感じたのは濡れた感触だった。薄い肉を分けるようにして尻の狭間《はざま》に滑《すべ》り込《こ》んだ男の指が、まだ慎《つつ》ましく閉じた場所を撫《な》で摩《さす》る。

「あっ……も、もう？」

長谷部とのセックスは、そこで繋《つな》がるということだ。そのつもりでいても、まだ慣れない。

触れた指は、ぬるりと滑《ぬめ》る感触だった。さっき長谷部がなにか取ろうとしたのは、ベッドの脇のテーブルに出した潤滑剤《じゅんかつざい》かもしれない。前にも使ったジェルのチューブだ。

性急に中へと潜《もぐ》ろうとする指に戸惑う。

「しゅ、修一…っ……」

「……こうしたほうが、早く慣れるらしいから」

「なれ…って？」

「……まだ、ここでするの、抵抗あるんでしょ……和明《かずあき》さん？」

最初の夜はほとんど勢いだった。ずっと擦《す》れ違《ちが》って、燻《くすぶ》っていた気持ちが一つになれた嬉しさと失いたくない思いで、無我夢中だった。次に出かけたドライブの日は、帰りが遅くなって別れ際にキスをしただけだったから、今夜はまだようやく二度目だ。

「あっ……うぅ……」

濡れた指先が入ってくる。

「修一、やっ……」

「……イクときに一緒にこうしたほうが……早く、慣れるんだって……ここがいいって……イってしまえるくらい気持ちいいって、覚えるから……」

長谷部のくぐもる声が、下肢《かし》のほうで響く。

それはどこで知った情報なのか。疑問は頭を過《よ》ぎったけれど、余村に問う余裕はなかった。

奥まで長い指を穿《うが》たれると、啜《すす》り泣《な》くような細い喘ぎが唇から零れ落ちる。

「ひ…ぁ、やっ……ぁっ……」

「……和明さん、指……入れたままイケそう？」

「わかっ、わからな…っ……あっ、や……」

長谷部の指を飲んだところは、異物感でいっぱいだった。けれど、再び性器を唇や口腔の粘膜でねっとりと包まれると、与えられる刺激に気をとられてそれどころではなくなった。

快楽が体を侵食《しんしょく》していく。身の奥に銜《くわ》え込《こ》んだものをきゅうきゅうと締めつけ、余村は腰を揺らめかす。

「あっ、もっ、修一……もう、あ…ぁっ……」

射精は泣きたくなるほど気持ちよかった。

今までが鈍《にぶ》かったのではないかと思うくらい、長谷部とのセックスは気持ちがいい。愛撫されると、ひどく感じる。愛されていると思うほどに、気持ちが高ぶる。

「しゅ、いち…っ……」

余村は息を喘がせ、名を呼んだ。

ひどくキスがしたかった。

口づけは少しだけ苦くて、自分の放ったもののせいであるのに余村は眉を顰《ひそ》めたけれど、すぐにどうでもよくなって、もっとと舌を伸ばして愛しい男の口腔を探った。

「あっ……んんっ……」

埋《う》まり、締めつけたままの指が、口づけの合間にゆっくりと蠢《うごめ》く。

「和明さん……力、抜ける？」

「あっ、あっ……」

ゆっくりと探る指は大きく出入りしたかと思うと、探り当てたポイントを執拗《しつよう》に撫《な》で摩《さす》り始《はじ》めた。

びりびりとした快感が弾《はじ》けるように沸《わ》き立《た》つ。達したばかりの性器は、柔らかくなりきれないままひくひくとまた頭を揺らして、新たな快楽の波を知らせる。

「んんっ……」

再び追い上げられるのはあっという間だった。

「……まだきついかな」

増やした二本の指で奥へと続く道筋を開かせながら、長谷部が低い囁きを零す。

「もう……いいよ？」

先を促《うなが》す声が震えた。羞恥に頭も頬も熱くなるけれど、同時に早くそうしたいと思う。長谷部と一つになりたい。

「けど、まだ……」

どこまでも慎重な男の背に、余村は抱き寄せる腕を回した。

「修一は優しいな」

「……べつに優しくなんかないですよ」

「え……？」

「だって……和明さんが嫌だって思ったら、次はもうないかもしれないじゃないですか。だから俺は……気持ちよくなってもらいたいわけで」

愛しさと一緒に、笑みが零れる。熱っぽくなった互いの頬を擂《す》り寄《よ》せ、余村はその耳元に甘い言葉を吹き込んだ。

「やっぱり……君は優しいよ。好きにしたっていいのに……僕が嫌がっても、君はもう好きにしていいんだ」

そんなことでは簡単に嫌いになれないくらい、もう好きになってしまっている。

「和明さん……」

「……修一……あっ……」

言葉がスイッチを入れたようだった。

足を深く畳《たた》んで開かされ、腰を浮かせて性器を押し込まれる。長谷部にはまだいくらかの余裕を感じていたのに、屹立《きつりつ》は飲み込むのが困難なほどに雄々《おお》しく育っていた。

「あぁっ……」

濡れた入り口が大きく綻《ほころ》ぶ。時間をかけて先端を飲んだ後は、ずるずると一直線に進むように穿《うが》たれた。硬い幹に開かれたところが切なくて、余村は泣き声を上げる。

「しゅ…いちっ……」

「……好きにしていいんでしょ?」

低い声で確認する男は、返事は待たずに奥へと腰を打ちつけた。

「んっ、ん…ぁっ……」

「中、熱い……はぁっ」

互いの息遣いは、共鳴し合うように早くなる。

吐息が熱い。擦れ合うほどに熱が高まる。身を穿つものに柔らかに解《ほど》けた場所を掻《か》き回《まわ》され、余村の心は散り散りになる。

「あぅ…っ……あっ、あっ」

掻《か》き集《あつ》め直してももう、自分を乱す男のことと、与えられる快楽のことでいっぱいだった。

「……はっ、はぁっ……和明さん、きもちい…い…? これ、いい?」

「あっ、ん……んっ、いい……あっ、好き……」

「すごい、も…う……吸いついてっ…くる」

何度も繰り返し腰を入れながら、長谷部は『持って行かれそうだ』と言った。

硬く張った性器が男の腹で揉《も》まれ、溢《あふ》れる先走りにぬるつく。二度目とは思えない駆け上がる快感に、余村は射精を求めて腰を振り、奥まで頬張《ほおば》ったものを締めつけた。

「あっ、あ……きもち…い、いいっ……修一、すきっ……好き……」

膨れ上がる快感に互いをきつく抱く。

「和明さん、俺も…っ……」

応える長谷部の声に身を震わせ、余村は堪《こら》え切れなくなったものを解《と》き放《はな》った。同時に熱い迸《ほとばし》りを身の奥で感じ、愛しくてならない男が自分の中で果てたことに、満たされる幸福を覚えた。

長谷部は息を大きく弾ませながらも、窺《うかが》うように声をかけてくる。

「和明さん……大丈夫？」

優しくて、自分を一途《いちず》に好きでいてくれる恋人。

「ん、大丈夫……修一、好きだよ」

火照《ほて》った体を弛緩《しかん》させながら見上げて繰り返し言った顔は、自然と笑んだ。

僕も君に優しくしたい。君を甘やかしたい。

幸せな休日の終わりに。

そう思った。

言ノ葉ノ花火

「修一《しゅういち》、こっちだよ」

待ち合わせにやってきた余村《よむら》が声をかけると、まるで気づいていなかった長谷部《はせべ》は驚いた顔を見せた。

時刻は夜の八時前。今日はこのすぐ近くで花火大会があり、宵《よい》の口《くち》の駅周辺は小さな駅にもかかわらず混雑している。もちろん二人が待ち合わせたのも花火のためだ。

「余村さん……浴衣《ゆかた》ですか」

そして長谷部が驚いているのは、余村が予告なしに浴衣で来たからだった。

長谷部は仕事帰りだが、今日は自分は休みだ。特に出かける予定もなく夕方まで家で過ごした余村は、もう長い間クローゼットに眠らせていた浴衣を着ることを思いついた。

紺の地に白い麻《あさ》の葉《は》模様の爽《さわ》やかな浴衣だ。帯を結ぶのは久しぶりで手間取ったけれど、まぁなんとか見られる感じには着こなせていると思う。

「花火大会だしと思ってさ。似合ってないかな?」

「いや、そんなことありませんよ。でも予想外だったからちょっとびっくりして……余村さんも、浴衣とか持ってるんですね」

目を瞠《みは》らせて凝視《ぎょうし》したかと思うと、長谷部はついと視線を逸《そ》らせた。

浴衣は軽い気持ちだったのだけれど、随分驚かせてしまったらしい。

確かに周囲を見回しても、着ているのは女の子ばかりだ。男性もちらほらいるが、浴衣の彼女を連れたカップルであったり、グループ揃って浴衣や甚平《じんべい》の若者であったりと、二人連れの片方だけが着ているのは珍しい。

不自然だったかもしれないと、歩き始めてから思った。人混みの中で先を行く長谷部はあまりこちらを見ようとせずに言う。

「今からじゃ、とても座って見る場所は見つけられそうにないですね」

八月の末日。夏休み最後の日と金曜の夜が重なっているからか人出は多い。長谷部が振り返らないのは、混雑でこちらを意識するどころではないからかもしれない。そう思ったけれど、比較的緩《ゆる》やかな人通りの川沿いの道端に立ち止まり、夜空の大輪《たいりん》の花を仰《あお》ぎ始めてからも様子はなんだかおかしかった。

会話すら少なく生返事だ。

「綺麗だね、花火」

「あ、はい」

「僕は今日休みだったんだから、昼から場所取りしてればよかったよ。そしたら座って見れたかもしれないのに」

「あ、いや」

「こんなにちゃんと見るの、久しぶりだな。君は？　最後に見たのっていつ？」

「あ、はい」

「………」

しまいには上の空、話が噛み合ってすらいない。

長谷部は元々口数の少ない男だ。

けれど、最近はもう少しいろいろと話をしてくれる。お互い言葉足らずで擦《す》れ違《ちが》いそうになってしまい、公園で本音をぶつけ合った数ヵ月前のあの夜から、長谷部は気持ちをよく表わしてくれるようになった。

『好きです』

長谷部らしい飾りない言葉。短い言葉はもう何度も聞かせてくれたけど、何度耳にしても余村が飽き足りることはない。

こちらを見ようとしない男の顔をそっと窺《うかが》った。いつの間にか余村が恋してならない男は、まるで仕事中のような真剣な顔をして夜空を見上げている。

花火を忘れてその顔に見入った余村は、ふと長谷部に触れてみたくなった。

——触れれば少しは気を引けるだろうか。

魔が差したとしか思えない。周囲に人がたくさんいるにもかかわらず、余村は傍《そば》に下ろされた長谷部の手を取り、互いの指を絡《から》ませようとする。

「わっ!」

途端に、生返事をしていた男とは思えない素早さで振り払われた。声を上げた長谷部だけでなく、余村もびっくりする。

「ご、ごめん、暗いし誰にも見えないかと思って……」

「あ…ああ、そうですね……繋《つな》ぎましょうか?」

「……いいよ、絶対に見られないとは限らないし」

光の華に目を奪われ、誰も他人の動向など見ていない。判っていたけれど、その気もない長谷部に無理矢理手を繋がせるなんて居心地悪い。

なんとなく気持ちに温度差を感じ、それからは余村も口数少なく花火を見上げ続けた。特に冷たくした訳でもないけれど、花火が終わった後の帰り道は長谷部のほうが自分の様子を気にしていた。

「やっぱりさっきの駅にすればよかったですね。足、痛いんじゃないですか? 下駄って疲れますよね?」

混雑を避けようと、待ち合わせとは違う少し離れた地下鉄の駅に向かい始めてからだ。歩みの遅れ気味になる余村を、長谷部は何度も心配そうに振り返る。

「平気だよ。あんまり早くは歩けないだけだから」

「すみません、俺……考えなしで」

「いや、浴衣なんて着てきた僕が悪いんだし」

一歩歩くごとにカラカラと鳴る下駄の音が煩《わずら》わしい。落ち込む自分に、本当は気まぐれで浴衣を引っ張り出したわけではないと思い知る。

たぶん、デートらしいことをしてみたかったのだ。

長谷部が喜んでくれると信じていたのかも。

いくら恋人でも、男の浴衣姿なんて見て楽しいわけもないのに――

下駄の足元に視線を落としつつ歩いていると、急に長谷部に押《お》し留《とど》められた。

「か、和明《かずあき》さん、ちょっと止まってください」

「え……？」

「帯、それ緩んできてないですか？」

「ああ……」

結び方が悪かったのだろう。帯はたわみ、浴衣の合わせ目もだらしなく開きかけている。

焦《あせ》り顔の長谷部に急《せ》かされるまま、道沿いの公園の物陰に向かった。奥にある小さな公民館らしき建物の陰だ。

背後に回った長谷部は、後ろの結び目を解《と》いて直そうとしてくれたけれど、上手くいかないみたいだった。元々帯の締め方など知らず、記憶を頼りにどうにかしようとしているのだろう。

「修一、それ元どおりじゃなくても……」

見映《みば》えなんて悪くてもいい。どうせ見せるつもりだった相手ですら、興味がないのだ。

そう思って声をかけようとしたところ、不意に響いた甲高《かんだか》い女の子の声に遮《さえぎ》られた。はしゃいだ声を上げ、公園の奥に向かってきたのはどうやらカップルだ。

「わ……」

余村は間の抜けた声を漏らす。長谷部に突然、カップルとは反対方向へぐいっと引っ張られた。

みっともなく浴衣の前を開かせた余村を隠すように、長谷部は抱き締めてくる。

「べつに男だし、見られても構わないよ」

なかなか体は離れようとしない。近づきかけたカップルが遠ざかっても、腕はしっかりと自分を捉えたままだ。

力強く抱かれ、戸惑う余村は首を捻《ひね》ってその顔を仰ごうとする。

「……修一？」

「すみません」

「どうしたの？」

「……すみません、和明さん」

急に名を呼ばれてびくりとなる。長谷部は照れ臭いのか、まだ時々しか自分の名を呼ばない。

「こんなことになると思って、あんまり直視しないようにしてたんですけど……」

「え？」

「浴衣姿とか見るの初めてで、なんか俺、興奮するっていうか……あっ、いやそうじゃなくて……和明さん見ると変になって……あ、ちがっ……な、なんて言ったらいいのかな」

長谷部はしどろもどろだ。誤魔化《ごまか》そうとしてか気持ちを伝えようとしてか、喋《しゃべ》りの上手くない男が焦って言葉を紡《つむ》ぐ姿を、余村は至近距離から呆然と見つめた。

長谷部がようやくシンプルな言葉に行き着いたのは、散々《さんざん》迷走したのちだ。

「あの……似合ってます、それ」

余村は不器用な男に思わず笑んでいた。

「ありがとう。崩《くず》れまくっちゃったけどね……修一、直してくれる？」

「え、ああ……はい。けど、なんか俺が触るとさっきから余計におかしくなってきてるんですけど」

大真面目な反応にすら微笑《ほほえ》んでしまう。少し前まで拗《す》ねたと言われても仕方ないほどに落ち込んでいたのも忘れ、余村はそっと背に手を回しかけた。

発したのは甘い声だ。

「いいよ、時間かかっても。とりあえず適当に結んで……ゆっくり直せるとこ、行こうか？」

二人きりになれる場所ならどこでもいい。

長谷部は頷いた。誘いの意味は当然判ったものと思ったけれど、やっぱりそうではなかったのかもしれない。通りでタクシーでもつかまえようと、帯は適当に結びつけて歩き出そうとした余村の背に、長谷部は不思議そうに問いかけてくる。

「あれ、でも……和明さん、それ自分で結んで来たんじゃないですか？」

直せないのかと言いたげな声を、小さく笑った余村は聞こえない振りでかわした。

「修一、早く行こうか」

Kotonoha Birthday

『それでは、今日の占いランキングです！』

女性アナウンサーの爽《さわ》やかな声が部屋に響く。

画面右上に出ている時刻は七時五十一分。

食パンにバターを塗《ぬ》りながら、余村《よむら》はちらとテレビ画面に目を向けた。

一般的な会社員はそろそろ家を出る時刻だろうが、家電量販店に勤める余村の朝は少し遅い。出勤時刻も一定ではなく、早番の日もあれば遅番の日もある。今日は十二時出勤の遅番だった。

以前であれば、まだベッドで眠っていたに違いない時刻。近頃、余村は早起きになり、前はつけなかったテレビも見るようになった。

ソファに座ってもそもそとパンを食べ始めると、ローテーブルに置いた携帯電話が着信音を奏《かな》でる。

『おはようございます。いい天気になりましたね』

長谷部《はせべ》からのメールだ。

忙しい朝のメールなんて、毎日代わり映《ば》えのしない内容だ。待っているというわけではないけれど、返事をしておきたいと思ううちに朝は規則正しい早起きになった。

どうせなら出勤前に返事が届いたほうが、彼も気持ちよく仕事に入れるんじゃないかなんて。

『おはよう。いい秋晴れだね。今日は君は早番だろ、頑張って』

ほとんど決まり文句のような短い返信をすると、すぐにまたメールが届いた。

『もう起きてたんですか。最近いつも朝早いですね』

余村は少し迷ってから返事を送る。

『なんとなく目が覚めた。今日は仕事前に銀行にも寄ろうと思ってるから』

言い訳になってしまった。

君のメールに早く返事をしたいから……そんなことを言うのは気が引ける。彼のことだから『無理しないでください』と気づかってもくるだろう。なにより、自分の想いを知られるのが、余村にはどうにも照れ臭くてならなかった。

たかがメールのために、早くから起きているなんて知られるのは体裁《ていさい》が悪い。

余村は携帯電話をソファの傍《かたわ》らに置き、テーブルの皿に手を伸ばす。再びパンを食べ始めながらテレビ画面に目を向けると、まるで自分に告げるかのようにアナウンサーが声を響かせた。

『残念、今日のワーストは天秤座《てんびんざ》のあなた！』

「え……」

『いつもスマートで卒《そつ》のないあなた。でもちょっぴり見栄《みえ》っぱりなのが玉にキズ。今日はいつもより素直になったほうがいいみたい』

まるで今のメールをずばり指したかのような一言だった。本日の運勢最下位に、天秤を模《も》したＣＧのアニメーションキャラクターが画面の中で泣いている。

「……っ……！」

『うっ』とパンが喉《のど》に詰まりかけた。

余村はげほげほと苦しげに咳《せ》き込《こ》み、涙目になって顔を上げると、爽やかな美人で評判のアナウンサーがにっこりと笑《え》んで声をかけてきた。

『それでは十月十七日水曜日。今日もみなさん元気にいってらっしゃい！』


余村が家を出たのは、午前十時十五分頃だった。

長谷部に銀行へ行くと言ったのは嘘ではない。ほかに済ませたい用もいくつかあり、早めに出て駅に向かうとホームに賑《にぎ》やかな女の子のグループがいた。

「お誕生日おめでとー！」

ベンチで朝から楽しげに騒いでいるのは、近くの大学の生徒と思《おぼ》しき若い女の子たちだ。真ん中でリボンのかかったプレゼントを受け取っている子は、どうやら今日が誕生日らしい。

自分と同じ誕生日だ。

余村は今日が自分の三十回目の誕生日であることを、テレビで女子アナに教えられたばかりだった。

電車はまだ来ない。ホームで多くの人がそうしているように、余村も携帯電話を取り出して開いた。

返信モードで長谷部へのメールを打ち始める。

『もう開店時刻だね。携帯見てないと思うけど、僕も家を出たところだよ。実は今日は僕の……』

『誕生日なんだ』と打ち込もうとして手が止まった。

「……いや、変だろ」

子供じゃないのだ。誕生日なんて、わざわざ知らせるほどのことだろうか。

毎年一応思い出してはいたけれど、ここ数年は誰かに特別に祝ってもらったこともない。最後に付き合っていた彼女……結衣子《ゆいこ》と別れてからは、そういうイベント事とは縁遠くなっていた。

ちょっとは淋《さび》しさを覚えていたかもしれない。でもそれ以上に人と過ごすのが苦痛で、誰にも知らせなくとも不都合は感じていなかった。

——会ったときでいいよな。

今まで知らないでいたのに、急に祝ってほしそうに教えられても彼も困るだろう。

次の休み、ゆっくり会えるときにでも話のついでに言えばいい。

傍らのベンチからは、喜ぶ女の子を中心としたはしゃぐ声がまだ響いていてきていたけれど、自分は二十歳《はたち》そこそこの可愛い女の子たちとは違うのだからと、余村は携帯電話を閉じた。

ついに三十歳だ。

長谷部との年齢差も再び開いたわけで、べつにめでたくもない。

おまけに運勢までワーストだ。なにも誕生日の星座を今日のワーストに選ぶこともないだろうにとテレビ局相手に思うも、そうするとひと月はワーストには選べないことになる。

余村はふっと苦笑した。

たかが占いだ。

目にすれば縁起担《えんぎかつ》ぎ程度には意識するけれど、だからといって信じているわけではない。

空も高く、気持ちのいい秋晴れだ。悪い一日になどなるはずがない。

閉じた携帯電話をジャケットのポケットに戻すと、ちょうど電車がホームに入ってくるところだった。


平日のパソコンコーナーは、週末とは打って変わって落ち着いていた。

季節的にも売上が伸びる時期ではなく、午後も時間潰《つぶ》しにまったりと売り場を見て回っている客がほとんどだ。

午後一時三十七分。腕の時計を確認していると、ほかの客と違い、一人慌ただしく入ってきた老人が余村に声をかけてきた。

「パソコンって包装はできるんですか？」

老人と言っても、まだ恐らく六十代だ。

「プレゼント用ですか？　ええ、もちろんできますよ。デスクトップは簡易包装になりますが、ノートでしたらラッピングの種類もいくつか御用意しています」

「孫に急にパソコンをねだられましてね。今日が誕生日なんですよ」

「た、誕生日ですか」

「そうなんですよ。はは、まだ小学生なんですけどね。勉強にも使うからって、どうしてもって言ってきかなくて。まったく、小学生の孫のプレゼントにパソコンなんて、先が思いやられますよ」

苦笑いしつつも、買う以外の選択はないらしい。

孫が可愛くてならないらしい男にアドバイスを求められ、なるべく手頃な価格帯の中からサポートもしっかりとしたものを選ぶと、迷うこともなくそれを購入して行った。

今日はなんだか同じ誕生日の人に縁がある。

——喜んでくれるといいけど。

せっかくの誕生日プレゼントだし、喜んでくれて、そしてあの優しそうな『おじいちゃん』の株も上がるといい。

客の帰りを見送った余村は、そう思いつつ売り場を離れてバックヤードへと向かった。

小学生のプレゼントがパソコンの時代。大人になったらどんなものを欲しがるのか確かに先行き心配なものの、案外落ち着いてしまって、高価なものへの興味は失《う》せていくのかもしれない。

実際、自分は特に欲しいものはない。

プレゼントはいらない。

ただ——

白物《しろもの》コーナーの傍《そば》を過《よ》ぎる途中、いつものようにその姿を探そうと視線を巡《めぐ》らせると、バックヤードへ向かう扉が開いた。

「余村さん」

長谷部に声をかけられ驚く。

嬉しげに近寄る男に、余村の声はちょっと焦《あせ》って上擦《うわず》ってしまった。

「は、長谷部くん、昼休憩に行ってたのか？」

「はい、昼飯食べてきたところです。余村さんも休憩ですか？」

「うん、ちょっと喉が渇《かわ》いてね……今日はなんだか売り場も暇だし」

「うちもです。チラシ入ってた土日とえらい違いですよね、朝からまだ小物くらいしか売れてませんよ」

長谷部も暇を持て余しているのかもしれない。

急いでもなさそうなので、やっぱり切り出してみようかと思った。

言いそびれていた誕生日のことだ。

「あ、あのさ……」

「そっちはどうですか？」

「え？　あ、ああ売上？　あんまり売れてないけど、さっきプレゼント用にノート買って行った人がいたよ」

「プレゼントにパソコンですか。すごいな……えっと、余村さん、今なにか言いかけてなかったですか？」

「え？　あ、ああ……」

余村は言い淀《よど》んだ。

タイミングが悪い。今話したら、高価なプレゼントでも欲しがっていると誤解されそうだ。

「えっと……」

そもそも考えてみれば、今まで一度も話に上《のぼ》らなかったのもおかしい。

付き合って五ヵ月経《た》つけれど、長谷部は自分に一度も誕生日について尋ねてきたことがない。きっと、そういうイベント事にはあまり興味のない男なのだろう。妹の果奈《かな》も、兄の誕生日プレゼントは選びにくくて困ると言っていたくらいだ。

「あのさ、暇過ぎてもかえって時間経たなくてきつくないか？」

苦《くる》し紛《まぎ》れに続けた言葉に、少し高い位置からじっと自分を見つめていた男は拍子抜《ひょうしぬ》けしたような顔をした。

「ああ……そうですね。確かに」

なにを言ってるんだと自分でも思う。

「長谷部くん、じゃあまたあとで」

笑みでどうにか取《と》り繕《つくろ》いつつ脇を行き過ぎ、『STAFF ONLY』の表示の入った扉を開けて裏に向かおうとすると呼び止められた。

「余村さん、今日は帰り暇ですか？」

「帰り?」

「よかったら食事して帰りませんか?」

「え……い、いいけど、でも今日僕は遅番だよ?」

「今夜は果奈がいないんです。弁当買うのも味気ないし、大丈夫なら終わるの待ちますよ。俺も帰りに寄りたいとこあるんで、時間は潰せますし」

普段なら早番の長谷部を待たせるのは気が引けるが、そういうことなら断る理由もない。

「そっか、じゃあそうしようか。店出る前にメールするよ」

余村はさらりと応《こた》えた。

内心、浮足立つほどに嬉しかった。一緒に過ごせるのはいつであっても嬉しいけれど、これで誕生日のこともさり気《げ》なく伝えられる。飲みに行くなら乾杯しながらでもいいし、普通の店なら帰り際でも……そうだ、帰る間際ならプレゼントなんて妙な気を回させることもないだろう。

やっぱり、今無理に言ったりしなくてよかった。

余村は胸を撫で下ろしながら、軽くなった足取りで休憩室へと向かう。

今日はツイている。そう思った。

女子アナに『ワースト』なんて言われたことは、すっかり忘れていた。

そのときまでは。

「あんたに手間をかけさせることになって悪かったねぇ」

午後八時四十六分。店から一キロほどと、距離的にはそう遠くない場所に余村はいた。

昼間プレゼント用にノートパソコンを買って行った老人の家だ。

「いえ、初期不良ですから、交換対応させていただきます。在庫のある商品でよかったです」

設定途中で画面が完全ブラックアウト、異音まで始まったとあっては疑いようもない。実際、訪《たず》ねたマンションの部屋で確認をしても状態は電話口で聞いたとおりだった。

「でも……配達はあんたの仕事じゃなかったんじゃないかね？」

「お孫さんの誕生日プレゼントだと伺《うかが》ってましたし。ああ、これを。メーカーの販促で配っていたものなんですが、よかったらお使いください」

在庫を見つけて持ってきた、ＣＭキャラクターの猫のマウスパッドとメモ帳などの文具を手渡す。

「あんた、いい販売員さんだね。今度プリンターを買いに行くつもりだから、またよろしく頼みますよ」

「ありがとうございます。ええ、是非《ぜひ》」

不良のノートパソコンを梱包《こんぽう》した箱を手に提《さ》げ、部屋を出ようとすると母親が子供の背を押す。

「ほら、光太《こうた》、あんたも御礼言いなさい」

パソコンを確認した子供部屋は五人家族全員が集まっており、一家総出で見守られて落ち着かないくらいだった。

小学校二年生の子供がぺこりと頭を下げる。

「あっ、ありがとうございます」

「どういたしまして、パソコン壊れてて悪かったね。お誕生日、おめでとう」

余村が微笑《ほほえ》んで言うと、子供は少しはにかんで笑った。

玄関に向かう途中、通りすがったリビングはいかにも誕生日という感じだ。ちょっとした飾りも施《ほどこ》された部屋に、ケーキやシャンパングラス。せっかくの祝いに不良品で水を差したと思うと、やっぱり持って来てよかったと思えた。

けれど、暖かな家族の部屋を後にして、一人マンションを出ると侘《わび》しさを覚え始める。

パソコンがおかしいと連絡があったのは閉店の八時間際だ。家はすぐ近くだと言うが、サービスを通していたら明後日《あさって》以降の配達にしかならず、店長に事情を伝えた余村は直接持って行くことにした。

長谷部には、『今夜は会えなくなった』と告げた。

事情を知らせると『何時でも待ちますよ』とメールの返事は来たけれど、時間もはっきりしないまま、いつまでも待たせる気にはなれず、『また今度にしよう』と返信した。

仕事だから仕方がない。

会えなくなったことが、落ち込んでいる本当の理由ではない。

今のこの気持ちは、回避できないことだっただろうか。

最初から、今朝気がついたあの瞬間から、誕生日だと伝えていればよかった。

駅のホーム、店で会話をしたあのとき、いくらでも告げるタイミングはあったのに、『些細《ささい》なことだから』と言い訳して先送りにした。

本当に自分に取ってどうでもいい話だったのなら、伝えることだって身構えずにできたはずだ。

体裁を気にするばかりで言えなかったくせに、自分は――

夜道を店まで歩いて帰る余村の気持ちは沈んだ。

高架沿いの裏道に入ると人気《ひとけ》も少なく、繁華街《はんかがい》までは街灯の数も疎《まば》らで薄暗い。風はまだ寒いほどではないけれど、冷たくひやりとしていた。

プレゼントをねだったあの子供みたいに素直でいられたらよかったと思う。欲しいものはなにもなくとも、自分にも傍にいてほしい人ならちゃんといた。

たった一言の祝いの言葉さえもらえれば、それだけで幸せな気持ちになれる相手が自分にも。

『今日はいつもより素直になったほうがいいみたい』

今朝のアナウンサーのあの言葉。

「占い、当たったなぁ……」

とぼとぼと歩く余村は独りごつ。

もう一日も終わる。店に不良品を戻して、着替えをして、家に帰る頃には深夜近くだ。

彼にはまた今度、次に会ったときこそ今日のことを話して――

そこまで考え、余村ははっとなった。

これではまた今日一日の失敗を繰り返すだけではないのか。

まだ終わってはいない。今日はまだあと三時間ほど残されている。

店の制服姿のままの余村は、足を止めてジャンパーのポケットから携帯電話を取り出した。

メールを打とうとして手が止まる。

じっと開いた携帯を見つめ、それからメールより電話をするのを選んだ。

ゆっくりとまた歩き出す。電話にすぐ出てほしいような、まだ気持ちが纏《まと》まっておらずもう少し待ってほしいような複雑な気分。

『……和明《かずあき》さん?』

「修一《しゅういち》」

長谷部は一回のコール音で出た。

暗い声を発してしまい、長谷部が心配そうに返してくる。

『どうしたんですか?　なにか大変なことでも……』

「いや、なにもないよ。仕事、やっと終わったんだ。店に戻るところでさ、君の声が聞きたくなって……今、大丈夫かな?」

『大丈夫ですけど、でもあの……』

「ごめん、君にどうしても話しておきたかったことがあるんだ。実は今日なんだけど……」

右手にはもう、電器屋の明かりを落とした看板が見えていた。少しでも近道をしようと、辿り着いた近所の公園を過ぎりながら電話で話をする余村は、言葉を続けようとして息を飲む。

視線の先のベンチに、見覚えのある背格好の男が座っていた。

長身の男は店のほうを臨《のぞ》む形で座っていて、思わず足早になって近づくと、足音に気がついたらしくこちらを振り返り見た。

「和明さん」

その声は、耳に押し当てた携帯電話からも、目の前からも響いて聞こえた。

「修一……な、なんで?」

驚いて声をかけると、長谷部はバツが悪そうに応えた。

「そろそろ仕事終わる頃かなと思って」

「……って、ずっと待ってたのか? 帰っていいって言ったのに」

「ずっとってほどじゃありませんよ。駅の辺りでうろうろしてましたから、買い物とかして」

「買い物? ああ、そういえば……なに買ったの?」

背後から覗き込んだベンチには紙袋が置かれていた。落ち着いたオレンジの綺麗な色をした紙袋。

たしか、用もあるから待つのは苦にならないと言っていた。

けれど、何気ない問いを長谷部は否定した。

「ああ、これは今買ったやつじゃありません。持って来てた……誕生日プレゼントですよ、和明さんへの」

「え……」

不意を打たれて間抜けな反応になってしまった。

長谷部はちょっと苦笑して言う。

「もしかして忘れてましたか？　誕生日でしょう、今日。おめでとうございます」


余村は長谷部を公園に残し、一旦店に戻った。

店長が待っており、パソコンも届けないわけにはいかない。メーカーへの返品手続きは明日に持ち越して慌ただしく帰り支度をする自分に、店長は呆気《あっけ》に取られた様子だったが、気が急《せ》いてしょうがなかった。

着替えをすませ、公園に戻る足は自然と小走りになる。別れたときのままベンチで待っていた長谷部は、ちょっと驚いた顔を見せた。

「和明さん、そんなに急がなくてもよかったのに」

「でも、散々待たせてたから」

「なんか、驚かせたみたいですみません。プレゼントくらい店で渡しておけばよかったんですけど、今夜会えることになったから、できればそのときにと思ってしまって」

「ごめん、約束してたのに僕が……」

「いいんです。俺が今日中に渡したくて勝手に待ってたんですから」

隣に座るよう促《うなが》される。

余村は腰をかけながら、ずっと訊きたくてしょうがなかった疑問を口にした。

「修一、なんで今日が僕の誕生日だって知ってるんだ？　君に話した覚えないんだけど」

長谷部はどことなく困ったような反応で目を伏せた。

「すみません、実はだいぶ前から……勝手に知ってました」

「だいぶ前って？」

「去年の今頃です。事務の佐藤《さとう》さんが書類整理してるとこにちょうど出くわして、和明さんのを偶然見てしまったんです。なんの書類だったかな……なにかの申請書だったと思うけど……すみません、覚えてないな……俺、誕生日にしか目が行ってなかったから」

気まずそうな長谷部の声は途切れ途切れだ。

たどたどしい話しぶりは、どこか親しくなったばかりの頃の長谷部のようでもある。

「それで覚えてくれてたんだ」

「ちょうどその数日後だったたし……好きな人の誕生日なんだからすぐ覚えます」

長谷部は興味を示さなかったわけじゃない。むしろ自分と親しくなる前から意識してくれていたのかと思うと、なんだかくすぐったい小さな喜びに満たされる。

「僕はてっきり君は知らないんだとばかり」

「すみません。覗き見して知ってたなんて……言《い》い難《にく》くて。知ってるのに知らん顔で訊くのも、なんか俺……できなくて」

真面目な長谷部らしい。

その不器用さに、余村の表情は自然と緩《ゆる》む。

「せっかくだから、驚かせたいって思ったのもあります。サプライズなんて、柄でもないこと考えるもんじゃないな……あ、和明さん、もしかして俺が知らないせいで祝いもしないって思ってましたか⁉」

「え？　べつに、そんなことは……」

反射的に惚《とぼ》けようとした。

自分の悪い癖だ。気恥ずかしさから、すぐ逃げを打つ。

気にしていない振り、なんとも思わずにいた振り。格好悪いことになりたくなくて繰り返したつまらない虚勢のせいで、今日は一日頭を悩ませ落ち込んだりもしたくせに——

余村は小さく息を吐き、そして吸い込んだ。

「ごめん、本当は君に早く話しておけばよかったと思ってた」

「え……」

「僕も自分からはなかなか言えなくてさ。いい年してわざわざ言うほどのことじゃないかな……とか、余計なこと考えてしまって」

こちらを見つめる男が少し目を瞠《みは》らせる。やっぱり本音を明かすのは慣れない。

でも。

「和明さん……俺も、メールでもなんでもいいから、朝一番にお祝い伝えておけばよかった。遅くなったけど……これ、誕生日プレゼントです」

照れ臭そうな長谷部は、ややぶっきらぼうに紙袋を手渡してくる。

気持ちを伝えてよかったと余村は素直に思えた。

「ありがとう、修一」

「なんか、すごい悩んだわりに普通なんですけど」

「なんだろう……開けていい？」

長谷部は『もちろん』と頷く。紙袋の中身はリボンの添えられた箱で、開いてみると収まっていたのは暖かそうなマフラーだった。

滑《なめ》らかでしなやかな触《ふ》れ心地《ごこち》から、上質のカシミヤだとすぐに判る。マルチストライプ柄で、ベージュ地に寒色系の幅を違えたストライプがアクセントに入っていた。

「すみません、俺、和明さんみたいにセンスないんで気に入るかどうか。ちょっとカジュアル過ぎないですか？」

「そんなことないよ。落ち着いた色だし、巻き方でもいろいろ楽しめそうだし。うん、気に入ったよ」

長谷部からのプレゼントだ。どんなものでも嬉しいに違いなかったが、本当に好きな雰囲気だと思った。堅苦しすぎず、けれどその風合いから質のよさが伝わってくる。

首に巻こうとすると、上手く回らなかった端のほうを長谷部が直してくれ、余村ははにかんで笑んだ。

なんだろう、この瞬間とても幸せだと思った。プレゼントをもらったのは特別でも、並び座っているのはただの公園のベンチだというのに。

「ありがとう、似合うかな？」

長谷部に頷いて笑みを返されると、ますます胸が変な具合に苦しくなる。

「外さないんですか？　まだ暑いですよ」

箱とリボンだけを紙袋に戻し始めると、不思議そうな顔をされた。

薄手だが暖かなマフラーだ。まだつけて歩くには早い。

「うん、でも……君からもらったプレゼントだから、もう少しつけていたい」

余村は理由を心のままに告げ、目の前の顔はますます戸惑いを見せる。

「なんか……」

「うん？」

「今日、和明さん……なんだかいつもと違いますね」

「そうかな？　はは、誕生日だからかな」

いつものように始まった朝。

いつものように過ごしていた自分。

けれど、今日は一年に一度の特別な日だから、特別な自分になってもいいだろう。

もっと幸福を手にできる自分に、素直に君への想いを言葉にできる自分に。

じっと見つめて微笑むと、長谷部のほうがうろたえたような顔をして立ち上がりかけた。

「えっと……じゃあ、行きましょうか。腹減りましたね。どうかなって思ってる店が一応あるんですけど、イタリアンでもいいですか？　遅くまでやってる店なんで、今からでも……」

あっさりついてくると思っていたのだろう。立ち上がって後を追うどころか、上着の袖《そで》を摑んで動きを阻《はば》んだ余村に、長谷部が怪訝《けげん》そうに振り返る。

「和明さん？」

「……食事はいいよ」

「え？」

「食事はどこでもいいからさ、これから……」

もっと傍に寄ってほしいと絡《から》めた指先は温かかった。

少し乾いているけれど、とても温かな男の指。その手を引き寄せ、導かれるまま身を屈《かが》めた男の耳元に、ベンチに座った身を伸び上がらせる余村は囁きかけた。

ただ、『うちに来て』と――

自分は誕生日なのだから、これくらいの我儘《わがまま》は言っても許してもらえるだろう。

「ダメかな?」

小首を傾《かし》げて問えば、長谷部は笑んで応えてくれる。

「どこへでも……あなたの行きたいところに。今日は和明さんの誕生日ですから」

午後九時三十七分。

余村はもっとも欲しかったものを、大好きな男から受け取ることができた。

ふと、今朝の女性アナウンサーの声が聞こえた気がした。

『おめでとう、今日のラッキーは天秤座のあなた!』

K O T O N O H A   D A Y O R I

言ノ葉便り

「そうか、じゃあ……まあしょうがないな。ほかに休みを代われる奴がいないか当たってみるよ」

事務所の壁のシフト表を見据《みす》えた店長の増岡《ますおか》は、溜め息を零《こぼ》しつつも気を取り直したように言った。

傍《かたわ》らに立つ余村《よむら》は、机に片肘《かたひじ》をついて座った男に詫《わ》びる。

「予定を早くから入れてたもので、すみません」

断ったのは、二日後の火曜の休みに出勤してくれないかという話だ。

誰かが急に休みを取りたいと言い出したらしい。平日に販売員が一人二人減ったぐらいで、売り場が回らなくなるようなことはないはずだが、穴はできるだけ埋《う》めておきたいのだろう。

「いや、気にするな。ほかに誰か一人ぐらい空《あ》いてる奴いるだろ。それより余村、おまえ最近習い事でも始めたのか?」

以前は休みに無頓着《むとんちゃく》だった。取《と》り辛《づら》い土日に休む必要もなく、平日も特にこれといった用事もなかった余村は、パソコンコーナーの全員がシフトを決めてから空いた日に休みを入れることも多かった。

けれど、近頃は積極的に主張する。欲しがるのは誰と取り合うでもない平日の火曜や木曜だが、増岡は自分のちょっとした変化に気がついていたらしい。

「習い事じゃないですけど、前より出かける機会が増えたんで……」

「はぁ、さては女か？　それにしちゃ、週末には興味ないようだが……販売員の彼女でもできたか？　まさか店内じゃないだろうなぁ、だったら早めに教えてくれよ？　おまえはもううちの社員なんだからな。家族が増えるってなったら、いろいろこっちもやることが出てくるんだ」

冗談めかしてにやりと笑う男の言葉に、余村は「違いますよ」と言って苦笑する。狭い事務所内では、コピー中の女性事務員もこちらを気にしてチラと顔を向け、居心地の悪い気分を味わう。

「それじゃ、売り場に戻りますんで」

逃げるように部屋を出る間際、振り返ると増岡はシフト表に見入っていた。本気で疑っているのかもしれないが、幸いいくら探しても自分とシフトを揃えた女性販売員などいやしない。

それに、合わせようとしている相手とも、思うように重なってはいない現状だった。

長谷部《はせべ》とは半分休みが合えばいいほうだ。月の休みは六日が基本だから、半分は三日。正直、少ないと感じている。二人とも早番の日は、仕事帰りに一緒に食事ぐらいはすることもあるけれど、物足りなさは否《いな》めない。

休みは大抵余村のほうから合わせている。長谷部のいる生活家電コーナーは、人数的にギリギリで回していて余裕がない上、シフトをほぼ固定させている。

長谷部の休みは火曜や木曜が多い。

そして、明後日《あさって》はその火曜日だ。

昼食の後、店長に呼び止められて寄った事務所を後にした余村は、そのまま売り場に戻る。もう二時になろうとしていたが、今日は忙しい週末とあって、長谷部はまだ食事を取ってはいない様子だった。

生活家電コーナーを通りすがると、無意識にその姿を探してしまう。もう癖みたいなものだ。

背が高くていつもは目立つ姿が見当たらないと思えば、冷蔵庫でできあがった狭い通路に長谷部はいた。

年配の女性客と話をしている。説明中のブラックの冷蔵庫は余村の家にもあるもので、先月異音を感じて買い換えた際に長谷部に選んでもらった。

じっと見つめれば目が合いそうになる。長谷部が顔をこちらに向ける気配を感じ、余村はすっと視線を前に戻して足早になった。

自分がいつも探してしまうからか、長谷部と売り場で目が合うことは多い。付き合っているのだから、見つめ合ってにっこり笑うぐらいのことをしても構わないはずだけれど、いい年して照れ臭い。

夏の終わりに、最近の自分は長谷部のことが気になって仕方がないと打ち明けた。

どうやって以前は店で普通にしていられたのか判《わか》らないくらい、毎日長谷部のことを考えていると

――

あれから三カ月ほどが過ぎても、ちょっと自分でもまいってしまうほどに変わっていない。

前は休日を待ち遠しく思うことも、職場で誰かの動向が気になるようなこともなかった。人の『声』に耳を塞《ふさ》ぐのに精一杯で、人から逃げたいと考えはしても、誰かの傍《そば》にいたいだなんて思いもしなかった。

店の正面口のパソコンコーナーまで辿《たど》り着《つ》くと、余村はふらりと出口に近づいてみる。

休日だけあって歩道の人通りは多く、表は賑《にぎ》やかだ。排ガスを撒《ま》く車道の車の列も途絶えることはなく、渋滞気味のためアイドリングのエンジン音も騒々《そうぞう》しい。

顔を上げてもビルの谷間に見える青空は僅《わず》かばかりだ。

すっと小さく余村は淀《よど》んだ雑踏《ざっとう》の空気を吸い込む。風は爽《さわ》やかだが少し冷たかった。気がつけばもう十一月も半《なか》ば過ぎになる。

長谷部と初めてまともに言葉を交わした十二月も、もうすぐ迎えようとしていた。


火曜日、長谷部は前夜にメールでやり取りしていたとおり、正午には余村の部屋へやってきた。

「ホント、なんでこれが売れ筋じゃないんだろうね。この野菜室は使い勝手がいいよ。まだネギは買ってないいんだけどさ」

取り出したケチャップを手に冷蔵庫のドアを閉めた余村は、キッチンのカウンターでサラダを皿に盛ってくれている男に向かって言う。

「内ポケットに入れるのはべつにネギじゃなくてもいいのに。長いもの……ゴボウとか……って、もっと買わないか」

「だね。でも、自炊する気になっただけでも僕には大した進歩なんだよ」

料理本頼りで作り上げたオムレツにケチャップをかけながら、余村は照れ笑う。

実際、料理をするなんて長い単身生活の中でも珍しい。焼くか炒《いた》めるか、その程度のまぁ男らしい調理しかしたことのなかった余村が料理本を開くなど、画期的なことだ。

なにも冷蔵庫を買い直したからではない。確かに長谷部に薦《すす》められた冷蔵庫は使いやすく、ビールや調味料を冷やすだけではもったいないと思うものの、余村がその気になったのはもっと別の理由からだ。

近頃、長谷部と家で過ごすことが多くなった。

夏の間は、少ない休みを惜《お》しむように普段は行かない場所まで毎回足を伸ばしていたけれど、このところ家でのんびりする日が増えた。

だからといって、食事を普段どおり近所のコンビニ弁当ですますのは味気ない。

余村は、長谷部をもてなしたくて料理をしてみようという気になったのだ。

その結果がオムレツとは、中高生レベルではあるけれど。

「冷蔵庫でそこまで変わるなら、俺も薦めた甲斐《かい》がありましたね」

「え、あ……うん、まぁね」

あくまで冷蔵庫のためだと思っている様子の長谷部に、余村はちょっと視線を泳がせつつ皿を手にした。居間のテーブルまで運び、二人で食事を始める。

「あ、これ美味《うま》いです。結構和風っぽい味かな」

当然のように長谷部が褒《ほ》めたりするから、またどう反応していいやら判らない。

「そう？　でも果奈《かな》ちゃんの料理には負けるよ。そうだ、寒くなったら鍋でもやろうか？　ネギもいっぱい買ってさ」

「ネギに拘《こだわ》ってますね」

「だってあの冷蔵庫の売りは、長いものも収まる野菜室のポケットだろう？」

「ほかにもありますよ。静音《せいおん》とか、省エネとか……もしかして和明《かずあき》さん、俺の説明、ネギしか聞いてくれてなかったんですか？」

箸《はし》を動かす手を止め、ちょっと不服そうに言う長谷部に、余村は「ははっ」と誤魔化《ごまか》すように笑った。

「まぁ君の薦めなら間違いないって思ってたからさ」

褒めたつもりが、何故だか長谷部からは「その言い訳はずるいです」と返ってくる。

どの辺が『ずるい』んだろうと、よく判らずに頭を巡《めぐ》らしていると、長谷部は唐突に言った。

「和明さん、鍋もいいですけど……年が明けたら旅行にでも行きませんか？」

「……え」

急な誘いにびっくりした。

「旅行って……で、でも休みが取れないだろう？」

「正月明けたら連休がもらえるでしょう？　だからそんときに休み合わせて一泊どうかなって。冬だし、温泉でも……駄目ですか？」

確かに、言われてみれば正月明けは年に数えるほどしかない連休を合わせるチャンスだ。

長谷部の計画を知り、余村は二つ返事で頷く。

「いいよ。行こう、温泉！」

ちょっとらしくもなく興奮してしまった。つい声の大きくなった自分に、余村は決まり悪く顔を俯《うつむ》きがちにして食事を続けながらも、喜びを言葉にする。

「嬉しいな、君と一緒に旅行なんて。この仕事を続けてる限り、なかなか無理だろうと思ってたから」

「正月休みは和明さんに合わせますよ。いつも俺に合わせてもらってることが多いでしょ？　ほら、うちは結構休みが固定してるから」

「あ……うん、でも僕のとこは人数多いから融通《ゆうずう》が利くし、そんな気を遣わなくていいよ。たぶん、正月休みも大丈夫だから」

「じゃあ決まりですね」

「ああ、楽しみだな。どこにするか考えないと」

もしかすると店長にまたからかわれるかもしれないが、それくらいで済むなら安いものだ。

本当に嬉しいと思った。二人で過ごす予定ができたことも、長谷部が休日について気にかけてくれていたことも。

最近、自分のほうがずっと長谷部に夢中なんじゃないかと思うときがある。

けして気持ちを疑っているわけじゃない。彼を疑うようなことはもうない。けれど……あれから変わらず自分を想い続けてくれていると判っていても、自分の気持ちのほうがそれを上回るほどにずっと強くなっている気がしてならない。

そんなことを言ったら、きっとまたいつかのように怒らせてしまうだろうけれど。

毎日おかしいくらい長谷部のことばかり考えてる。

食事に集中する振りで箸を動かしながら様子を窺《うかが》うと、テーブルの角を挟んだ隣に座る男はテレビのほうを見ていた。たまたま点《つ》けていたのはバラエティ番組で、ちょっと笑ったりもしている。普段あまり表情を変えない長谷部だが、たまに頬を緩《ゆる》めて笑うと普段より若く見える。

実際、自分より四つも年下なのだから当然だろうか。

なかなか割り切れなかった男同士であるという枠《わく》を取り払い、一人の人間として……恋する相手として長谷部を見るようになると、とても魅力的だと感じるようになった。

誠実で、仕事熱心で、外見だってべつに悪くない。ぱっと目を引く華やかさはないけれど、ハンサムだしモテないのが不思議なくらいで、職場の女の子たちは本当に見る目がなさすぎだ。

正直、長谷部が今まで誰も好きにならないでいてくれてよかったとさえ思う。

——やっぱり、自分はすごく変だ。

彼のことになると、今までの自分を完全に失ってしまう。

恋愛経験はそれなりにある。女性経験は人並み……もしかすると、人より少し多いくらいかもしれないけれど、思い返してみれば、いつも相手の求めや行動に付き合う感じで、自分から追い求めるようなところはなかったかもしれない。

大人になって結婚も視野に入れる頃になると、彼女も年下だったりして、男らしくリードするようにもなった。でもやっぱり相手の望みを叶えて喜ばせたいというのが原動力だった。

仕事が忙しく長く会えないようなことがあっても、自分は切実に休暇を待ち望んだりしなかった。だからと言って彼女を大切に思っていなかったわけではなく……まぁ男だからこんなもので、淋しがったりはしないのだと思い込んでいた。

「どうかしましたか？」

長谷部に声をかけられ、余村ははっとなる。

気がつくと、じっと見入ってしまっていた。

「いや、なんでもないよ。そ、その芸人、最近よく見るね。なんだっけＣＭでも同じネタやってたな……」

慌てて誤魔化す。

それからはテレビを見たり、旅行の行き先について話したりしながら食事を終えた。食器だけ片づけておこうと立ち上がると、長谷部も手伝ってキッチンまでついてきた。

「あ、いいよ洗ったりしなくて、後で適当にやるからさ」

「でもご馳走《ちそう》になったから、洗うのくらい……」

「それより借りてきてくれたやつ観《み》よう。あれ、新作だから人気で、近所のレンタル屋は空いてなかったんだよ」

長谷部が借りてきた映画のＤＶＤを早く観ようと促《うなが》す。

前に二人で行った映画だ。面白かったからＤＶＤが出たらもう一度観ようと話をしていた。

初めて一緒に観た映画。つまり初めて二人で休日を過ごした日……長谷部から「付き合ってほしい」と改まって言われた日の、ある意味記念のような映画だ。

余村はそれに気がついていたけれど、口には出さない。そんな些細《ささい》なことまで気にかける自分はなんだか女々《めめ》しく、やっぱり変だと思う。

そそくさとディスクをセットし、ソファーに並んで座ると、先に長そうな映画紹介のＣＭが流れ始めた。

長谷部が急に思い出したように言う。

「そうだ……和明さん、週末のこと……すみません、やっぱり食事には行けそうにないです」

「え、土曜日？」

早番が重なったから、食事がてら軽く飲んで帰ろうかと言っていた。

すまなそうに長谷部は理由を説明する。

「果奈に真《ま》っ直《す》ぐ帰ってきてくれって念押されて。なんか、彼氏を家に連れてくるつもりみたいです。俺に会わせたいからって」

「へぇ……そうなんだ。前もって言うなんて随分改まった感じだね。もしかして、もう結婚話？」

「どうだろ、まだ付き合って一年にもならないはずだし、ただ紹介しておきたいだけじゃないかな」

「そんなの判らないよ？　半年ぐらいで結婚する人も珍しくはないんだし」

長谷部をからかうつもりはなかったけれど、なんだか話を煽《あお》るような調子になってしまう。

「修一、どうするの？　もし果奈ちゃんをお嫁にくれって言われたら」

「俺はべつに……前も言ったとおり、構いませんよ。あいつお喋《しゃべ》りだから、俺に彼氏のこととかやたらよく話すんですけど、今度はよさそうな奴みたいだし」

「ふうん、そっか……職場の同僚だって言ってたから、それも安心だね。どんな人かなぁ。果奈ちゃん、きっと今度はいい人選んでるんじゃないかな」

前の男のことでは辛《つら》い目に遭《あ》った彼女が、信じて選んだ相手だ。

幸せになってほしいと思う。週末の約束が駄目になってしまったことより、果奈の話が気になっていると、長谷部が言った。

「そうだ、和明さんも週末うちに来ますか？」

「え？」

「来ればいいじゃないですか。果奈も喜ぶと思う。最近うちに来てないから、『余村さん、元気？』って昨日も言ってたし」

妹の恋人との顔合わせの場に自分を呼ぼうだなんてびっくりだ。

「いや……そ、それは駄目だよ。他人の僕なんかがいたら、話がし辛《づら》くなってしまうだろ？　もしかしたら大事な話があるかもしれないのに……」

「俺は、和明さんのこと他人だとか思ってません」

長谷部は反論するようにきっぱりと言い切る。

「修一……」

そう思ってくれていることを、素直に嬉しいと思う。

けれど、気持ちと現実は違う。

「……ありがとう。嬉しいけど……でも、果奈ちゃんにとって僕は赤の他人だよ」

「それは……まだそうかもしれませんけど」

まだではない、永遠にそうだ。自分は女性ではないから長谷部と結婚することはできないし、養子縁組なんて方法で籍に入るつもりもない。そんな方法で関係を近づけたところで、肉親に認められないのでは意味がない。

長谷部は開きかけた口を閉じた。長谷部だって、この関係が周囲に認められるのが容易でないのは判っているに決まっている。

どうしても納得したくはない様子で、思い詰めたように沈黙してしまった男に、余村はなんと声をかけていいのか判らず戸惑う。

「……とにかく、あいつが呼びたいって言ったら、週末は来てくれますか？　果奈に無理強《じ》いはしません。本当にあいつも会いたそうだったから」

「そりゃあ……果奈ちゃんが乗り気なら」

「ホントに？　やった！」

やけに嬉しそうにするから、思わず笑ってしまった。思い悩んでというより、もしかして今のは拗《す》ねたんだろうか。

頑固《がんこ》なところもある長谷部の時折垣間《かいまみ》見せる一面は、なんだか微笑《ほほえ》ましくもある。

「あ、もう始まってる。ごめん、戻さないと……」

話すうちに映画は本編が始まってしまっていた。テーブルの上のリモコンに手を伸ばそうと、余村が慌ててソファの上で前屈《まえかが》みになると、隣から手が伸びてきた。

不意に腕を摑まれ、わっとなる。

「……修一っ？」

背後へ転がりそうなほど勢いよく引っ張られ、覗き込むように顔が近づく。表情を見る余裕もなく唇が重なり、少し焦った。

「えっと……修一、テレビは……」

そんなのどうでもいいと言いたげに何度か角度を変えて唇を押し潰されて、余村も力を抜くと瞼《まぶた》を閉じる。

そっと長谷部に手を伸ばす。無意識にシャツの袖《そで》を摑み、引き寄せる仕草をしながら口づけを交わした。

久しぶりのキス。唇を啄《ついば》んで返す余村は、まだちょっとした戯《たわむ》れのつもりだったけれど、長谷部の舌先はそれに促されでもしたみたいに、するっと口腔《こうこう》へと滑《すべ》り込《こ》んできた。

「……ん……」

想いを確かめ合う口づけは一気に生々しいものへと変わる。

「……しゅう…いっ……」

苦しいほどに深く押し入ってきた舌に、その体を少し押し戻そうとすると、余村の腕を掴んでいた男の手が緩《ゆる》んで体に触れた。

滑《すべ》り下《お》りた大きな手のひらは、腰から腿《もも》へと彷徨《さまよ》い、余村の際《きわ》どい場所へ触れてこようとする。

「……修一…っ」

無理矢理キスを解《ほど》かせて顔を仰《あお》ぐと、至近距離から自分を真っ直ぐに見つめ返してくる眼差《まなざ》しに射《い》抜《ぬ》かれた。

「……嫌ですか?」

「嫌……とかじゃないけど……」

余村の眸《ひとみ》のほうが戸惑いにゆらゆら揺れる。

長谷部はふっと微《かす》かに笑《え》んだかと思うと、空いた手で髪を撫《な》でる仕草をみせる。

「じゃあ……いい?」

微かに頷けば、離れた唇がまた近づいてきた。

ボトムパンツの上の手はやんわりとそれに触れ、包むように軽く撫でさすられただけで、布の下のものはぴくぴくと反応した。

「ん…っ……」

余村は鼻にかかった吐息を響かせる。

ゆっくりと自身が長谷部の手のひらを押し上げるのが判る。強い刺激を与えられずとも、重なり合ったキスが深くなるだけで形を変えるものに、長谷部も気がついているはずだ。

「……ぁっ…や……」

布地の上から柔らかく揉《も》み込《こ》むように愛撫され、余村の声は上擦《うわず》った。

「これ、感じる?」

熱を帯《お》びた吐息が触れ合ったままの唇を掠《かす》め、長谷部は問いかけながら、長い指で余村の明るい色の髪を梳《す》く。まるで頭でも撫でるかのような手の動き。余村は甘やかされているみたいな気分になって、どっちが年上だか判らないと思う。

「……ん……」

応えるように息をつけば、一層《いっそう》優しげに髪に触れながらキスは注《そそ》がれる。

最近、長谷部はどことなく自分への接し方が変わった。前ほど敬語ではなくなったし、セックスのときは特にそうだ。

べつにおかしくはない。もう恋人として長く付き合っているのだから、いつまでも自分を目上に見る必要はないし、敬語だって使わなくていい。けれど、長谷部の態度はただ打ち解《うと》けたのともちょっと違う気がする。

以前――長谷部は、『男を好きになったのは初めてで、でも一人でもそうだというなら自分はゲイなのだろう』と言っていた。

けれど、今はそれは違うと思う。

恋人である自分への接し方が、まるで女の子でも相手にしてるみたいだ。やけに優しくて、甘い。庇護《ひご》されてると感じる瞬間さえある。

それが嫌だというわけではない。

ただ、もしも自分を好きにならなければ、長谷部は男ではなく普通に女性を愛したのだろうと思ってしまうだけだ。

「しゅう、いち…っ……」

男らしい節《ふし》の張った指が、こめかみを擽《くすぐ》ったく何度も滑る。解《ほど》けて開き加減になった余村の唇のあわいに沈んだ舌先は、ちろちろと薄い唇を捲《めく》るみたいに動き、昂《たかぶ》る体の中心に触れる手はじれったい愛撫を施《ほどこ》してくる。

「あっ……や……」

喉《のど》を震わせた瞬間、奥まで押し入ってきた舌が上顎《うわあご》を掠めた。余村は堪《たま》らなくなって、長谷部の熱い舌に縋《すが》るように自分のそれを絡《から》みつかせる。

「……んっ……ん……」

体を侵食《しんしょく》していく甘やかな痺《しび》れ。体温がじわじわと上昇する。与えられるばかりの快楽に、思わず身を捩《よじ》りそうになる度、逃げ出したいような、もっと欲しくて堪らないような気分になる。

互いの温度に馴染《なじ》んだ舌が抜き出される頃には、余村の腰はソファの上で揺れていた。

塞《ふさ》ぐものを失った喉奥から、微かなしゃくりあげるような声が零れる。

「……ぁっ、あ…っ……」

「和明さん、いい？」

長谷部を見つめ返そうとする眼差しは、ぐらぐらと揺らいだ。眦《まなじり》が湿っているのが、少し不快な感触で判る。

自分ばかりが乱れている。

服の下の体が熱い。愛撫を中途半端に施された場所が、熱くてならない。さっきまでセクシャルなこととは無縁でいたのが嘘みたいに、辛《つら》いほどに昂っている。

「……く、僕だけ……こんな…っ……」

恨《うら》みごととも誘いとも取れる余村の言葉に、長谷部は肌がざわめくような言葉を返した。

「じゃあ……もっと、ちゃんとしてもいい？」

低く艶《つや》を帯びたその声に、余村は伏せていた顔を起こす。

長谷部の黒い眸もまた、情欲に濡れ光って見えた。その心と同じくらいに澄んだ綺麗な目だ。

「和明さ……」

もっと深く覗き込みたくなり、自《みず》ら顔を近づけた余村は再び唇を重ね合わせていた。二人分の吐息に湿った唇はしっとりと重なり合い、もう覚えてしまった男の唇の弾力や形をまざまざと感じさせる。

「……しゅうっ…いち」

声が上擦《うわず》る。正直、こうして会えない間はずっと我慢だってしていたのだ。こんな形で火を点《つ》けられて堪らなかった。

狂わされてならない余村は、頭によぎった望みを素直に言葉に変えていた。

「修一……こな…こないだみたいにしてほしい」

「こないだ?」

先週は一緒の休みが取れなかったから、最後に抱き合ったのはもう二週間前だ。

惚《とぼ》けたのではなく、本当に判らないでいるらしい長谷部に、余村ははぐらかされたみたいなもどかしさを味わう。

震えそうになる息を静かに吐き出して言った。

「こないだみたいに……口…して、君の……唇でそれ、してほしい」

寝室の窓辺のカーテンがレールを走る音に、ベッドの余村は少しだけ我に返った。

カーテンを閉じる長谷部の顔を照らしていた午後の光が消え、部屋はほの暗さに包まれる。

まだ表も明るいどころか、完全な昼日中だ。けれど、寝室に誘ってしまった自己嫌悪も、長谷部を傍《そば》に感じるとどうでもよくなった。

ベッドへ待ちわびた恋人が乗り上がってくる。覆《おお》い被《かぶ》さるように近づく男は、余村の自ら脱ぎかけていたシャツに手を伸ばしてきた。

「和明さん、口でされんの好きなんですか?」

ボタンを一つずつ外しながら、身も蓋《ふた》もないことを問う。気恥ずかしいほどに熱っぽい眼差しに見《み》据《す》えられ、そんなことを確認されては、まともな返事なんてできるはずもない。

思わずなんでもないことのように言い放った。

「き……嫌いな男なんているのかな?」

「……どうだろ。俺はよく判りません、あなたにしかしてもらったことないから」

見つめ合った視線をついと背《そむ》けられ、どきりとなる。

「しゅ、修一?」

今なにか怒らせることでも言っただろうか。

あと一つボタンの残ったシャツをそのままに、長谷部はまごつく余村の下衣《かい》に手をかけてきた。どことなく乱雑になった手つきでパンツを下着ごと脱がせながら、ぽつりと低い声で言う。

「……いつもしてもらってた？」

「え……？」

ますます意味が判らない。

「……ごめん、今のはナシです」

長谷部はすぐに打ち消す。

もしかして、嫉妬してくれているのだろうか。

これまでの誰かについて問われているのかもしれない。ようやくそう思い当たったときには、もう体をベッドに沈められていた。

「あの……修……っ……」

冷静な思考なんて長谷部に触れられた時点ですぐにできなくなる。

「あ、や…っ……」

中心を露《あら》わにするように立てた膝《ひざ》を割られ、自ら望んだことなのに羞恥《しゅうち》に体が熱を上げた。昂ったままの性器は、恥じらって縮《ちぢ》こまるどころか、与えられる快楽を期待して膨《ふく》らみを増す。

「……すごいな、和明さん」

「しゅ……しゅう、いち…っ……」

背を丸めるようにして長谷部は身を屈《かが》めた。

ただ顔を寄せられただけで、濡れ光る雫《しずく》が浮く。

泣きたいくらい恥ずかしい。体の神経が、全部そこに集中してしまったんじゃないかと錯覚《さっかく》するほど敏感になる。

固く反《そ》り返《かえ》ったものは、まるで長谷部の視線にすら応えるように、とろりとした先走りを溢《あふ》れさせた。そっと唇を押し当てられただけでも、どうにかなってしまいそうな愉悦《ゆえつ》が走る。

「……ひ……ぅっ……ぅっ……」

羞恥に身を焦《こ》がしながらも、拒《こば》むことなどできるはずがなかった。

声を殺そうと唇を噛んでいられたのも最初のうちだけで、やがて薄く綻《ほころ》んだ唇から熱を帯びた吐息を幾重《いくえ》にも零《こぼ》し始める。

施される愛撫に、余村はずるずると引《ひ》き摺《ず》り込まれるように溺《おぼ》れた。

「あっ…あっ……」

呼吸が乱れる。シャツを半分纏《まと》ったままの上下する胸元に合わせ、余村は小さくしゃくり上げるみたいな声を漏らして、長谷部の口淫《こういん》に感じているのを知らしめる。

気持ちいい。堪らない。張りつめた性器が、長谷部の口腔でひくひくと悦《よろこ》びに震える。

ゆっくりと喉奥まで含んでは何度も抜き出された。時折顔を起こしては、その感じて濡れそぼる色や形を確かめるみたいに見つめられ、余村は身を捩《よじ》って嫌がる仕草を見せた。

閉じたカーテンに部屋は多少薄暗くなったといっても、なにもかもが確認できてしまう明るさだ。

昼日中から淫《みだ》らな行為に耽《ふけ》っている自分が悪いのか。

表では走り抜ける車の音が聞こえる。通りを歩く人の声も。

「……修一、いや……嫌…だ……」

「嫌…なんですか？　してほしいって、和明さんが言ったのに……ほら、こんなに……」

手を添わせ、長谷部はそれを淡い口づけで愛《いと》しんだ。いっぱいに張り詰めた幹《みき》を、聞こえよがしにちゅっちゅっと音を立てて啄《ついば》まれ、恥ずかしさに頭の奥がぎゅっとなる。

「…ひ…ぁっ、あっ……」

透明な雫はとろとろと止めどなく溢れ、幹を伝った。くらくらする。揶揄《やゆ》られることさえ堪らなく感じてしまう。

余村が目を向けると、長谷部も伏せた顔から目線だけをこちらに向けた。その唇が自分の形を辿り、またゆったりと飲み込んでいくのを目《ま》の当たりにする。

「……あ…あぁっ」

濡れた音が鳴る。舌や喉奥を使ってきつく啜《すす》られた性器に、余村は甲高《かんだか》い啼《な》き声《ごえ》を上げた。

「しゅ、いちっ……嫌っ……い、やだっ……」

激しく抵抗を示して身を捩り、ずり上がろうとする体を引き止められる。べたりとシーツにつきそうなほど両脚を割られ、濡れそぼつものを甘く責め立てられて、逃《に》げ退《の》くはずの腰はまた力を奪われていく。

「やだ……やっ……ぁ…あっ……あ…んっ……」

拒んでいたはずの声はいつしかねだり声へと変わり、余村は恋人の愛撫に身を委《ゆだ》ねた。

下腹の辺りがじんじんする。切なくて堪らない。すぐにも達してしまいそうだと思うのに、長谷部がその度《たび》に口淫を解《と》くせいで、何度もはぐらかされる。

「あっ……も…っ……」

ひくひくと腰が跳ね上がって動いた。

「……もう、なに?」

「しゅ……いち、もう……も、イっちゃ…いそう」

「……和明さん、イキそうなの?」

「んっ……ん、イク…っ…イクから、修一…もう、お願…い……」

余村は自分でもなにを口走っているのか判らなくなる。

もっとちゃんとしてほしい。

達してしまいたい。

腰を揺すりながら発した声は自分のものではないみたいだった。甘え声で訴《うった》える自分を、長谷部が細めた目で見つめるのを、余村は陶然《とうぜん》となった眸で見つめ返す。

「和明さん……可愛いな。ね……もうちょっと我慢できますか? もう少しだけ、ちゃんとするから……」

「……我慢…って…なに……ぁっ……」

ひやりと濡れた感触を狭間《はざま》に感じた。

ぬるついた指をつるりと奥へ這わされて驚く。

いつものジェルをたっぷりと纏った男の指先。いつの間に長谷部は準備をしていたのか。カーテンを閉じる間際、それをサイドテーブルから取り出しているのには余村も気がついていた。

そろりと後ろの窪《くぼ》みを探られたかと思うと、ぐちっと水音を立てて難《なん》なく潜《もぐ》り込《こ》んできた指先に、余村の啜《すす》り喘《あえ》ぐ声は大きくなった。

「や、嫌…だ、それ……修一、もう…っ……」

早くイってしまいたい。少しの間我慢するのも辛いほど、切ない欲求はぱんぱんに膨らんだようになっている。

「こうしないと、俺のは無理だから……和明さん、知ってるでしょ?」

もう何度体を繋げたか判らない。けれど、幾度抱き合っても、同性である余村の体がすんなりと長谷部を受け入れられることはない。

じれったさと羞恥にむずかるように頭を振る余村を宥《なだ》めながら、長谷部は長い指を沈めてきた。

「……あ…ぁっ……」

「和明さんのいいとこ……俺、もうちゃんと覚えてます」

「……ちが、や…っ…ちが……」

「違わない。ここだよ、和明さん……いい？　これ、気持ちいい?」

自分でもまだ知ることのない体の内を探る指は、違《たが》えることなく余村のスポットを捉《とら》える。快楽の源《みなもと》とも呼べる場所。濡れた指の腹でやんわりとなぞられ、意思とは無関係に腰が揺れる。

「……駄目だ……やだ、ぬいっ……抜いて、くれ……っ……」

「嫌…？　どうしても嫌なら……やめることだってできる。けど……」

「……あ…ぁん…っ……」

嫌がるのは嫌悪感からではない。以前と反応が違っているのは長谷部も気がついているはずだ。

慄《わなな》いてしまうのは最初だけで、すぐに馴染《なじ》んで長谷部を欲しがること。歓喜したみたいにねとりと蠢《うごめ》き、長谷部を深く誘い込むように飲み込んで淫らな欲望を見せつける。

近頃、余村は後ろだけで達してしまうことも少なくない。

二週間前、最後にしたときだって——

長谷部を欲しがって乱れた自分の痴態《ちたい》を思い出す度、もうしばらくセックスはやめておこうと考えたくらいだ。

なのに、肌を合わせればまた欲しくなる。

自分はどんどん恋によって作り変わっている。

想いに際限《さいげん》などなく、膨らむ気持ちに終わりなどないのだと長谷部を好きになって気づいた。

「……しゅ…っ、いち……っ……」

奥深いところへと指を穿《うが》たれ、赤く染まった眦から雫が零れる。まるで女の子みたいにそこを扱《あつか》われる羞恥と快楽と、それから愛しい恋人に愛撫してもらう嬉しさと。いろんなものが綯《な》い交《ま》ぜになり、感情が昂ってどうしようもなくなる。

「しゅ……ち、いいっ…そこ、そこ…や、嫌だ…ぁっ……」

言葉とは裏腹に長谷部の指の動きを追う。拒む声を上げながらも、余村はシーツの上の身をくねらせて続きをせがんだ。

求めていた瞬間が迫ってくるのを感じた。ぶわりと熱いものが体の奥から爆《は》ぜるように湧き上がってくる。

「あっ、いい……いいっ……もっ、も…出る……」

「……いいよ、和明さん……出して」

長谷部は促すように言いながら、またキスを落とした。泣きじゃくるほどに濡れた余村の性器の先に唇を押し当てたかと思うと、口腔へと飲み込んでいく。

体のそこかしこへと施される愛撫は、焦《じ》らすことなく余村を高みへと押し上げた。

「修…一っ、しゅう…いち…っ……」

その瞬間、いつも長谷部の名を呼んでしまうことに、快感に翻弄《ほんろう》される余村は気づいていなかった。

ただもっと奥へと、自分の中で長谷部を感じようと、その長い指を締めつける場所が淫らに波打つのを感じた。

「……あっ……あぁ…っ！」

びくびくと体を弾《はず》ませ、上擦《うわず》る高い声を零しながら余村は達した。自身を包んだ男の喉奥に、堪《こら》えていた欲望を解き放つ。

「あっ…あ……」

快感のあまりぼろぼろと零れた涙が、そのままこめかみを押し当てたシーツに吸い取られた。いつの間にか閉ざしていた瞼を起こせば、卑猥《ひわい》な光景が目に飛び込んでくる。

長谷部は大きく喉を上下させた。放ったものを嚥下《えんか》する男を、余村はぐずつく鼻を鳴らしながら見つめる。

「修一…っ……あっ…ん……」

溢れる残滓《ざんし》を拭《ぬぐ》い取《と》るように口づけを施され、余村は繕《つくろ》うことなど完全に忘れて愛《いと》しまれる行為に身を委ねた。

「……気持ちよかった?」

言葉にならないまま何度も頷くと、長谷部は少し頬を緩《ゆる》めて笑った。身を起こして服を脱ぎ始める姿に、自分だけが先に脱いでしまっていることに今更ながら気がつく。

余村はまだ半端《はんぱ》に身に残っていたシャツに手をかけた。力の抜けた体は重たく、上半身を起こすのも億劫《おっくう》でもたついていると、手早く服を脱いだ男が覆い被さる。

「……ん…っ……」

鼻先がぶつかり合った。重なり合った唇を貪《むさぼ》りながら再び後ろを探られる。蕩《とろ》けて綻《ほころ》んだ場所は、吸いつくように長谷部の指に纏わりながらも、従順になって飲み込んだ。

何度かゆるゆると抜き差しされた。

「あ…んっ……」

射精の余韻《よいん》に満たされた体に、それは深すぎるほどの快感だった。

「しゅ……修一……あ、いや……」

「嫌？」

自分がどんどん感じやすくなっているのが判るから、居たたまれない。本気で嫌がってなどいない甘えた声も。普段の自分とはかけ離れ過ぎていて、長谷部の愛撫を受け止めた体はベッドの上でくたくたになったまま力が籠《こ》もらない。

指を抜き出した長谷部は、すぐに熱く昂ったものを押し当ててきた。

「ま、待って……まだ……」

「もう、欲しい」

先走りの浮いた屹立《きつりつ》は、ぐいと押し込まれるままに余村の内へと入ってくる。

「だめ……駄目だって、修一、まだっ……」

思わずその体を押し戻そうとすると、胸元を突いた手を取られた。シーツに余村の両手を押しつけ、自由を奪い取りながら、長谷部は一息に深くまで自身を頬張《ほおば》らせた。

「……ひ…ぁっ……」

受け入れた部分が熱い。

体の奥で長谷部の熱を感じさせられる。

「俺のだ。あなたはもう俺のだから」

まだ纏ったままの余村のシャツの襟元《えりもと》に鼻先を埋《うず》めながら、長谷部はくぐもる声で言った。

「修…一？」

「……口でするのとか、好きなら俺がいっぱいしてあげます。なんでも、和明さんの望むこと……これも、嫌いじゃないなら……」

まだ馴染《なじ》みきれない場所を揺するように腰を動かされる。

「……きっ、好き……」

「……これも、好き？」

余村は掠れた男の囁きに身を震わせながらも、想いを言葉にした。

「修一……きみ…が、好きだ」

「和明さん……」

求められる気持ちが嬉しかった。長谷部をこんなにも愛しいと思える自分の気持ちさえも、なにか奇跡のようで嬉しいと思えた。

「……修一、もっと……して」

解けた両手を恋人の背に回し、体を深く重ね合わせようと引き寄せながら、余村は幸福感に自然と笑む。

不思議だった。

幸せなんてもっと曖昧《あいまい》なものだと思っていたのに。

形なんてあるわけもなく、まして色や匂いもあるはずもないものなのに、こうして抱き合っていると、受け止めているものをなにか形として捉《とら》えているかのような気にさせられる。

胸がいっぱいになる。自分には抱えきれないほどの大きさな気がして、まるで不相応な大きな花束でも抱えさせられたかのように少しだけ重くて苦しい。

きっと今夜も、彼が帰ってしまえば自分は一人に戻った部屋で淋しい気持ちを味わうのだろう。

もっと傍にいられたら、もっと自分は幸福になれるだろうか。

そんなくだらない我儘《わがまま》を長谷部に言うつもりはないし、くだらない愚痴《ぐち》を聞かせる友人も今はいない。もしいたとしても、この関係を他人に明かせるはずもない。

誰にも言えない関係。二人だけの秘密は甘やかだけれど、時折苦《にが》くもある。

余村はただ、大きくてかけがえのないそれを、落とさぬよう大切に抱えた。

言ノ葉便り〈冬木立の頃〉

気がつけば街路樹の葉も色づき、夜ともなれば風の冷たさを感じるようになってきた。

日没も早い、十一月の下旬。仕事を終えた余村《よむら》が、店の裏口から長谷部《はせべ》と連れ立って出る頃には、早番だったにもかかわらず表はもう暗くなろうとしていた。

土曜日の夕刻の電車は、平日のラッシュほどではないとはいえ混雑している。乗り込んだ余村は、手に提《さ》げた紙袋が潰《つぶ》されないよう気を使った。駅ビル内の店に立ち寄って買ったスイーツの袋だ。

閉じたドアに手をついた長谷部が、ドア前に立つ自分の周囲に空間を作ってくれる。女性でもないのにあからさまに庇《かば》われてしまい、余村は少し照れ臭い思いをしつつ尋ねた。

「お土産《みやげ》、これでよかったのかな？　なにかおかずになるようなものがよかったんじゃないか？」

同じ方向の電車に乗り込んだのは、これから長谷部の家に行くからだ。

今日、果奈《かな》は恋人である男を兄に紹介するという。そんな大事な日に赤の他人である自分が同席するなんて、と余村は拒《こば》んだけれど、果奈も歓迎していると説得されて家を訪《たず》ねることになった。

「食事は果奈が用意するって張り切ってましたから、大丈夫ですよ」

「そっか……ああ、でも果奈ちゃんの彼は甘いもの食べるのかな？　それよりお酒を買ったほうが……」

「酒は彼が買ってきてくれるそうです。甘いの平気かは聞いてないけど……ダメならダメでもいいじゃないですか、果奈が喜んで食べますよ。あいつ、菓子には目がないし」

「そっか……そうだな」

そわそわした気分の余村は、質問をしては長谷部に宥《なだ》めるように返される。

「なんか、和明《かずあき》さんが一番緊張してるな」

ついには笑われてしまった。確かに恋人を紹介される兄である長谷部のほうが、いつもどおりの落ち着きぶりだ。

けれど、そわそわするのも無理はない。立場的に自分が参加するのはおかしいし、長谷部は嘘を言わない男と判っていても、本当に歓迎されているんだろうかと思う。

しかし、それは完全な取り越し苦労だった。

「おかえりなさい。いらっしゃい、余村さん！」

辿《たど》り着《つ》いた家で出迎えてくれた果奈は、満面の笑みだ。

「果奈ちゃん、久しぶりだね。今日はごめん、大事な日だって聞いてたのに、僕まで呼ばれてしまって……」

「そんな全然かしこまるような日じゃないし、お兄ちゃんだけじゃ話も弾《はず》まないだろうなぁって思ってたとこなんです。上がってください、もう食事も用意できてます」

「あ、ありがとう。おじゃまします。そうだ、これお土産。食後にでもと思って」

足元に差し出されたスリッパを履《は》きながら、電車で潰されないようにしていた手提げ袋を渡す。

「わ、いつも気を使ってもらってすみません。小島《こじま》ロール！　ここのロールケーキ美味《おい》しいですよね、私好きです」

はきはきと嬉しそうに話す果奈の表情に、余村も素直に来てよかったと思い始める。ちらと背後を窺えば、続いて廊下に上がった長谷部がそんな自分の様子を見ていて、ちょっと決まりが悪い。

「だから喜んでるって言ったでしょ？」

疑いを察していたらしく言われてしまった。

「ああ……うん、よかったよ」

「余村さん、お兄ちゃん、さぁさぁ！　早く！」

二人は果奈に急《せ》かされるまま、居間へと入る。

寛《くつろ》いで待っていた男が慌てたように立ち上がった。

「おじゃましてます！　初めまして、果奈さんの会社の同僚で森崎《もりさき》といいます。森崎康平《こうへい》です！」

男は緊張に声を裏返らせそうになっているものの、明朗《めいろう》なよく通る声は好感が持てる。身長は長谷部よりも低く、自分と同じぐらいだけれど、なにかスポーツでもやっているのか、がっしりとした体格の健康的な印象の男だった。

「こちらこそ、初めまして。兄の修一《しゅういち》です。待たせてしまって、すみません」

長谷部の横顔が、兄の表情に見えた。

一通り二人の挨拶《あいさつ》が終わった後、余村も長谷部の職場の同僚だと名乗った。事前に果奈が話しておいてくれたのだろう。男は戸惑う様子もなく、四人で和《なご》やかに居間のテーブルを囲むことになった。余村は勧められたソファに長谷部と並び座り、果奈と彼は向かいのフロアクッションに腰を下ろした。

料理上手の果奈が用意してくれていたのは、テーブルがいっぱいになるほどの食事だ。一人で大変だっただろうと驚いたところ、今日は休日の彼が早く来て手伝ってくれたらしい。『言われるままに手を貸しただけなんですけどね』と照れ臭そうに話す彼を見ていると、本当によさそうな男だと余村は自分の妹でもないのに安心した。

長谷部もほっとしているに決まっている。

そう思うも、饒舌《じょうぜつ》とは言《い》い難《がた》い長谷部の気持ちは相変わらず読み取りづらい。初対面の彼はさぞかし不安だろうが、果奈が時折フォローらしき突っ込みを入れる。

「ね、本当に愛想《あいそ》ないお兄ちゃんでしょ？　これで普通なんだから、もう。可愛げがないったら」

「おまえがお喋《しゃべ》りだから口を挟む隙《すき》がないだけだ。それに……彼のことはおまえがいつもよく話してるから、いろいろ知ったような気になってるっていうか……」

「あーっ、そういうことは黙っててよ！　私がよっぽどお喋りみたいじゃない！」

「だから、お喋りだって言ってるだろう」

言い合う二人に、余村は思わず酒を飲むグラスを持つ手を止めて笑《え》む。テーブルの向こうでは果奈の彼も笑っていた。

寡黙《かもく》で口下手《くちべた》な兄に、明るく社交的な妹。

本当にいい兄妹だと思う。長谷部と果奈の関係には、余村は微笑ましさだけでなく羨《うらや》ましさすら感じる。

いずれ彼女は結婚してこの家を離れるのだろうけれど、それまではずっとこうしていてほしい。そして、仲睦《なかむつ》まじいその姿を自分も見ていられたら嬉しいなんて——

他人が抱《いだ》くには妙な感情かもしれない。

余村は思いを誤魔化《ごまか》すようにグラスの酒を飲む。果奈の彼は元々アルコールは苦手らしく、今日も車で来ているとかで、飲んでいるのは余村と長谷部だけだ。

食事も進む中、「あ、そうだ」となにか思い出したように果奈が席を立った。

すぐに戻ってきた彼女は手にした紙包みを、余村に差し出してくる。

「え、僕に?」

「先週彼とネズミーランドに行って、余村さんの分もお土産に買ってきたんです。兄に渡してもらうつもりだったんですけど、今日来てくれるっていうからちょうどよかったと思って」

たぶん夏に水族館土産をあげた礼だろう。

理由はどうあれ、素直に嬉しかった。

「嬉しいな、わざわざありがとう。開けてもいいかな?」

「もちろん」

中身はハンカチだ。遊園地の土産だからといって派手なキャラクターものではなく、落ち着いたブルー系のチェックのハンカチだった。ワンポイントにアヒルのレナルドの顔が刺繍《ししゅう》で入っている。

「へぇ、こういう落ち着いたのもあるんだ。いいね、ありがとう。気に入ったよ」

「ホントに？　よかった〜、子供っぽいのは余村さん困ると思って、実はこれでも結構悩んだんです。兄もお揃いで色違いなんですよ」

「そうなんだ？　君のは何色なの、修一」

隣にいる長谷部に声をかけ、驚いて瞠《みは》らせた男の目に余村は『あっ』となった。

顔を見るまで自分が名前で呼んだことに気がついていなかった。職場以外ではもうずっとそう呼んでいる。焦《あせ》って視線を戻せば、反対側にいる果奈も少し驚いた顔をしていた。

「お兄ちゃんのこと、そんな風に名前で呼ぶ人、久しぶり。本当に高校時代以来よね、お兄ちゃん？　全然友達いないいんだもの」

ただの親しさからだと思われたらしい。

余村はほっと胸を撫で下ろし、長谷部はむすりとした声で返す。

「なんか、よっぽど俺は人付き合いがダメみたいだな」

「だってそのとおりじゃない」

「まぁ……そうだけどな」

果奈の彼が助け船を出そうとでもするように口を挟んだ。

「あの、お兄さんはずっと忙しく働いて来たんだって彼女から聞いてます。その、遊ぶ暇なんかないくらい大変で……」

彼ももう、果奈から家庭の事情については聞いているのだろう。

交通事故で亡くなった両親のこと。それからは、まだ高校生だったという長谷部が、一家の主《あるじ》としてこの家を……妹を守ってきたということ。

「あー、フォローなんてしなくてもいいのに。元からこうなんだもん。大変じゃなくったってね、人付き合いはぜんっぜんな人なの！」

しんみりしそうになる空気を吹き飛ばし、果奈がさばさばと明るく振る舞う。

「果奈、おまえな……」

「だって、初めて余村さんがうちに来たときも、職場の人連れてくるって言うから本当にびっくりしちゃったもの。お兄ちゃんと仲良くしてくれる人がいるなんて奇跡っていうか……余村さん、兄を末永くよろしくお願いしますね？」

「果奈ちゃん……はは、そんな改まって言われると困ってしまうな」

深い意味がないのは判っている。けれど、長谷部の友人として信頼されているだけでも嬉しくて、勝手に頬が緩《ゆる》んでしまって困った。

「僕のほうこそ『よろしく』って感じだよ」

言葉を慎重に選ぶ余村に、果奈は興奮したように言った。

「そうだ！　余村さん、そのうち兄にも誰かいい人紹介してやってくださいよ」

「え……」

「余村さんなら、素敵な女性もお友達にいるでしょ？」

「あ……いや、僕もそんなに友人はいないから」

「そうなんですか？　余村さんって、全然そんな感じしないけど。女の人の扱《あつか》いも上手そうっていうか……」

「果奈」

次第に表情を曇《くも》らせて返事に詰まる余村に、長谷部が妹を遮《さえぎ》る。

不機嫌そうな兄の声のトーンを、彼女もすぐに察し、申し訳なさそうな顔になった。

「わ、ごめんなさい。私、調子に乗り過ぎちゃったかも」


その後の食事は、楽しく夜更《よふ》けまで続いた。

午後十時を回った頃にお開きとなり、車で来ている果奈の彼が家まで送ると言ってくれたが、余村はまったくの反対方向だったため断った。

時間が許すなら、もう少し長谷部と話をしたい気持ちもあった。果奈は彼を見送りに家の前まで出ていき、余村は二階の長谷部の部屋へと向かう。

「本当にあいつ少女趣味でしょ？」

階段を上がりきったとき、すぐそこにあるドアの開け放たれた果奈の部屋が偶然見えてしまった。窓際の飾棚に所狭しと並んだ縫《ぬ》いぐるみに長谷部は苦笑したが、余村は嬉しくなった。

水族館土産にアイピローと一緒に買ったアザラシのマスコットも並んでいる。

「果奈ちゃんが家を出るときが来たら、やっぱり淋しくなりそうだね」

長谷部の部屋に入ると、ベッドの端に腰をかけながら余村は言った。

具体的な時期などは出なかったが、結婚も視野に入れた真剣な交際であると彼が宣言したのは食事の終わりだ。隣で聞いていた果奈も、茶化したり驚いたりはしていなかった。

きっとプロポーズはもう受けているのだろう。

「そうですね……ずっとうちにいましたからね」

珍しく長谷部が否定しない。

『相手がいい人ならいつでも』なんて、普段は余裕めいたことを言っていたのに。現実的になってくると、思うことはいろいろとあるに違いない。

「和明さん、果奈が出て行ったら一緒に住むってのはどうですか？」

長谷部は予想外の話を持ちかけてきた。

「え……？」

「一人じゃこの家は広すぎるし、和明さんも家賃が浮くでしょ？　休みが合わなくても一緒に居られるようになるし」

「そうだね、そうできたらいいけど……早番のほうが食事を作ったり、遅番のときは掃除洗濯して出かけたりね」

「じゃあ、来てくれますか?」

冗談とまではいかなくとも、軽い思いつきなのだろうと笑って受け止めていた余村は、真剣に問われて焦る。

「いや……無理だと思うよ。一緒に住むなんて……不自然じゃないか、果奈ちゃんがどう思うか……」

もっとお互いに若ければ……学生であったりすれば友人同士の同居も珍しくないかもしれないけれど、もう互いにいい大人だ。今更始める年齢じゃない。

「果奈は俺が説得します」

「説得って、なんて言うの? 僕に借金でもあるって言う? お金に困ってるって言えば、それほどおかしくないかもしれないけど……君にそんな嘘はつけないよ」

不器用なほどに真正直な男。そこに惹《ひ》かれて好きになった余村は苦笑する。

長谷部は譲《ゆず》らず、笑おうともしなかった。

「あなたは俺の大事な人だって言います」

「修一……」

「駄目ですか？　誰にもそう言ったらいけないんですか？　俺は……一生あいつにすら気持ちを隠し通さなきゃならないんですか？」

真っ直ぐな言葉と表情に、余村は夏の夜に聞かされたプロポーズのような言葉を思い出した。

それから、今週の家でのことも。

いつもそんな話をしているわけじゃない。たまに漏らされるからこそ判る本音。あれからずっと自分との将来を真面目に考えてくれていたからこその言葉であるのが、痛いほどに伝わってくる。

長谷部の男らしい黒い眉は、クッと眉間《みけん》の中央に寄せられていた。

「ごめん、駄目じゃないよ。ちゃんと、言おう？」

難しい表情になってしまった男の顔を、余村は軽く覗き込んだ。

「いつか……果奈ちゃんが結婚して落ち着いたらさ、僕と君のことも話そうよ。前に君が言ってくれてたみたいにさ……認めてもらえるかは判らないけど……」

自分でも正直、どこまで本気で言っているのか判らなかった。そんな勇気の持てる日は永遠に来ない気もする。

逸《そ》らされてしまった長谷部の顔は、じっと部屋の一点を見据《みす》えて動かない。余村がそちらへ身を傾けるようにして覗くと、不意にその目が見つめ返してきた。

深く澄んだ黒い眸《ひとみ》。

その心と同じくらいに綺麗な——

心臓が跳ねる間もなく、近づきすぎた顔はぼやけてよく見えなくなる。

ふわりと優しく触れるものが、余村の唇を掠《かす》めた。

「あ……」

温かな唇の感触。すぐに離れてしまったけれど、長谷部のほうからこの部屋でキスをしてきたことに驚いた。昔、同じようにベッドに並び座り、キスをしようとしたら避けられてしまったのを覚えている。

余村はシャツの脇《わき》の辺りをそっと摑んだ。引き寄せる仕草をしても、長谷部は遠ざかろうとしない。キスをしてもいいのだと思ったら、体が自然と距離を縮《ちぢ》めるのを止められなかった。

たぶん、ほろ酔いで気持ちも緩んでいた。

閉じた窓越しに、表から車のエンジン音が響いている。果奈の彼の車だ。名残惜《なごりお》しくて話し込んででもいるのだろう。果奈と彼の楽しげな姿を想像するだけでも、自分までなにか温かな気持ちになれる。

とても穏やかで幸せな夜だ。

「和明さん……」

幸福感に包まれるまま、余村は顔を寄せた。

離れたばかりの唇はすぐそこにあった。

一瞬の間に重なり合う。その体温や柔らかさを再び感じれば、満足するどころか余計に欲しくなった。キスを受け入れられたことも嬉しくて、『もう一度』と求めるように、何度も離れかけては愛《いと》しい男の唇を奪い取る。

「……修……一」

好きだ。

自分は、この男が恋しくてたまらない。

今週はいつもより一緒に過ごせている。昼日中から抱き合ったのはほんの四日前。でも、あのときはなにもいらないと思えるほど満たされたはずなのに、別れる夜にはもう淋しくなっていた。

長谷部を好きになってからの自分は、本当にどうかしている。

好きだ、好きだ。

そんなシンプルな感情が止《と》め処《ど》なく心に溢れ、持て余すほどに彼が愛おしい。

「……んっ……」

もどかしさのあまり唇を強く押し当てた。自分から舌を伸ばして深いキスを求める。長谷部はびっくりしたのか身を引きかけたけれど、少し追いかけたらすぐに応《こた》えて受け止めてくれた。

滑《すべ》り込《こ》ませた舌先を、自分のそれよりも熱い男の舌が擽《くすぐ》るように撫でてくる。それだけで、くたりと体が溶け落ちそうなほどに体温が上昇した気がして、余村は恋人の体にしがみついた。

いつもより互いに熱っぽく感じられるのは、二人とも酔っているからなのか。

欲しい。

思いどおりに傍《そば》にいられないのが、本当は苦しい。

だから、せめて今だけは――

縋《すが》る手に力を籠めようとしたところ、愛しげに押しつけ合っていた長谷部の唇が遠退《とおの》いた。

不意に顔を離した男に余村は訝《いぶか》る。

「……修一？」

その視線の先が自分にないことに気がつき、身を強張《こわば》らせた。

部屋の戸口へとじっと向けられた眼差し。

なにが起こったのか、振り返るまでもなく感じ取った。

背に回されたままの長谷部の手に力が漲《みなぎ》る。自分を遠ざけるのではなく、まるで守ろうとでもするかのような手。

窓の外では車のエンジン音が止《や》んだ。果奈の彼の車が発しているとばかり思っていた音が消え、バタバタと扉の開閉音が響く。知らない子供や大人の声が聞こえてきた。

近所の住人だ。勘違いをしていたのだと頭の片隅で余村は思い、長谷部は恐れていた名を口にした。

「果奈」

どうやって階下に下りたのか、余村はよく覚えていなかった。

果奈に見られた。

その事実は、あまりにも大き過ぎた。戸口に突っ立っていた果奈は、長谷部が名を呼ぶと踵《きびす》を返す

ようにその場を離れ、それを追って長谷部も余村も部屋を出た。

後になって考えれば、言い訳は不可能でなかった気がする。二人とも酔っていたし、悪ふざけだったと無理矢理でも言い通せたかもしれない。昔、自分が長谷部に対してそうやって誤魔化そうとしたように。

けれど、長谷部はそうしなかった。

そんな選択肢は微塵《みじん》もない様子で、妹の腕を捉《とら》えると元の居間へと連れて行った。逃げも誤魔化しもせず、説明するためだ。長谷部はソファに彼女を座らせ、余村はテーブルの傍らのカーペットに腰を下ろした……とはいえ、やはりその辺りの記憶は曖昧《あいまい》で残っていない。

どうやって階下に向かったかも覚えていない余村は、長谷部がどんな風に話を切り出したかも定かではなかった。

頭が回らない。ずっと真っ白だった。視界に映るものも、耳に聞こえるものも遠く感じられた。果奈の顔を直視できずに目を向けたテーブルはまだ片づけの途中で、ほんの少し前までの何事もなく笑い合っていた時間を示すように、皿やグラスが残っているのが奇妙な感じがした。

現実感が遠い。

悪い夢に落ちてしまったみたいに。

「……おまえにはいずれ話そうと思ってた。こんな形で教えるつもりはなかったんだけどな」

長谷部は何度もその言葉を交えていた気がする。

同性ではあるけれど付き合っているということ。

けして軽い気持ちではなく、真剣であるがゆえの関係であるということ。

普段は口数の少ない長谷部が懸命に綴《つづ》る言葉。

しかし、どう本気を強調したところで長谷部も自分も男だ。肉親に降って湧《わ》いた同性の恋人を、すんなり受け入れられるはずがない。

膝を手で握り締めて座った果奈は、ただ黙って聞いていた。

「果奈」

一通り話し終えた長谷部が声をかけても、反応が鈍《にぶ》い。俯《うつむ》き加減になって下りたセミロングの髪の先までピクリとも動かない。

「果奈、聞いてくれてるか?」

長谷部が焦《じ》れたように問いかけ、ようやく彼女は口を開いた。

「あ……聞いてるわよ。話は判ったんだけど……」

「なんだ?」

「それって、お兄ちゃんは……余村さんと付き合ってるってこと? 私と康平くんみたいに?」

「だから、さっきからずっとそう言ってる」

「……そう。そうね……そういうことだよね」

「なかなか言い出せなくて……悪かった」

重苦しい兄の声に、果奈は頷いた。

「うん、判った」

短く答える声は、不思議と責める調子はない。

「それで……果奈、おまえは反対するのか？」

「反対？　できないでしょ。だってお兄ちゃん、一度決めたこと変えるような人じゃないの、私が一番よく知ってるし。ホント、頑固《がんこ》っていうか……」

「悪かったな、頑固で」

「本当にね……誰に似ちゃったんだろ。やっぱりお父さんかな」

ぽつりとつぶやく果奈の口から苦笑が零《こぼ》れる。

声のトーンが明らかに変わっていた。困惑した表情を垣間見《かいまみ》せつつも、急に理解を示したように答え始めた彼女に、話をじっと聞いていた余村は戸惑う。

「そっか……余村さんって、お兄ちゃんの恋人だったんだ。ちょっとまだ信じられないけど、確かに……こんなにお兄ちゃんが親しくしてる人、今までいなかったし」

「果奈ちゃん……」

思わず漏らした声に、果奈が初めてこちらを見た。

「余村さん、気がつかなくてごめんなさい」

「な、なにに謝ってるんだよ。君が謝ることなんて、なにも……」

それどころか、もっと詰《なじ》られてもおかしくない関係のはずだ。あっさりと納得した態度の果奈に、余村はただ驚かされる。

話をするうちに、だいぶ遅くなっていた。

終電の時間もあり、余村は帰ることになった。長谷部が駅まで送ると言って聞かず、こんなときに甘えるのには抵抗を覚えつつも、揃って家を出る。

「あ……」

玄関で靴を履《は》き終えたところで、余村は居間に置き忘れたものを思い出した。

「どうしたんですか?」

「ハンカチを忘れてしまって、果奈ちゃんにお土産にもらった……」

「だったら私が取ってきます」

玄関まで見送りに来ていた果奈が、そう言って一人居間まで舞い戻った。

テーブルの自分の座っていた位置にあるはずだ。

なにも迷う場所ではないはずなのに、果奈が戻ってくるのは少し遅かった気がした。

「ごめんなさい、ありました!」

「ありがとう、果奈ちゃん……」

慌てて受け取ろうとして、余村の指先がハンカチの薄い袋を持つ果奈の手に触れた。

ほんの僅《わず》か。掠《かす》めるように触れた指先に『あっ』と思った瞬間だった。果奈の手がぱっと離れ、空《くう》へと放り出された袋はそのままぱさりと床に落下した。

「あ……やだ、私ったらそそっかしくてっ……はい、余村さん」

慌てて拾い上げた果奈に手渡される。

「あ、ああ、ありがとう」

「じゃあ、おやすみなさい」

「……うん、おやすみ、果奈ちゃん」

向けられた笑みに、余村はぎこちなく微笑み返した。


翌日の日曜日は、週末らしく店は忙しかった。

「しっかりしてくださいよ、余村さん」

レジカウンター越しにどこか勝《か》ち誇《ほこ》ったようにそう言ったのは、パソコンコーナーの反《そ》りの合わない販売員の男だ。

皆が客の相手で手いっぱいなところに、自分がミスをしてしまったのだから文句を言われても仕方がない。

「すみません、取り置きのアクセサリーだと聞いていたのを忘れてしまって」

朝からついぼんやりすることが多かった。一時でも客が途切れると昨夜《ゆうべ》のことを思い出してしまい、気もそぞろ。うっかりレジ内に置いてあったカゴの商品を勘違いで品出しし、あろうことかそのまま客に売ってしまったのだ。

取り置き用の棚へ移されていなかったのも問題なのだけれど、余村が素直に詫《わ》びると男の態度もやや軟化《なんか》した。

「まぁ、他店から取り寄せできそうならいいんですけどね。どうせ客もしばらく取りに来れないって言ってたし……」

「在庫があってよかったです。気をつけます」

敵視されるようになったのは、売上に対する競争意識からだ。余村の営業成績は今も悪くない。けれど、度重《たびかさ》なる剣呑《けんのん》な態度にも顔色を変えないからか、最近は嫌味もだいぶ減ってきた。

今も微《かす》かに笑《え》んでみせると、男はばつが悪そうになる。

「あー、そうだ、そろそろ昼休憩入ったらどうですか？　余村さん、まだなんでしょ」

「ああ……はい、じゃあそろそろ」

余村は勧《すす》めに従い持ち場を離れた。もう昼過ぎどころか三時近い。忙しかったのもあるけれど、いつも食事に入るのが遅い長谷部に今日はなるべく合わせたかった。

さすがにもう先にすませてしまっただろうか。

バックヤードへ急ぐと、途中の生活家電コーナーからフロアを裏手に向かって歩く男の姿をちょうど見つけた。

「長谷部くん！」

「……余村さん。おつかれさまです、今から休憩ですか？」

息を切らしたように声をかける自分に、長谷部が少し驚いた表情で振り向く。

「うん、君は弁当だろ？　僕は今から買いに行くところなんだけど」

「あ、今日は俺も持ってきてないんで、じゃあコンビニに一緒に行きますか」

普段どおり、妹の手作り弁当を持参なのだと思っていたが、そうじゃないらしい。

「だったら、外で食事をしないか？」

そのほうが話もしやすいと余村は誘い、二人は連れ立って表に出た。

入ったのは高架下《こうかした》のほど近い場所にある定食屋だ。日曜とはいえ、昼時を過ぎた店は閑散《かんさん》としている。四人掛けの広いテーブルに二人で座り、まだやっているという日替わり定食を頼んだ。

昼飯の内容などどうでもいい気分で、注文を終えた余村は向き合う男に問う。

「果奈ちゃん、今日お弁当作ってくれなかったの？」

「作ってくれなかったっていうか、どうも寝坊したみたいで」

「昨日はあんなにもてなしてくれたし、疲れたのかもしれないね。それに……」

普段と違うことがあれば、些細《ささい》な変化でも気になる。あのことのせいではないかと疑ってしまう。

「あれから果奈ちゃん、なにか言ってた？」

周囲には店の人間どころか普通の客すらいないが、余村は自然と声を潜《ひそ》めた。

「いや、べつになにも。俺が驚かせて悪かったたって言ったら……『本当にね』って苦笑いはしてましたけど……それくらいです」

長谷部も神妙な面持《おもも》ちで応える。けれど、続いた言葉は予想外だった。

「思ったより問題にならなかったみたいで、よかったです」

「え？」

「俺も、果奈に教えたらもっと拗《こじ》れるんじゃないかと思ってましたから」

余村は、長谷部が妹の反応を楽観的に受け止めていることに戸惑った。

「ちょ、ちょっと待って……平気なわけないよ。果奈ちゃん、今はまだきっと驚いて頭が回らないでいるだけで……」

ハンカチの包みが落ちた瞬間のことが、頭を過《よ》ぎる。

ただ袋を落としただけ。傍目《はため》にはそうだろうが、自分が触れてしまった瞬間だったことは、余村にとって気がかりでならなかった。

あれはただの偶然か。動揺から……いや、自分への嫌悪感からではなかったのか。

「あっさり受け入れてるとは思いませんけど、あいつも大人ですから。徐々に納得してくれると思いますよ。とりあえず、『判った』って言ってましたし、それでいいじゃないですか」

昨日と同じだ。

駅への帰り道でも、長谷部はそんな風に言っていた。正直、自分のほうがとても割り切れず、昨夜は眠れなかったし、仕事で凡《ぼん》ミスをするほどショックを引き摺《ひず》ったままだ。

自分の妹でもないのに——

「余村さん？」

なにもないテーブルの一点を見据えていた余村は、顔を上げると笑みを作る。

「あ、ああ……うん、そうだね。知られてしまったのは、もう仕方のないことだしね」

自分に言い聞かせるようにそう言った。

けれど、努《つと》めて明るく応えた声は上滑《うわすべ》るように響いた。


関係を知られてから一週間。余村の心配は薄れるどころか、日に日に深まった。

長谷部に毎日のように尋ねる果奈の様子はあまりにも変わりない。かえって引っかかりを覚える一方で、ついには本音を知りたい気持ちを抑《おさ》えきれなくなった。

果奈と会ったのは、十二月頭の土曜日だ。

長谷部が遅番で家へ帰るのが遅くなるはずのその日、早番だった余村は、仕事が終わると自宅へ電話をかけた。番号は以前、長谷部から聞いていた。週末に家にいるとは限らなかったものの、意を決してかけた電話に果奈は出た。

「君と少し話がしたくて」

そう切り出した余村に、果奈は『なにを？』とは問わなかった。兄がいない時間を狙《ねら》い、自宅まで電話をしてきた意味はすぐに察したのだろう。

『今近くでしたら、近所で会いませんか？』

言われて向かったのは、長谷部の家の最寄《もよ》り駅に近いカフェだ。

小さな丸テーブルを挟んだ果奈の姿に、余村は既視感《きしかん》を覚えた。前にもこんな風に二人だけで向き合った時間がある。あれは春の終わり——街で偶然会い、果奈にお茶に誘われたことがあった。

昔の彼の問題からそう日も経《た》たない頃だったけれど、元気そうにしていた彼女は自分に長谷部の誕生日を教えてくれ、『祝ってあげて』と笑顔で言ってくれた。

今、その果奈は自分の前に居心地の悪そうな顔をして座っている。

「果奈ちゃん、急に呼びだしたりしてごめん。夕飯の支度の途中じゃなかった？」

「あ……いえ、もうほとんどできてましたから」

ほとんどということは、やはりまだ途中だったのだろう。

余村は頭を下げた。もちろん、詫《わ》びたいのは夕飯のことではない。

「先週はその……すまなかったよ、君をひどく驚かせてしまって」

果奈が苦笑したのを、息遣いで感じた。

「……わざわざ謝るために連絡をくれたんですか？　それはもう……判りましたから」

「判ったって……そんなに簡単に許せる話じゃないだろう？　僕は男だよ。お兄さんの交際相手として君に認められる相手だとは思ってない」

顔を起こせば、テーブル越しの果奈はこちらを怪訝《けげん》そうな目で見ている。

「認めるもなにも……あの夜も言いましたけど、兄は頑固なんです。こうと決めたら絶対変えない人だから……私がどう思うかなんて、関係ありませんよ？」

「でも……僕はそこまで割り切れない。だから、できれば君の本当の気持ちを知りたい」

果奈の表情は揺らがず、ただじっとこちらを見つめ返したまま問う。

「余村さんは男の人が好きな方なんですか？」

「……え？」

「だって……そうですよね。兄と付き合うってことは。あの日……余村さんからしてましたよね、キスも」

状況を思い出す。余村は、言われるまで自分のほうから奪い取ったような状態であったことに気がついていなかった。

「それは……」

果奈の態度は落ち着いている。笑みを湛《たた》えてさえいる口元。けれど、今までの人懐《ひとなつ》こく明るかった彼女とは違い、声音《こわね》はどこかひやりと冷たい。

軽蔑《けいべつ》されたのかもしれなかった。

兄を誑《たぶら》かした、悪い男だと思い込まれてしまったのかも。

憎まれるのは辛《つら》いが、それ以上に苦しいのは、本心をなかなか覗かせてはくれないことだ。関係を知られたら、もっと手酷《てひど》い言葉で詰られたり、怒鳴られたりするものだと思っていた。けれど、現実は淡々としている。現実は、取りつく島もない。

果奈の気持ちを変えるどころか、考えていることすらろくに判らない。今も『心の声』を聞く力があったなら、自分は聞かないでいることなどできずに、彼女の心に耳をそばだててしまっていただろう。

テーブルの上の放置したコーヒーカップに指をかけ、果奈はくすりと笑った。

諦めたような、皮肉を孕《はら》んだような表情。天真爛漫《てんしんらんまん》であった彼女に、こんな顔をさせているのが自分かと思うと胸が重く苦しい。

「余村さん、兄は自分からあなたを好きになったのだと言っていました」

「え……」

「余村さんが帰った後です。長い間、片思いをしていて、付き合ってもらえるようになったんだと」

そんな話をしたとは長谷部から聞いていなかった。

「最初は嘘だと思いました。あなたを庇《かば》おうとしてるんだって……でも、兄は上手く嘘がつける人じゃありません。本当なんですか?」

「……順番だけをいうなら、そうだね。でも彼が僕に好意を持ってくれたのは、他愛《たわい》もない理由だよ。もし……その役目が僕じゃなかったら、彼はほかの人を好きになったかもしれない」

「役目?」

「彼が体調が悪いときに、僕がたまたま助けたことがあってね」

心の声。

すべてはそれがきっかけだった。長谷部が好きになってくれたから、自分はその『声』に導かれるようにして、彼を意識した。けれど、本《もと》を正せば、長谷部が自分を好きになったのも、自分に『声』を聞く力があったからだ。

聞こえなければ、頭痛に気づいて助けることもなかっただろう。

余村は気を落ち着けるように、コーヒーを一口飲んだ。果奈もカップに口をつけ、しばらく無言の間が続く。

先に再び口を開いたのは果奈だ。

「とにかく私に構う必要はないですよ。安心してください、私は反対してませんから」

その決意はどこから来るのだろう。長谷部が人の意見に左右されない男であることだけが理由なのか。

「果奈ちゃん……君は彼の妹だ。僕は君の気持ちをないがしろにしたくないよ。反対できないのと、賛成は違うだろう？　言いたいことも無理して抑え込んで、振りまでする必要はない」

「私は振りなんて……」

余村が不意に小さなテーブルの向こうへ手を伸ばしてみせると、果奈はびくっと肩先を弾《はず》ませて身を大きく引かせた。

触れるほどの距離でもないのに。

「果奈ちゃん、君は僕を嫌悪してるんだろう?」

気まずそうに、果奈は顔を伏せる。

「……判らないんです。判りたくても」

「なにが?」

「余村さんはいい人です。兄と親しくしてくれて……嬉しいと思ったのは本当です。今でも、そう思うのに変わりはありません。でも、どうしてそれが付き合うとか……恋人じゃなきゃならないんですか?」

カップに残ったコーヒーを見据えるように視線を落とし、果奈は続けた。

「恋人と友達は違いますよね? 兄と余村さんは……」

言い淀《よど》んだ先の、彼女の言いたいことが判る。

「……うん、違うね」

「友達じゃダメなんですか?」

果奈の声が一瞬泣きそうに震えるのを感じた。

自分の兄が同性の恋人を持ち、しかも相手はいい友人だとばかり思っていた男だなんて、どれほどショックだろう。

でも、その場限りの誤魔化しは言えなかった。

「どうしても判りません。兄は普通の人です。ずっと家のことで大変な思いさせてきましたし、あんな人で、口も上手じゃないから女の子にはモテないかもしれませんけど……でも普通の人なんです。どうして付き合うのが男の人なんですか？　女じゃダメなんですか？」

「……ダメじゃないよ。彼はモテなくなんかない。彼のことを知ったら好きになる人はきっとたくさんいるだろうね」

「だったら！」

「ごめん、果奈ちゃん……」

余村は哀しい目で見つめるしかできない。

「僕も普通に友達になれたらと思った時期があったよ。でも、今はもう……駄目なんだ」

顔を起こした果奈が、縋《すが》る眼差しで見返してくる。

「どうして？」

「僕は彼がすごく好きなんだ」

果奈が本当の気持ちを話してくれたからには、自分も本音で応えたいと思った。

「君の言う、口が上手《うま》くないところも……君が普段言葉にしないだけでよく知ってる、彼の無数にあるいいところも……気づいたら僕は好きになってしまった」

「で…でも、好きって、友達でもいいじゃないですか。友情だって同じでしょう？」

「違うよ。君は君の恋人の森崎君が、君以外の女性と親しくしても平気でいられるかな？　僕の今の気持ちは、そういう『好き』だよ」

果奈は沈黙した。

包み隠さず想いを打ち明ければ、理解してもらえるなんて甘い考えを持っていたわけじゃない。けれど、真剣であればあるほど、受け入れがたいものなのだとは気がついていなかった。きっと一過性《いっかせい》の関係や遊びであったほうが、まだ受け流してもらえたのだろう。真摯《しんし》な想いをぶつけるほど、望む方向とは違っていく。

会話は平行線でしかなかった。

別れ際、果奈は余村に言った。

「兄には私が話したことは黙っててください。私も余村さんとのこと、邪魔をするつもりはありませんから」


深まる秋は終わりを告げ、冬と呼ばれる季節に移ろおうとしていた。

金色に色づいた街の木々は葉を落とし続け、淋しい冬木立《ふゆこだち》へと姿を変えようとしている。今も余村の目の前を鮮《あざ》やかな銀杏《いちょう》の葉が過《よ》ぎり、足元へかさりと着地したところだ。

火曜日の午後。余村は長谷部と街の公園のベンチに並び座っていた。

世間は平日だ。広い公園には家族連れやカップルの姿はほとんどなく、休憩中のサラリーマンや制服姿のOLばかりだったけれど、二人にとっては二週間ぶりに重なった休日だった。

「あ、そうだ和明さん、来る途中でこれもらって来たんですよ」

思い出したように、長谷部が背に回していたボディバッグからなにか取り出した。

今から映画を観に行く予定だ。公園に寄ったのは上映開始時間までの時間潰《つぶ》しで、映画のチラシかなにかかと思いきや、差し出されたのは旅行のパンフだった。

「これって……」

「来月の温泉、どこがいいかなと思って。正月明けだし、平日なら予約はぎりぎりでも大丈夫だと思うんですけど、そろそろ行き先ぐらい決めといたほうがいいでしょ？」

伊豆《いず》、箱根《はこね》、草津《くさつ》。メジャーどころを中心に揃えられたパンフは結構な厚みの束《たば》だ。

「のんびり電車もいいけど、やっぱ車かな。和明さん、行きたいところありますか？　料理は伊豆がよさそうだったし、観光なら……」

余村が膝上で開いたパンフを横から覗きながら、長谷部は話しかけてくる。

「そうだね……どこがいいかな」

ぱらぱらと捲《めく》りながらも、余村はあまり興味を引かれなかった。二週間前、話が出たときにはあんなに浮き立ったのに、今は正直気乗りがしない。行きたくないわけではないけれど、旅行となると果奈も知ることになる。

「俺は鬼怒川《きぬがわ》温泉とかでまったりもいいなって思ってるんですけど。旅行っていっても、一泊二日だし」

長谷部の声はいつになく溌剌《はつらつ》としていた。顔を見なくとも、楽しみにしてくれているのが判る。

気が乗らない理由なんて言えるわけがない。

自分が勝手に隠れて果奈に会ったのだ。彼女に念押しされなくとも、長谷部に打ち明ける勇気もない。

——知ったら怒るだろうか。

果奈と会って、自分はどうしたかったのだろう。

本音を知りたいと思った。

聞いたこと自体は後悔はしていなかった。

あれが、彼女の本当の気持ちであるなら、目を背《そむ》けるのは卑怯な気がする。

「和明さん？」

長谷部が不思議そうな顔をする。余村はパンフレットから顔を起こし、無意識にじっと隣の顔を見つめてしまっていた。

「あ、えっと……せっかくこんなにパンフもらってきてくれたんだし、後でゆっくり見てもいいかな？」

言い訳がましく聞こえないよう注意しながら告げると、長谷部は笑んで頷いた。

「いいですよ、もちろん。じゃあそれは俺が帰りまで預かっておきます。映画の後、家に行ってもいいです？」

「あ……うん、そうだね。夕飯はうちでなにか作るよ」

あまり休みにうろつかなくなってからは普通の流れだというのに、部屋に招くことに何故だか少し緊張する。

公園を出ると映画館に向かい、予定どおり公開したばかりのサスペンス映画を観た。終わった後は内容について話をしたりしながら電車に乗り、家へと向かう。

途中、もう何度も二人で立ち寄ったことのあるスーパーで食材を買った。なんてことない時間だけれど、いつもは一人で買い物をするスーパーを長谷部と回るのは、余村は密《ひそ》かに好きだ。一緒に暮らしているような気分になるからかもしれない。

以前と変わりない行動をするうちに、張り詰めた心も解《ほぐ》れてくる。

家に帰ると留守電が点滅していた。

『もう十二月だから、電話してみました。仕事は相変わらずですか？』と短く入っていたのは、よく知る声だ。メッセージを聞いて振り返ると、背後に立っていた長谷部と目が合った。

「今のは……」

「母さんだよ。秋に電話があったときに、『近いうちに帰るかも』なんて言ったもんだから、催促《さいそく》されるようになってね」

余村は苦笑する。

夏に長谷部には実家と疎遠《そえん》であることを話した。

「帰らないんですか？　前に会う気になってきたって言ってましたよね……その、久しぶりに」

「うん。べつにもう避《さ》けてるつもりはないんだけど、いざとなるとやっぱり敷居《しきい》が高いっていうか……うちの親、再婚してるし」

「再婚……そうだったんですか」

遠慮がちな声は、それが親子仲の拗れる原因になったと思ったからだろう。

実際にきっかけではある。でも、直接的な原因は父親が変わったことではない。

余村はキッチンに場所を移し、シチューを作る準備をしながら、傍《かたわ》らで手伝ってくれる長谷部に話し始めた。

「僕が小学生のときに離婚してね。再婚は中学一年の夏だったかな……義父《とう》さんはいい人だよ。僕に対してはものすごく気を使ってくれて……でも、やっぱり自分の父親とまでは思えないかな。再婚が思春期だったのもあるけど……そのときの母さんの言葉が僕はどうしても忘れられなくてさ」

「……言葉？」

「うん」

余村は長谷部の洗ってくれたジャガイモを受け取りながら頷く。

「実は僕が『心の声』が聞こえるようになったのは、そのせいだったんじゃないかと今も思ってるんだ」

「え……」

長谷部は息を飲んだ。

まさかそこに繋《つな》がるとは想像しなかったに違いない。

「ずっと疑ってた。母さんにとって、僕はいらない子なんだろうってね。離婚のとき、電話の会話を立ち聞きしたんだよ。本当は父に僕を引き取って欲しかったたって話してるのをさ」

ピーラーで剝《む》く、ジャガイモの皮がまな板の上へと落ちていく。剝けていくごつごつとしたイモを手の中で転がしながら、余村は誰にも話したことのない、話すつもりもなかった心の古傷を、長谷部に打ち明けた。

当の母親さえ、立ち聞きしていたとは知らない。

母はきっと、何故自分が距離を置きたがるのか理解できないままだろう。

「今はあの言葉にそれほど深い意味はあったのかなって思ってるよ。人って一瞬の勢いで出てしまう言葉があるだろう？　怒りだったり、調子を合わせようとしてだったり。本音のようで本音じゃない。百パーセントの気持ちじゃない言葉。あのあとも母さんは優しかったし、僕が疎遠にしてもこうやって電話してくるし……少なくとも僕を思ってくれる気持ちはあったんじゃないかって、今は感じるようになった」

「和明さん……」

「でも僕にはあの言葉がずっとすべてだった。あのとき、疑ったんだ。強く、強く疑って……母さんの本音が知れたらいいと思った。心の声が聞こえたらいいのにってね」

隣で真剣に聞き入っている男の顔を見た余村は、急に恥ずかしくなってふっと笑った。

「でも、そんなことで簡単に『心の声』が聞こえるようになったら大変なんだけどね。なんなんだろうね、あれは」

もうずっと『声』は聞こえない。

時々、あれは夢だったのではと感じる一方で、すぐにまたひょっこり聞こえてきそうな不安に駆られるときもある。

考えを見透《みす》かしたように、長谷部がぽつぽつとした言葉で語った。

「よく判らないけど……元々、素質みたいなのがあるんじゃないですか？　同じ不摂生《ふせっせい》な生活送ってても病気にならない人もいれば、体調崩す人もいるみたいに、和明さんは聞こえやすい体質なのかも」

「……やだよ。だったら、またきっかけさえあれば聞こえるようになるってことだろ？」

茶化《ちゃか》すつもりはなかったけれど、余村はくすりと笑った。その仮定を受け入れるのは、怖かったのかもしれない。

「偉い学者先生でも解明してくれるといいんだけどね。モルモットになるのも嫌だし、もう聞こえないし、無理かな……あ、人参《にんじん》は一つでいいよ。剝いてくれる？」

ピーラーを手渡し、余村はジャガイモや玉ねぎを包丁で切り始める。シチューは簡単だし、何度か作ったので手順はもう覚えている。

「修一、君の両親はどんな人だった？　仲はよかった？」

亡くなっている両親について尋ねていいものか、そろりとした声で問うと、長谷部は『とても仲がよかった』と答えた。専業主婦の母が家事はこなしていたが、休みの日には父も一緒になって料理を作ったりしていたと。週末は片時も離れたがらず、とにかく仲睦まじい、いわゆる『おしどり夫婦』

だったらしい。

少し照れ臭そうに話す男の横顔を、余村はそっと盗み見る。

「君もいい父親になりそうだね」

「……え？」

「いや、今の君もそんな感じだと思ってさ。子供も嫌いじゃないだろう？　君が親になるなら、きっといい父親になるよ。家族を一番に考える……一度大切にしたいと思ったものは、君なら一生かけて守り抜きそうだ」

真面目に言ったものの、長谷部の反応は鈍《にぶ》い。

余村は急に決まりが悪くなった。

「はは、でもやっぱあれかな……娘だったりしたら、将来お嫁にやるときに哀しくなったりするのかな」

「……どうしてそんなこと言うんですか？」

「え、どうしてって……」

「俺は子供なんて興味ない。だって、和明さんと俺に子供はできないでしょ。なんでそんな話するんです。まるで……いつか俺と和明さんが別れて、別の人間と付き合うみたいだ」

むすりと低くなった声で言う男は、人参の皮の落ちたシンクを見下ろしている。

あまりにも融通《ゆうずう》の利《き》かない反応に驚きつつも、余村は慌てて否定した。

「あ……か、仮定の話だよ、ただの！」

「そんな話、『もし』でも聞きたくありません」

大げさではなく、長谷部が静かに怒っているのを感じた。些細《ささい》なことで叱られ、呆れるどころか余村は嬉しくなった。

長谷部は自分をそれほどに想ってくれている。

「えっと、なに……？」

手は止まっていたものの、あと少しで食材を全部切り終えようとしていた余村は、包丁を取り上げられて首を傾《かし》げる。

「……危ないから」

長谷部はそう言ってまな板の上に移したかと思うと、ふらっと顔を近づけてきた。

音もなく唇が重なる。ちょっとびっくりして目を瞬《しばたた》かせると、今度は抱き寄せられた。

「あ……修一」

付き合うまで、こんな甘い行為をしたがる男だとは気がついていなかった。

長谷部に抱き締められることには、今でこそ違和感を覚えない。でも、最初は正直変な感じがした。能動的でなく、受動的な行為。自分がこれまで抱いてきたのは女性だったし、こうした瞬間に触れる感触すらまるで違っていた。

長谷部だって、本当はあの頼りないほどに柔らかなものを知るはずだったのだろう。

——どうして今日はこんなことを考えるのか。

長谷部は自分だけを見て、考えてくれているのに。

『友達じゃダメなんですか?』

微かに震えていた果奈の声は、もう何度も思い返した。まるで癖《くせ》づいてしまったかのように、今も頭に甦《よみがえ》る。

「……和明さん?」

再び寄せられた男の唇を、余村は思わず避けた。

「あ……ごめん、思い出した」

「え?」

「心配すると思って言わなかったけど……き、昨日からちょっと風邪気味なんだ。うたた寝して、今朝も体がだるくて……うつると悪いし」

「風邪って……出かけて大丈夫だったんですか?」

「ほら、君のことだからそうやって心配すると思ってさ、言わなかったんだよ。映画、行きたかったし」

おどけて見せると、長谷部は溜め息をつく。

「もう夜は冷えるんですから、風呂上がりのうたた寝はやめて下さいよ。髪はちゃんとすぐ乾かしてますか?」

余村はふっと力が抜けて笑った。

「なんだか君、お母さんみたいだな」

それから、再びシチュー作りに戻り、夕飯にちょうどいい七時前には居間のテーブルに皿が並んだ。

点《つ》けたテレビを観て、他愛もない話をして過ごす夜。いつもどおりの休日の過ごし方なのに、夜も更《ふ》けてくると妙に長谷部の存在を意識し始める。

食事を終えようという頃、長谷部が思い出したように言った。

「そういえば、今日は訊かないんですね」

「え?」

「果奈のこと。ここのところほぼ毎日、和明さんは俺にどうしてるか訊いてたから」

「ああ……果奈ちゃん、元気?」

もう訊く必要はなくなってしまった。強張《こわば》りそうになる顔に薄い笑みを浮かべて返すと、長谷部はどことなく嬉しげに笑んだ。

「出がけに、『余村さんによろしく』って言ってましたよ」

「え……きょ、今日、僕に会うって言ったのか?」

「言ったっていうか……俺が休みに出かける理由、最近はいつもそうじゃないですか。果奈から『余村さんとどこに行くの?』って訊かれたから、映画に行くって言いましたけど……」

つい声を裏返しそうになった自分に、テーブル越しの男は怪訝な表情になる。

「なんかまずかったですか?」

「いや……べつに」

「普通に笑って送り出してくれましたよ」

長谷部が果奈の話を持ち出したのは、自分を安堵《あんど》させたかったからだろう。果奈は好意的だったと言いたいようだけれど、余村の耳をその声は素通りしてしまった。

それよりも、果奈に釘《くぎ》でも刺《さ》された気分だ。

どんな思いで、彼女は兄を送り出したのか。言葉にも笑顔にも、真実を知ってしまった余村には裏があるように思えてしまい、ただただ重く圧《の》しかかる。

まだ時間は八時を回ったところにもかかわらず、そわそわした。遅くなればなるほど、果奈は気を揉《も》むに決まっている。

そして、自分も——

九時を過ぎた頃、余村は長谷部に帰りを促《うなが》した。

少しでも長く引き留めたい、一緒にいたいと思っている最近の余村には、有り得ない時間だった。

風邪を理由にすれば、長谷部は嫌がりはしない。

でも、別れ際にはやっぱり少し淋しそうな顔を見せた。

「和明さん、じゃあお大事に」

「……うん、君も気をつけて。メールするよ」

玄関で送った後、余村は部屋の窓から長谷部の姿をそっと見送った。マンションの部屋は三階だから、路地が多少暗くても確認できる。

背が高い男の姿。広い背中は、その心根を表わすようにいつも筋《すじ》がすっと通っていて……けれど、今日はどことなく肩が落ちているようにも見える。

不意に長谷部が足を止めた。振り返ってこちらを仰《あお》ぐ気配を感じ、余村は咄嗟《とっさ》にカーテンの陰に身を潜めた。

べつに隠れる必要なんてないのに。

背中を壁に預けてからそう気がつく。今更覗くこともできず、そのままじっと長谷部が去るのを待った後、ずるずるとその場に腰を落とした。

「……なにやってるんだろ」

本当にそう思う。

二週間ぶりの一緒の休みだったのに、彼を追い返した。自分は馬鹿だ。次の長谷部との休みは今度は一週間後。またしばらくはちゃんと会えない。触れることもできない。

あんなにも一緒にいる時間を求めてきたのに。

長谷部はなにも変わっていない。

なのに自分だけが、冷たいもので閉ざされてしまったみたいに身動きが取れなくなってきている。

うずくまった余村は、抱えた膝に顔を突っ伏した。長谷部のいなくなった部屋は静かだ。目を閉じると、目蓋《まぶた》の裏の暗がりに落ちて行くような気さえした。

そこは暗くて冷たくて、とても淋しかった。

それから数日、余村は風邪で具合が悪いと言って長谷部とは深夜に短いメールをかわすだけだった。しかし、風邪での体調不良なんていつまでも続くものではないし、咳《せき》の一つも出ておらず仕事だって休んでもいないのに、避けるにも限界がある。

そもそも避けたいわけではない。心では以前と変わらず……以前よりずっと求めているのに、長谷部の傍にいて、触れると果奈への罪悪感で押し潰されそうになる。果奈には、身を引く気がまるでないかのように、長谷部が好きだと宣言しておきながら意気地《いくじ》がない。

自分には覚悟が足りないのか。自分が幸せになるということは、誰かの不幸に繋がってしまうのか。肉親に認めてもらえないことが、これほどしんどいとは思っていなかった。

「なんか、仕事帰りに食事するのも久しぶりですね」

早番が重なった日、体調がよくなったなら夕飯を食べて帰らないかと長谷部に誘われた。日曜の夜だ。妹もデートで帰りが遅いからと言われ、断る理由もなく、二人で職場の最寄り駅近くの居酒屋に寄った。

洒落《しゃれ》た店でもなんでもない。平日は仕事帰りのサラリーマンで賑《にぎ》わう大衆居酒屋だ。手頃な値段で刺身も美味《おい》しく、もう何度か利用している店だった。

「あっ、和明さん、それは普通の醤油《しょうゆ》ですよ」

ぼんやりとテーブルの端の醤油差しを取ろうとしていた余村は、向かいの席から伸びてきた手にびくりとなる。

触れそうになった手を反射的にばっと引っ込めてしまい、長谷部が驚いた顔で自分を見た。

「あ……ご、ごめん、今なんかぼうっとしててさ」

いつかもこんなことがあった。付き合うずっと以前、同性の長谷部の好意すらまだ受け止めきれず、心の声に怯《おび》えていた頃だ。

昔に帰ったみたいに、神経過敏《かびん》になってきている自分が嫌になる。

「大丈夫ですか？　まだ風邪が治ってないんじゃ……」

「もう大丈夫だよ。えっと、刺身醤油はこっちだっけ？」

「ああ、そうです。青い印のほう」

長谷部はどう思っているのだろう。急に家から追い払うように帰したり、挙動《きょどう》が怪しくなったり、本当に風邪だったと信じているのか。

テーブル越しの顔を見ても判らない。

長谷部に救われるようにして立ち直ってから、失《う》せた心の声を聞く力を求めることはなかったけれど、今少しだけまた『声』を懐かしく思う。

長谷部の心も、果奈の心も、正しく理解できたなら――

余村は緩《ゆる》く頭を振った。こないだの長谷部との会話。望めばまた『声』が聞こえるようになってしまわないとも限らない。

「和明さん？　どうかしました？」

「いや、なんでもないよ」

日本酒のグラスを手に取ると、余村は気を紛《まぎ》らわすかのように飲み始めた。


店を出たのは十時過ぎだった。明日も二人とも仕事だ。普段なら駅に向かう時間であるところを反対方向へ足を向けたのは、余村がしたたか酔っ払っていて、このまま帰るには不安だったからだ。

少し酔《よ》いを醒《さ》まそうと公園まで歩いた。

「今日はどうしたんですか？　和明さん、ちょっと飲み過ぎですよ」

「ん……久しぶりにお酒も食事も美味しくて、気分よくてさぁ」

嘘じゃない。完全に酒の力を借りてしまっているけれど、酔いに満たされた余村には、頬に受ける冷たい夜風さえ心地よかった。

長谷部のブルゾンの袖《そで》を握る手に力を込める。夜は暗いし、自分は酔っぱらっているし、支えを必要としているのだから、腕にしがみつくぐらい許されるだろう。

誰にともなく言い訳を頭に並べた。

「……修一」

次第に本当に酔っているのか、酔った振りをしているのかさえ判らなくなっていく。

公園は人影疎《まば》らだった。明日は週の初めの月曜だし、ベンチでじっとするにももう寒い。余村はふらふらと歩きながら、長谷部の左腕に一層《いっそう》腕を絡《から》みつかせた。

困惑した声が降ってくる。

「酔ってるからって、あんまり……可愛いことしないでください。俺、今結構ギリギリなんですから」

「ぎりぎり？」

「もうずっと和明さんに触ってない」

眠たげな眼差しで隣を仰ぐと、拗《す》ねたように長谷部は言った。年上なのに酔って甘える余村の頭を、子供にでもするみたいに大きな手がポンと軽くはたいて撫でる。

そんな扱《あつか》いをされても余村が離れないでいると、やや荒っぽく引っ張られ、公園内を歩かされた。

「わ……な、なに……？」

「……だから、本当に困るんですって」

長谷部が余村を連れて行ったのは、街灯一つ分ほど先にあったトイレだ。中に人の気配はなく、二つ並んだ洗面台の手前で抱き寄せられた。

「しゅ、修一……」

「暴れないでください。こんなとこで変なことしませんから」

本当にそんなつもりはないのだろう。ぎゅっと強く抱いた男は、ただ溜め息とも吐息ともつかない息をほっと零し、欲望を抑え込んだ熱っぽい声で問いかけてくる。

「今度の火曜の休み、家に行っていいですか？」

抱かれるまま広い肩口に額を預けようとしていた余村は、腕の中の身を竦ませた。

駄目だと拒む理由がない。

でも、ここで頷いたら了承になる。

「えっと……」

どうしよう。

気持ちは触れ合いたくとも、いざとなればまた拒んでしまいそうな気がする。部屋に招いて嫌がれば、どんな理由をつけても長谷部は今度こそ自分の嘘に気がつくだろう。

どうしよう。

求められて、嬉しくないわけではない。長谷部に応えたい気持ちだけは本当だった。

「か…和明さん？」

狼狽《ろうばい》した声で名を呼ばれる。

不意に余村がその胸元をぐいと押しやったからだ。引き離そうとしたのではない。すぐ傍の個室へ強引に押し込み、後ろ手に鍵をかける。

ちゃんと鍵がかかったのか確かめる間もなく、その手を長谷部の身に移した。二人で入るには狭い個室の中で、そのままジーンズに指をかける。

自分の意図を察したらしい男が、驚愕《きょうがく》の眼差しで見返してきた。

「修一……触っても？」

「さわ…って……ちょっ、ちょっと待ってください。そんなとこ、しゃがんだら服が汚れ……」

「いい」

「いいわけないでしょ」

その場に身を屈《かが》めようとした余村は、腕を引っ摑まれて無意識に不満そうな声を上げた。

「嫌なの…か？」

「……嫌なわけない。でも……和明さん、酔ってる」

「酔ってなくても、僕は君のことならいつでも喜ばせたいと思ってるよ？」

こんなときでも真面目な男が愛《いと》おしい。思わずくすくすと笑えば、長谷部はちょっとむっとしたみたいに声を低くして言った。

「じゃあ……こっちに座ってください。ここなら、座っても大丈夫だから……」

諭《さと》すように座らされたのは、蓋《ふた》の閉じた便座の上だ。観念した様子の男の腰に軽く腕を回し、上半身に頭を凭《もた》せかけると、そのまま心地よく眠りに落ちてしまえそうな感じがした。

不思議と、自分から触れることにはあまり罪悪感を覚えなかった。

悪いのは自分で、長谷部は流されているだけ。そんな風に思えているのかもしれない。

開かれたブルゾンの下の、黒いカットソーの腹部に余村は唇を押し当てた。

服の上から何度も体にキスをしながら、指をかけたジーンズの合わせ目を寛《くつろ》げる。深く顔を伏せていく余村は、そのまま下着の内から探り出したものに、躊躇《ためら》いもなく唇を寄せた。

「か、和明さん…っ……」

行為を始めた余村よりも、長谷部のほうがずっと戸惑っているようだった。

ギリギリなんて言っていたのは本当みたいで、長谷部の性器は最初から少し反応していた。それが嬉しくて、両手で大事そうに包んで、ちゅっちゅっと音を立てて口づける。

啄《ついば》むだけで、びくびくと弾んで形を変えるものが愛しい。余村は頬ずりせんばかりの勢いで、柔らかな唇でそれを撫で、硬く張り詰めていく屹立《きつりつ》に舌を這わせた。

「あ……くそ、やばい……」

らしくもない汚い言葉を長谷部が零す。幾度も舐《な》め上《あ》げるうちに、先端には雫《しずく》が浮き上がってきていた。

自分の愛撫に恋人が感じてくれる瞬間は嬉しい。

「……んっ……」

浮いた雫を何度でも舐め取った。滑《なめ》らかな尖端《せんたん》に唇を押し当て、包み込むように飲み込んでいく。

長谷部がびくっと大きく腰を揺らした。両肩にかけられた手に力が籠《こ》もり、引き寄せたいのか引き剝がしたいのか、迷うような仕草を見せる。

「……く…っ、あ……」

余村は構わず愛撫した。口腔《こうこう》いっぱいを使って昂《たか》ぶりを扱《しご》き立《た》て、張り出した尖端の括《くび》れに唇を引っかけるようにして抜き出しては、また迎え入れる。含み切れない根元のほうは両手を使って愛撫した。

愛しい男を感じさせたい。もっとたくさん、もっといっぱい——それだけを一心に考えた。

同じ男だから、感じる場所はだいたい判る。言い換えれば、積極的に触れているのは、自分がいつも感じてならないポイントばかりだ。

長谷部はそれに気がついているのか。

含んだまま、震える目蓋を起こして頭上を仰ぐと、肩で息をしながら男は自分を見下ろしていた。熱を感じさせる眼差し。開かれた唇から吐息が零れ、いつの間にか頭に触れていた手が、長い指に戯《たわむ》れるように余村の髪を絡ませる。

「……んんっ、う……」

やがて、『もっと』と求める手が後頭部へと回り、頭を引き寄せた。じわりと喉奥《のどおく》へ向けて沈んだものに、息苦しさのあまり眦《まなじり》に涙が浮かんだ。

けれど、やめたいとは少しも思わない。

「……和…明さん、は…ぁっ……いい」

長谷部の感じている声に、体の奥が熱くなった。

「……和明さん、和明さ…ん」

繰り返し自分の名を呼ぶ声に、初めて店で意識したときのことが頭を過ぎった。店の前で転んで助けられたとき、長谷部は頭で自分の名を繰り返し呼んでいた。

あのときから変わらない、自分を想ってくれる男の声。切ない声を耳にすれば、余村の胸も体も呼《こ》応《おう》するように長谷部を求め始める。

「……しゅう、いっ……んっ、ん…ぅ…ぁっ……」

息継《いきつ》ぎもままならない。いつしか長谷部のペースで穿《うが》たれ、奪い尽くされるみたいにして熱を放たれた。口腔深くで受け止めた白濁《はくだく》に噎《む》せ返《かえ》りそうになりながらも、長谷部が穿ったもの抜き出すと、余村はそれを飲み下した。

「……ぁ…っ、はぁ…っ」

少し放心しかけた。荒い息をつき、長谷部の服を縋りつくように握り締める。その身に顔を突っ伏そうとしたところ、両腕を摑まれて体を仰向《あおむ》かされた。

「あ……しゅうい…っ……」

名を言い終えないうちに、余村の唇は塞《ふさ》がれていた。『あっ』と思う間もなく、ぬるりとした舌が口の中へねじ込まれる。

深いけれど、優しいキス。長谷部の舌は慈《いつく》しむように動いた。口の中に残った苦味《にがみ》を拭《ぬぐ》い、擦《こす》られて体温の上がった粘膜《ねんまく》を撫《な》で摩《さす》る。

胸がいっぱいになり、幸福感を覚えかけた瞬間、自分を戒《いまし》めるかのように余村の頭にはあの震える声が過ぎった。

果奈の声。

「……やっ…やめ…っ……」

顔を背けてキスから逃れようとすると、摑んだ腕を引っ張られて立ち上がらされる。隣の個室との境の壁に身を押しつけられ、身動きが取れなくなった余村は体を探る手に恐慌状態に陥《おちい》った。

「はなっ、放してくれ…っ、僕は…いいから……」

自分に触れてはならない。

そんな風に突然抵抗されても、長谷部にはきっとなにがなんだか判るはずもない。余村の体は嫌がるどころか熱を帯《お》び、中心は切なく疼《うず》いていた。

「だ、駄目…だってっ……」

「……どうして？　和明さんも感じてる」

「いい、からっ、放し…てくれ」

「俺にもさせ……」

「駄目だって言ってんだろっ！　僕に触るなっ、果奈ちゃんが…っ……」

激しく身を捩《よじ》る余村は、勢いで口にしてからはっとなった。

長谷部は呆然と目を見開かせている。

「……果奈？」

「あ……」

「なんで急に果奈の名前が出てくるんですか？」

言葉に、ひやりと冷水を浴びせられたようだった。言い訳できない。

「か、果奈ちゃんが……哀しむから、僕なんかに触ったら……きっと」

果奈に会ったことだけは黙っていなくてはと思った。彼女と約束した。長谷部を諦められない自分にできる、数少ないことだ。

息も絶え絶えな具合で説明する余村に、長谷部は一層訝《いぶか》る顔をするばかりだった。

「こないだから、どうしてそんなに気にするんです?」

「どうしてって……君の家族だからだろう」

「でも、果奈はなにも反対してない。それに……たとえ果奈に嫌がられても、俺の気持ちは変わりません。ずっと変わらないって……そう言い切れると、前にも話しましたよね?」

「……口で反対しなくったって、堪《こら》えてるのかもしれないだろ。変わらないって……君はもし、果奈ちゃんが本当は嫌がってて、『自分とあの人のどちらか選べ』なんて言い出したとしても、妹を突っぱねるの?」

たとえ自分を選んでくれても、そんなひどい長谷部は見たくない。

なにを言っているのだろうと思った。自分は果奈だけでなく、長谷部まで苦しめたいのか。

「……なんで俺は、そんな起こりもしない仮定に悩まなきゃならないんですか?」

長谷部はどちらも選ばない。無益《むえき》な問いに正しい答えを返した男は、一度は遠ざけかけた顔を近づけてくる。

「あ……ちょ、ちょっ…と……」

無理矢理に押し合わせられたのは、唇ではなく額だった。

じっと目を見据えられ、余村は息を飲む。覗き込んでくる黒い澄んだ眸には、淀んだ心をすべて見透かされそうな強さがある。

「……くそ」

短く長谷部は言い捨てた。

「俺には、どうやってもあなたがなにを考えてるのか判らない」

「修一……」

「俺、なんか間違ってますか？　あいつになにかしろと言ってるんじゃない。俺とあなたの問題だ。なのに、果奈のために変わる必要があるっていうんですか？　俺には理解できない」

長谷部の心は、妹に知られてもなお、本当にぶれたりはしないのだと感じた。

頼もしいと思う一方で、弱い自分とは埋《う》めようのない隔《へだ》たりを感じる。

「君は強いんだな」

素直な反応だった。

けれど、口にした瞬間、長谷部の眸が揺らいだ。

「……強いですよ。あなたを想う気持ちは、俺は誰にも負けませんから」

すっと身を引いた男の声が、どこか哀しげに響いた気がした。

「……修一？」

「帰りましょう。もう酔いも醒めたみたいだ」

長谷部は鍵を開け、扉を開く。

背を向けられて初めて、余村は傷つけたのかもしれないと思った。

自分は今なんと言っただろう。

けして、想いの強さを量《はか》ったわけではない。けれど、まるで自分の想いは長谷部ほどに強くはなく、脆《もろ》いかのような言葉ではなかったか。

脆く消えてしまえるような——

「修一！」

慌てて後を追って表に出ると、夜の風はさっきよりももっと冷たく感じた。

月夜に黒い影を浮かべた公園の木々は、もう完全に葉を落とした冬木立となって並んでいた。

言ノ葉便り〈草々〉

窓を叩く冷たい風に、時折ガラスは割れそうに大きく震えた。

十二月も半《なか》ば近くになる。昨日からの雨も雪に変わりそうな急な冷え込みは、もう穏やかな秋は過ぎ、季節が冬に変わったのを示していた。

「まだ、この時間か……」

部屋のソファに座った余村《よむら》は、壁の時計を確認すると、十時を回ったばかりであることに溜め息をつく。帰宅してからつけっ放しのテレビは、バラエティ番組も終わり、夜のニュースが始まっていたけれど、窓を叩く風の音ほどにも頭は意識を向けられずにいた。

夜がやけに長い。

この数日ずっとそうだ。

結局、昨日の火曜は長谷部《はせべ》には会わないままだった。

『和明《かずあき》さん、俺はあなたを困らせたいわけじゃない。すみません、少し頭を冷やさせてください』

日曜の夜、公園から帰る途中で長谷部にそう告げられた。

自分が突《つ》っ撥《ぱ》ねたも同然だ。

妹に知られても変わらないという彼の気持ちを嬉しいと思った。けれど、それに同じようには応《こた》えられなかった。

あれから三日、長谷部からの連絡は途絶えたままだ。職場ではいつもどおりの姿を見かけるものの、年末商戦も始まった店はセールの準備にも忙しく、会話どころか目を合わせる時間さえなかった。

どこかほっとした。

そのくせ、家に帰ると連絡がないことに落ち込む。ソファの傍《かたわ》らに置いた携帯電話はずっと沈黙したままで、鳴る予定もないのに気にしている自分がいる。

声が聞きたい。

——今、どうしているだろう。

夜のメールや、たまの電話の内容なんてどうせ他愛《たわい》もないものばかりなのに、途絶えてしまった状況が重く圧《の》し掛《か》かる。

今夜のような早番の夜は時間が遅々《ちち》として進まない。

仕事から帰ってからの自分は、いつもどうやって過ごしていただろう。

いつまでこんな夜は続くのか。

長谷部を苛立《いらだ》たせたこと。傷つけたこと。判っていながら、それでも果奈《かな》の気持ちを無視できない。

誰もが納得できる答えなんて、この関係には見つからないと知りつつも、果奈が以前のような笑顔を取り戻してくれたらいいのにと願ってしまう。

長谷部の家族だからというだけでなく、二人の関係が好きだった。支え合い、寄り添うようにして暮らしてきた兄と妹。他人である自分のために壊れてほしくない。

――昨日、休みに出かけなかった彼に、彼女はほっとしただろうか。

自分と会わないでいることに。

深くソファに体を預けた余村は、頭を背凭《せもた》れに載せ、視線だけをテレビに向けた。明日のニューヨークは雪、香港《ホンコン》は曇《くも》り。なんの役にも立たない各国のお天気情報を見つめながら思った。

もし果奈が安堵《あんど》したなら、それだけが救いだと。


「ジングルベ〜ル、ジングルベ〜ル、鈴が〜鳴る〜♪」

間延びした歌声を響かせながら、客の連れの男児が店内を駆け回っている。

歌っているのは、店のＢＧＭのクリスマスソングだ。電器屋の販売員の仕事に就《つ》いてから、十二月になると強制的にクリスマス気分を感じさせられるようになった。多少なりと購買意欲を煽《あお》れるのか知らないが、ジングルベルに赤鼻のトナカイ、サイレントナイト、定番曲の数々が一日中ぐるぐる回る。

幼い頃はどうしてあんなにもクリスマスが待ち遠しかったのだろう。

サンタからのプレゼントは嬉しいものだけれど、余村は早いうちからそれが親の用意したものだと気づいていた。プレゼントなら誕生日にだってもらえる。けれど、それでも子供の頃はクリスマスが大好きで、母親がツリーを物置から引っ張り出す日を心待ちにし、飾り付けを手伝うのを楽しみにしていた。

今はもう年末の気忙《きぜわ》しさと、そして過去の痛みを思い起こすものでしかなくなったクリスマス。それでも今年はここ数年の陰鬱《いんうつ》な気分から解放され、時間が合えば長谷部と過ごせるものだと思っていた。

「ごめん、待たせたね。これだよ」

余村は溜め息を零《こぼ》しそうになりつつ、運んでいた紙包みを正面口近くのカウンターにどさりと下ろす。

「えっ、これ全部ですか？」

取り出したチラシの山に、今日から入った学生バイトの女の子が戸惑った表情を見せた。

「大丈夫、クリスマスのセールまでにはほとんどなくなるものだよ。僕も時間を見つけて手伝うから」

短期の雑用のバイトを店が雇《やと》うのは、年末年始の期間くらいだ。今年の子は真面目そうだけれど、内心はやはり舌打ちしたい気分だろうか。

平日の昼間なのもあって、店は落ちついている。パソコンコーナーも暇そうな販売員の姿が目立ち、余村は手伝うと言ったとおり、バイトの女の子と表に出てチラシを配った。

昼休憩を取ったのは、三時近くなってからだ。

近くのコンビニで弁当を買ってバックヤードへ向かい、休憩室に入ると先客が一人いた。

広い長テーブルで食事中の長谷部は、すぐに気づいて顔を上げる。

「余村さん」

職場では今までどおり名字で呼び合うのが、二人の間の暗黙の了解だ。けれど、制服のブルゾン姿を見れば反射的に出るのだと判っていても、今は二人きりなだけによそよそしさを感じる。

「お疲れさま、長谷部くん。相変わらず休憩遅いね」

「余村さんこそ、今からですか？」

「ああ、うん。今日から新しいバイトの子が入ったんで、いろいろ教えたりしてたら遅くなってさ」

一瞬迷って、コンビニ袋はテーブルの一つ席を空けた場所に置いた。あまり離れては避けているかのようだし、かといって隣にべったり座るのも今の長谷部は嫌かもしれない。

壁際のテーブルに備えられたポットと急須《きゅうす》で湯のみに茶を淹《い》れ、長谷部の分も持っていくと、律儀《りちぎ》な男は礼を言った。

「あ、すみません。ありがとうございます」

生真面目《きまじめ》なのか、他人行儀なのか。

あのときみたいだな、とふと思った。

ちょうど一年前の今頃。店先で転んだところを助けられ、長谷部の存在を意識し始めたクリスマス。休憩室で偶然一緒になって、こんな風にお茶を淹れて渡した。受け取る顔も今みたいな仏頂面《ぶっちょうづら》で、怒ってでもいるかのような低い声で——

でも、あのときとは違う。

あのときは、『声』が聞こえた。

自分を慕《した》う長谷部の『声』。ただ急須で注《つ》いだだけのお茶にえらく感動して、覗いてしまった恋心に戸惑いつつも、寄せられる好意の心地よさに温かな気持ちになった。

今のほうがずっと距離は近い。

付き合っていて、恋人で、誰よりも隣にいて安心できる存在になったはずだった。けれど、妹に知られてしまったというだけで、どうしていいか判らないと惑う。

どう呼吸をしていいかさえ判らないほどに、余村は長谷部の隣で緊張した。

コンビニ弁当の蓋《ふた》を開け、ぎこちなく箸《はし》を動かす。息の詰まる無言の空間に、堪え切れずに言葉を探すのはあの頃と同じく、自分のほうだ。

「果奈ちゃんのお弁当、久しぶりに見るな」

何気なさを装《よそお》い声をかけた。

一目で手作りだと判る弁当は、おかずを分けるシリコンカップがカラフルで、果奈の女性らしさが表われている。

「ほとんど毎日作ってくれてますよ。作らなかったのは、こないだ寝坊したときぐらいで……」

家に招かれた翌日だ。寝坊したのはカミングアウトなんて受ける羽目になり、動揺させたせいではないのか。

「そうなんだ。果奈ちゃんも働いてるから、毎日大変だよね」

ただの雑談のつもりが、果奈の様子に探りを入れるみたいになってしまった。

気まずい思いで再び箸を動かしていると、今度は長谷部のほうが口を開いた。

「火曜の休みはすみませんでした。せっかく一緒の休みだったのに」

「あ……いいよ、元々僕が変なこと言い出したのが悪かったんだし。それで……」

頭を冷やすと言っていたのはどうなったのか。

なにか、答えは出たのか。いつまでこんな気まずい関係でいなくてはならないのか。

自分自身ですら出せなかった答えを、長谷部に求めて急《せ》かしそうになる。

言葉には到底《とうてい》できずに、繕《つくろ》うように尋ねた。

「それで……休みはずっと家にいたの？」

「ああ、買い出しを手伝ったり、前から果奈に頼まれてたエアコンの掃除したりとか」

「そっか、急にすごく寒くなってきたから、今のうちにやっておいたほうがいいね。果奈ちゃんも助かったんじゃないかな」

「どうだろ……あいつも仕事してるのに、なんだかんだいって家事は任せてばかりだから、俺ももう少し手伝わないととは思ってるんですけど」

料理好きでしっかり者の妹に、つい甘えてしまうのはよく判る。バツが悪そうに言う長谷部に余村は苦笑し、自分も共犯であるというように軽い調子で告げた。

「いつも当たり前に休みは君と過ごしてたけど、毎回付き合わせて僕も考えなしだったかな」

「いつもって……余村さんと一緒の休みは、月に二、三回でしょ」

「ああ、それはそうなんだけど……果奈ちゃん、それも実は不満だったんじゃないかなって気になって」

「会わないほうがいいってことですか？」

思わぬ言葉に驚き、表情は強張《こわば》る。

しばし絶句して口を開いた。

「そ、そういうつもりじゃ……」

「だって、果奈が嫌なら考える余地《よち》があるんでしょう？　果奈のために、付き合い方を変えるっていうんですか？」

触れてはならないものでも突いたみたいに、長谷部の語調はきつくなる。呆然となって見つめ返すと、はっと我に返ったように乗り出した身を引かせ、気まずそうに視線を逸《そ》らした。

「すみません、俺、まだ全然頭冷やせてないみたいで。和明さんは、違うんですね」

「え……？」

「あいつのために、そんな風に笑って言えるんですね」

自分は今笑っていただろうか。

ただ少しでも元の空気を取り戻したかっただけだ。本音は詰め寄りたいほどで、いつまでこうしていたらいいのだと、出口を求めて頭を悩ませている。

言葉を失い無言になった余村に、長谷部はなにを感じたのか言った。

「しばらく友達にでも戻ったらいいんでしょうか」

たった一言に、動揺した胸が苦しくなる。それが長谷部の出した結論なら無下《むげ》にはできない。

でも――

「ああ……それも一つの手かもしれないね。けど……」

どうにか否定する言葉を探そうと余村は頭を巡《めぐ》らせ、ふっと息をついた長谷部は皮肉めいたことを口にした。

「戻るったって、元々……俺と和明さん、友達なんかじゃなかったでしょ」

「修一《しゅういち》？」

「やっぱり判りません。俺にはあなたがなにを考えてるのか。どうしてそんな風に平気で言えるんです」


八時の閉店時刻を待たず、早番の余村は七時前には店を出た。人通りの多い時刻で、金曜の夜なのも加わり駅周辺は賑《にぎ》やかだ。

冬のこの時期、道路の街路樹はイルミネーションで輝き、駅前には毎年ビルの三階の高さに及ぶ白いツリーが設置される。

眩《まぶ》しい光の中を、余村は覚束《おぼつか》ない足取りで歩いた。寒空にもかかわらず待ち合わせに集まる人々の間を掻《か》い潜《くぐ》り、駅のコンコースへと入って行った。

光がふわふわと宙で躍《おど》っている感じがする。酩酊感《めいていかん》にも目眩《めまい》にも似た感覚。頭の中はずっと昼間長谷部に告げられた言葉の数々が占《し》めていて、ちょっとの刺激でパンと心が割れて、溢《あふ》れてしまうんじゃないかと思うほどにいっぱいだった。

乗り込んだ電車は混んでいた。帰宅途中のサラリーマンに学生、女性グループにカップルと、車両は様々な人で溢れ返っている。

吊り革にしがみついて、人の圧力や騒音に耐えながらも、余村が考えるのは昼のことばかりだ。

自分はまた長谷部を怒らせてしまったらしい。

あれは、試されていたのか。そして自分の返事は彼を失望させたのだろうか。

長谷部は自分を判らないと言うけれど、余村にも長谷部が判らなくなっていた。

本気で呆れられたのかもしれない。

考えてみれば、自分からは何度か遠ざけようとしたことがあるけれど、彼から距離を置こうとされたのは一度だけだ。心の声が聞こえると打ち明けたあのとき——それも、結局は長谷部のほうから歩み寄ってくれて救われた。

いつも自分は彼の好意に甘えてばかりいる。

彼が真面目で誠実で、一途《いちず》な性格であるのをいいことに、心変わりなどしないと自分は思い込んでいやしないか。

声が聞きたい。

今すぐに、その声を聞いて安心したい。

余村は吊り革を強く握り締めた。

無意識に聞きたいと願ったのは、長谷部の唇から発せられる声か、それとも普通では読み取ることのできない本当の気持ちか——

停車駅でもないのにガタンと大きく電車が揺れ、その瞬間すぐ後ろから響いてきた声に、余村はドキリとなった。

『おまえさえいなけりゃ、俺だって課長に評価されたに決まってるのに』

背後にはスーツ姿の若い二人連れがいた。職場の話をしているのはなんとなく気がついていたけれど、不意を打たれて余村の心臓は縮《ちぢ》んだ。

まるで自分が昔同僚から聞かされた、妬《ねた》みに歪《ゆが》んだ心の声。

『とっとと辞めてくんねぇかなぁ。入社したとき、企画部なんて興味ねぇって言ってただろうが』

ドッドッと強く打つ心臓の鼓動。脈が速くなる。

『ほんっと存在が迷惑でさ』

吐き捨てる男の声に、余村は死人でも目にしたような強張る表情で背後を振り返った。

男の口元を凝視する。心の声であるなら、動かぬまま聞こえるはずだ。確認しようと見つめた男の隣で、連れの男が拍子《ひょうし》抜《ぬ》けする反応を見せた。

「おまえなぁ、本音がダダ漏れてんぞ。ひでぇ、言い草だなぁ、人のせいにすんな」

「だって、おまえがデキるせいで俺の出世の見込みゼロなんだもんよ……」

じっと見つめる余村の視線に気がつき、見知らぬ若い男は怪訝《けげん》そうな顔をする。

——気のせいだ。

しっかりしろと、余村は自分を叱咤《しった》した。

心の声なんて、聞こえていやしない。そう納得しながらも、心臓の鼓動は収まらなかった。

いつもより電車が騒がしい気がした。四方八方から聞こえてくる心の声に悩まされ、電車通勤ができなくなったあの頃の記憶が甦《よみがえ》る。

声。声が聞こえる。本当にこれらの声は、すべて話をしている声なのか。

目に映るすべての人間の口元が確認できるわけではない。車内に犇《ひし》めく数々の頭を目にすると、激しい動悸《どうき》を覚えた。

「……すみません」

発した余村の声は震えた。

血の気《け》の引く思いを味わいながら、強引に人を掻き分ける。

「すみません、降ります。降りますからっ、通してくださいっ！」

すでに電車のドアは閉じようとしていた。周囲の迷惑も顧《かえり》みずに出口を目指す余村は、乗客の冷ややかな視線を一身に浴びて、降りる予定のないホームに飛び出した。

鳴り響く発車のメロディが止《や》み、扉が閉まった。モーター音を唸《うな》らせ走り出した電車は、レールを軋《きし》ませながら余村の背後を走り去っていく。

ホームは静かになった。

誰の声も聞こえない。

音もなく吹き抜ける冷たい風が、暑くもないのに汗ばんだ額《ひたい》を掠《かす》める。

聞こえるのは、蹲《うずくま》るように深く背を丸め、両手を膝についた自分の荒い息遣いだけだった。


「ジングルベ～ル、ジングルベ～ル、鈴が～鳴る～♪」

どこかでクリスマスソングが聞こえる。

ゆらゆらと揺れている気のする体と、ガタゴトと鳴る電車の音に、目を閉じたままの余村は『ああ、今は通勤途中だったか』と思った。では、鳴り響く音楽は、耳にしたイヤホンから流れる曲か。クリスマスソングなんてプレイヤーに入れた覚えはないけれど、なんでもいい。

このまま目を覚ましたくない。

先週、電車を衝動的に降りてしまってから、以前のように通勤時間が苦痛になった。毎日イヤホンで耳を塞《ふさ》ぎ、音楽プレイヤーの音を頼りになんとかやり過ごしているような状況だ。

聞こえてもいない『声』に悩まされるなんて、馬鹿げている。それでも、もしかしたらという不安に苛《さいな》まれる。

『だったら、またきっかけさえあれば聞こえるようになるってことだろ？』

少し前は長谷部の前で笑って言えた言葉。『声』が聞こえやすい体質なんてものが存在するのか知らないが、聞こえる理由が明確でない以上、その可能性は否定できない。

自分が求めることで、再び『声』は――

目を覚ましたくない。目を開くのが怖い。

このまま、眠り続けていたい。

眠りにしがみつくように頑《かたく》なに目を閉じ続ける余村は、軽く揺さぶられてはっとなった。

「……明さん、和明さん」

電車で居眠りをしていたはずなのに、うつ伏せた顔を起こすと傍らに長谷部が立っていた。

「……修一？」

目に映るのは、見慣れた職場の休憩室だ。

殺風景《さっぷうけい》な部屋、店内から微《かす》かに聞こえてくるクリスマスソング。店舗の上の高架《こうか》を、電車が騒音を撒《ま》き散《ち》らしながら通り過ぎていく。

「昼休憩に寝るなんて珍しいですね。大丈夫ですか？　具合でも悪いんですか？」

昼休み――自分は眠っていたのか。

確認するようにテーブルに落とした視線を、再び長谷部に向ける。

「あ……いや、ただちょっと疲れてて……」

「無理しないでくださいね。前みたいに風邪でぶっ倒れでもしたら大変ですから。あれも寒い時期だったし……ほら、あのときも和明さん、バイトの子と外で遅くまでチラシ配ったりしてて」

穏やかな優しい声。身を案じる長谷部は、無意識なのか職場にもかかわらず自分を名前で呼ぶ。

それだけのことに、沈んだ気分が浮上する。

「大丈夫だよ、ありがとう」

嬉しい。余村は自然と表情を綻《ほころ》ばせかけ、長谷部が片づけようとしているものに気がついた。

空《から》のコンビニ弁当の容器。

「お弁当……今日は果奈ちゃん作ってくれなかったの？」

「ああ、寝坊したって言って……あの日からずっとです。まいりますよね」

「え、あの日からって……」

「俺と余村さんの関係が知れてからですよ」

長谷部は淡々とした口調でそう言い、容器を手に部屋の隅のゴミ箱のほうへと歩き出す。見慣れた青いブルゾンの制服の背中は、遠ざかりながら言葉を放った。

「余村さん、別れましょうか」

すっと放たれた言葉は、鋭《するど》い矢のように深く余村の胸を刺した。

「え……」

「俺、考えたんです。それが一番丸く収まる方法じゃないですか」

「丸くって……ちょ…っと待って、なに言って……」

「あなたが言ったんですよ。果奈を無視できないって。それなのに、別れるのは嫌なんですか？　ほかに方法があるって言うんですか？　なにもできないのに、あなたは口先だけ良識人ぶって、俺を拒《こば》んだんですか？」

「そっ、そんなつもりはっ……」

立ち上がった余村はテーブルを押《お》し退《の》けるように鳴らし、背を向けたままの長谷部を追った。

「俺にはどうせあなたを振ることなんてできないと思ったんでしょ？　俺がどうしても一緒にいたいと言えば、俺のせいで仕方なく付き合っていることにできるとでも思いました？　そうすれば果奈への面目《めんぼく》も立って、気も晴れるとでも？」

「違う！　僕はそんな風に思ったりしてない！」

余村は叫んだ。

見つめる背から、男の『声』が聞こえた。

『こんな身勝手な人だとは思わなかったな』

偽《いつわ》りのない心の声。本音を突きつけられると同時に胸は冷たくなり、手も足も熱を失ったように凍りついていく。

「修一……」

身を硬直させた余村のほうを振り返ると、長谷部は微かに笑った。

「聞こえなかったんですか？　身勝手な人だって言ったんですよ、余村さん」

目が覚めたとき、余村は暗がりの中にいた。

なにか声を上げて起き上がった。冷たく濡れた髪が頬に貼りついていて、ぶるっと頭を震わせると、落ちつきなく周囲を見回す。横たわっていたのは自室のソファで、部屋は暗いけれど洗面所へ続く通路の明かりは眩《まばゆ》く灯《とも》っていた。

夢だ。

時計は午後十時を回っている。風呂上がりに、そのまま明かりも点《つ》けずにソファに身を投げ出したのを思い出した。

「……夢だ。全部、ただの……」

休憩室も電車での居眠りも。

長谷部の『声』も、その内容も。

けれど、先週から電車に乗り辛くなったことや、長谷部と拗《こじ》れたままでいるのは夢じゃない。

いっそ、果奈のこともすべて悪い夢であればよかったのに。

「髪、乾かさなきゃな……」

冷たい髪を掻き上げようとして、眦《まなじり》から頬にかけて不快に濡れているのに気がつく。濡れたまま放置した髪のせいか、それとも。

長谷部を失う可能性を考えると、たとえ夢の内容であっても胸がひどく苦しくなる。

恋とはこんなにも重たいものだっただろうか。

過去の恋の終わりはいつもあっさりしていた気がする。ケンカはするほうじゃない。価値観や愛情にズレが生《しょう》じて離れたには違いないけれど、別れはどれも淡々としていた。いつまでも引《ひ》き摺《ず》ったのは結衣子《ゆいこ》のときくらいで、その理由も恋愛感情ではなかった。

おかしな話だ。自分はもう三十路《みそじ》を迎えた。なのに恋に振り回され、いい大人がたった一人の人間に思うように会えないからと言って苦しくなっている。

まるですべての希望を失いでもしたかのように——

重い体を引き摺り、ソファから腰を浮かせかけた余村は、鳴り響いた電話の音にドキリとなる。

壁際の家の電話だ。すぐに長谷部ではないのは判った。長谷部なら携帯電話にかけてくる。

相手をぼんやり察しつつ、緑色のランプの点滅《てんめつ》している電話のほうへ歩み寄った。

「はい」

『……和明？』

身構えて電話に出た余村に、受話器の向こうの声もまた遠慮がちに響いた。

「母さん、こんな時間になにかあった？」

『和明、よかった。違うの、まだ仕事で帰ってないんじゃないかと思ったんだけど……』

いつも残業だの休日出勤だのと言い訳して、電話にも出ず、帰省もしていなかった。母は未《いま》だに一人息子が転職したことも、一時は社会からドロップアウトして、引《ひ》き籠もりの生活を送っていたことも知らない。

「今日は早く帰ってたよ」

応えると、母は息子との会話とは思えないよそ行きの声で気遣った。

『そうだったの。お仕事、お疲れさま。あのね、ほら前に言ってたこっちに帰ってくるって話、十二月だしどうかと思って』

「ああ……」

『都合が悪かったら今すぐじゃなくていいの。でもよかったら、お正月ぐらいは顔を見せてくれないかしら。もうずっとゆっくり話をしてないし、長い時間じゃなくてもいいから』

反応の鈍《にぶ》い自分を、母が懸命に説得しようとしているのが判る。普通の家庭であれば、一人息子がこれほどまでに実家に寄りつかないこともないだろう。

余村は急に母が不憫《ふびん》に思えた。

「いいよ。今週の休み、予定もないから帰るよ」


正直、帰省は気乗りがしなかった。

もう四年も帰っておらず、ただでさえ敷居が高くなっているところへ、今は再び心の声が聞こえそうな不安さえある。

しかし、いつまでも避けてばかりもいられない。この機会を逃《のが》したら、自分は本当に一生実家には寄りつかない気がした。

十二月も半ばを過ぎた休日。余村は一人車を走らせ実家へと向かった。

実家は遠いと言っても日帰りのできる距離だ。電車を乗り継ぐとなるときつい旅になるが、車であれば三時間はかからない。午後になり、平日の道は空《す》いていた。高速道路を下りると、国道をひた走る。実家の町が近づき、道沿いの景色が様変わりしていることに驚いた。

余村が完全に寄りつかなくなったのは四年前だが、大学進学で家を出たときから、正月と冠婚葬祭以外では帰っていない。

田舎というほどではないが、市街地の中心からは遠い、田んぼもちらほらと目につく町だった。それが今は大型ショッピングモールが進出し、マンションが田畑だった場所を埋《う》めるように建っている。

家のある住宅街の狭い路地に入ると、ほとんど変わっていなくてほっとした。

この辺りでは洒落《しゃれ》ていると言われていた、クリーム色の外壁《がいへき》の洋風の一軒家が余村の家だ。

空《あ》いた駐車スペースに車を停めると、待ちかねた様子の母親が家から出てきた。

「和明、いらっしゃい。遠くから大変だったでしょう」

若草色のアンサンブルのニットに紺《こん》のスカート。

母は小奇麗な装いで、家でも化粧を欠かさなかった昔と変わっていない。

「母さん、元気そうだね」

余村は努《つと》めて笑い、しばらく見ないうちに色褪《いろあ》せた感じのする木製の玄関ドアから家へと入った。

「おじゃまします」

家に上がる際に思わずよそよそしく発してしまった言葉に、母はなにも言わなかった。向かった居間は懐かしい家具がほとんどだが、見覚えのない調度品もある。

「これ、お土産《みやげ》。クッキーとお酒だよ。父さんは甘いもの苦手だけど、お酒は飲むだろう?」

ソファに座る間際、紙袋を手渡した。

「まぁ、ありがとう。お父さんも仕事じゃないとよかったんだけど……でも、お父さんいないほうが気兼ねしなくていいわね」

『父さん』と呼んでいるが、義理の父親だ。

しかし、母親が再婚したのは中学一年生のときで、以来実の親子のように振舞《ふるま》ってきた。近所には本当の親子だと思い込んでいる人もいたくらいで、余村は特に父を疎《うと》ましがる素振《そぶ》りをしたことはない。

無理をしていなかったかと言われたら、本当は嘘になるけれど。

そつなく振舞う子供だった。特に、自分への母親の愛情を疑うようになってからは。

まるで今になってなにかを察したように気を遣う母は、微笑んでソファへと促《うなが》す。

「ほら和明、座って。お昼はもう食べた?」

「パンケーキ焼いたのよ。食べない？　あなた好きだったでしょう？」

パンケーキなんて、食べていたのは子供の頃だ。

母の中では自分は子供のまま時間が止まっているらしい。嬉しげに言われて断る理由もなく、余村は調子を合わせた。

「ああ、もらうよ。久しぶりだな」

少し待っていると、生クリームを載せたパンケーキの皿と、コーヒーカップを母が運んできた。コーヒーにたっぷりの砂糖が入ったりしていなかったことにほっとしつつ、フォークで食べる。応接セットの向かいの母はコーヒーを飲んでいて、目が合うとまた笑《え》んだ。

表で見たときは変わりないと感じたけれど、四年も経《た》っているから母も相応の年を重ねている。もう五十代半ばだ。まだ老齢には遠いが、いつまでも母も若々しくいられるわけではない。

「仕事、忙しいんでしょう？　体壊したりしてない？」

逆に労《いた》わるように声をかけられた。

「そうでもないよ。今の仕事は休みは少ないけど、規則正しいから助かってるし」

「今の仕事？」

「あのソフト会社は辞めたんだ」

「え……」

「一応、途中で軽く」

退職のことは伝えていなかったから驚くのも無理はない。

「もう四年近く前だよ。今は電器屋に勤めてる。パソコンコーナーの販売員をやってるんだ」

以前勤めていた会社は、業界人でなくとも名前を聞けば判るような大手企業だった。よい就職先に母は喜び、そこに勤める息子を自慢にもしていたのを知っている。

さぞがしがっかりするだろう。転職先が電器屋では、近所や親戚への体裁《ていさい》も悪いと考えるかもしれない。

余村は身構えたが、母親の返した一言は肩透《かたす》かしなものだった。

「そう、大変だったのね。いろいろあったんでしょう」

コーヒーを飲む母は、外見だけでなく内面もどこか変わった気がする。

「でも、どうして今まで話してくれなかったの？」

「心配かけたくなかったし……って言いたいけど、正直いろいろ訊かれたくなかったからかな。忙しいなんていつも言ってたのも、ほとんど言い訳で」

「いいのよ。薄々判ってたから……でも、じゃあ何故今になって話してくれる気になったの？」

余村は少し考え、フォークを動かす手を止めた。

「考え直すきっかけがあったんだ。それから……自分を変えてくれた人がいた」

ここへ来るまで、こんな話をするつもりはまったくなかった。けれど、問われて思い浮かんだのは長谷部のことだった。

「今の俺にとって大切な人なんだ」

「……女の人？」

「違うよ」

「お友達？」

「そうだね……いつか母さんにも会わせられたらって思うよ。彼も、前に母さんに会ってみたいって言ってたし」

「まぁ……それは光栄ね」

ただの男友達が遠い実家の母に会いたいなんて、妙な話だろう。母は目を丸くして見せたが、息子にいい友人ができたと受け取ったのか、「是非《ぜひ》連れてきて」と喜ぶ。

「真面目ないい男だよ。ちょっと不器用で口は上手《うま》くないんだけどね……けど、だからこそかな、彼の言葉には気持ちが動かされる」

長谷部がいなければ、母との過去も見つめ直すことはなかったに違いない。

こうして会うことも。

向き合ってみれば、自然と蟠《わだかま》りは薄れていた。

やけに気遣うような言動といい、母が昔と変わっているのもある。

長い間距離を置いたことにより、母もなにか思うところがあったのかもしれない。

『母親だもの、欲しくないなんて言えなかったのよ』

離婚の際、引き取る息子について電話口で語っていたあの言葉。今は目の前の穏やかな母から発せられたようには感じられない。

あのとき母はいくつだったのか。自分が十二歳のとき——今の自分と大きく変わらない年齢だったはずだ。

子供の頃は大人とは圧倒的な存在で、両親は絶対的な人間のような気がしていた。些細《ささい》なことで哀しみにくれることも、道を誤《あやま》ることも、恋に目が眩《くら》んだり我欲《がよく》に溺《おぼ》れることもない。

けれど、完全な人間など存在しない。母も幸せを求める一人の人間だったに過ぎない。

あのとき自分は母に失望したけれど、今なら判る。

「懐かしい味だな、美味《おい》しかったよ」

空になったパンケーキの皿を差し出すと、母はほっとしたように頬を綻《ほころ》ばせた。

それから、近況を伝え合った。今更実家に帰っても話すことなどなく、会話に困るだけじゃないかと思っていたけれど、他愛《たわい》もない話をするうちに時間は過ぎていった。

帰り際、母は車の傍まで見送りに出てきた。

「父さんにはまた今度会いに来るよ」

ウインドウを下ろして告げると心底嬉しそうにしていて、来てよかったと素直に思えた。

あの頃、もっとこんな風に母と向き合っていたなら気持ちは変わっていただろうか。

判らない。自分も母も未熟だった。

そう振り返りながらも、ハンドルを握って来た道を車を走らせて戻る余村は思った。

でも、それでも人は向き合い、会話をすることでしか判り合うことはできない。


もう一度会って話をしたいと、果奈に連絡をしたのは翌日だった。

これ以上話すことはない。そんな返事を覚悟しつつ、どんな反応をされても食い下がるつもりで電話をした余村に、果奈は意外にもすんなり了承した。

休日に母に会ったことで、改めて果奈に会いたいと思った。

約束をしたのは週末の土曜日だ。長谷部は前と同じく遅番で、早番の余村はシフトどおり六時過ぎには職場を出た。また駅近くのカフェで会うつもりだったけれど、果奈に『今日は家まで来てほしい』と言われ、長谷部の家へと駅から徒歩で向かった。休みの日に出たくないのかもしれない。あまり深くは考えなかった。

「休みにごめん、予定とか大丈夫だったかな？」

居間に案内され、勧《すす》められてソファに腰を下ろしながら、余村はぎこちなく尋ねる。

「今日は康平《こうへい》くんとも約束してないし。彼、今日は休日出勤なんです」

「そっか、森崎《もりさき》くんの仕事も年末で忙しいんだね」

「ええ、まぁ……」

果奈の表情は、三週間前に別れたときと同じく硬いままだ。「お茶を淹れてきます」と素《そ》っ気《け》なく言い残して出ていき、戻って来たのは五分程経ってからだった。

テーブルの向こうに腰を下ろした果奈と、差し出された藍色《あいいろ》の湯のみを前に余村は口を開く。

「お兄さんのことなんだけど……」

「別れることにでもしたんですか？　わざわざ私に報告なんて、それ以外もうないですよね」

皮肉の籠もった口調で告げられ、首を横に振った。

「ごめん、違うよ。僕は、彼が望まない限り別れるつもりはない。ただ、君のことも忘れたわけじゃないと伝えておきたくて……君の気持ちを簡単に変えられるなんて思ってないよ。だけど、僕には無視できないし、ずっと君の気持ちに向き合っていこうと思ってる」

「……私が妹だからですか？」

「そうだよ。彼の大事な家族だし、君にとってもお兄さんが大事な人だからだ」

見つめる余村を前に、果奈は視線を落とした。

飲もうとしていたお茶のマグカップを、気が変わったように下ろして溜め息をつく。

「最近元気ないんです」

「え？」

「お兄ちゃん、毎日塞《ふさ》ぎ込《こ》んじゃってる感じで。話しかけても生返事だし、たまに聞いてもいない感じだし。余村さんとなにかあったんでしょう？　私のせいですか？」

「いや……君のせいじゃないよ。僕が煮え切らないことを言って、悩ませてるからだ」

「煮え切らないのは兄も似たようなもんでしょ。悩むと内に籠《こも》るところあるから、付き合いづらくないですか」

「果奈ちゃん……」

「昔から、兄はなに考えてるかよく判らないって言われるんです。子供のときは愛想《あいそ》ない子だって親戚中から言われてて、それに比べて明るくていい子だって私の株が上がったくらいで」

果奈はふっと息をつき、苦笑した。

「私はあんなに判りやすい人いないと思うんだけど。確かに口数少ないし、大声で笑ったりも滅多《めった》にしないけど、私には判らないって言う人のほうが判らないっていうか……余村さんも、そう思いません？」

「僕は……僕にはまだ彼が判らないときがあるよ。でも、理解したいと思ってる。君のようにはいかないかもしれないけど」

なにか試されてでもいるのだろうか。話の真意が見えないと思いながらも、余村はただ正直に応えることを選んだ。

「私もいつだって判ってたわけじゃないですけど。うちの親のこと、どこまで聞いてますか？」

「……あんまり話さないかな。とても仲のいいご両親だったとは聞いたよ」

長谷部が高校一年生のときに交通事故で亡くなったという両親。人柄だけは、なんとなく窺い知れた。思い出話の端々や、子供たちである兄と妹の真っ直《まっす》ぐな性格から、きっと愛情深く温かい人たちだったのだろうと思った。

「私が中学生のときです、二人とも死んじゃったのは。雨の日で、仕事で遅くなった父を駅まで母が車で迎えに行った帰りでした。トラックのスリップ事故に巻き込まれて」

「……詳しく聞いたのは初めてだよ」

「事故のことは、私と兄も話さないですからね。私、あの夜寝ちゃってたんですよ。お兄ちゃんに急に起こされて、訳判んなくて。事故に遭《あ》ったって聞いて、じゃあ急いで病院行かなきゃって。『死んだ』ってもう言われてるのに、怪我して病院のベッドで待ってる二人しか想像できなくて。ホント、意味判んなかった。もうこの世にいないんだってことが、全然理解できなかった」

思い出さないようにしてきたのかもしれない。果奈のカップを握る手が震えているように感じた。

返す言葉も忘れた余村に、彼女は語り続ける。

「私、お通夜《つや》とかお葬式あげてからも受け止めきれなくて、涙が出てきても半分くらい現実じゃないんじゃないかって気がしてました。兄だけがずっと冷静で、ただ泣いてばかりの私を励《はげ》まし続けてくれてたんです。四十九日経っても全然立ち直れそうになかった私を、親戚が引き取るって言い出したときも止めてくれました。伯父《おじ》さんは不憫《ふびん》に思って声をかけてくれたんです。まだ私も兄も保護者が必要だから、それぞれ別れても親戚の元で暮らしたほうがいいって。私はそのとき嫌だとか思う気力もなくて、父と母の記憶の残るこの家より、どこか遠くへ行ってしまったほうが楽になれるんじゃないかって気持ちが少し芽生《めば》えてました。でも、兄がそれじゃダメだって。親のいなくなった私に、今の生活環境や友達まで失わせたくないって言って止めてくれたんです」

「……彼らしいね。君になにが必要か、判ってたんじゃないかな」

「でも、私には……あのとき、兄のことが判ってなかった。自分だけで手いっぱいで見えてなかったけど、兄だって本当はいっぱいいっぱいだったはずなのに。兄は昔から感情表現がヘタクソで、人に誤解されてばかりだったけど、本当は無感情なわけじゃない。苦しかったに決まってるんです。もしかしたら、私より辛《つら》くて悲しかったかもしれない。私、兄が泣いてるとこを見た覚えがないんです。私のために強がって泣こうとしなかったんだとしたら……兄がしっかりしてなかったら、この家での暮らしは続けられなかったんだと思うと、私はどれだけ兄に犠牲を強《し》いたんだろうって思います」

真っ直ぐにこちらを見た果奈は、きっぱりとした口調で言った。

「だから、兄には幸せになってほしいんです」

自分になにを伝えたかったのか、ようやく判った。

「私、兄が結婚するときは誰よりも祝福したいと思ってました。お兄ちゃんが選んだ人なら、たとえどんな人でもそうできると信じてた」

「果奈ちゃん……」

「絶対、そうできるって思ってたのにっ……」

瞬《まばた》きもせずに見据《みす》える果奈の眸《ひとみ》から零《こぼ》れたものに、余村は息を飲んだ。

かける言葉などあるはずがなかった。彼女がどれほど兄の幸福を願っていたか判る。それを自分が想像もしなかった形で壊してしまったのだ。

俯《うつむ》かせた彼女の顔から落ちる涙が、ぽたぽたとテーブルの陰に消えて行った。

「……ごめん、果奈ちゃん。僕と出会わなければ、彼はきっと……」

「やめてください。言ったでしょう？　私には判るんです。兄は半端《はんぱ》な気持ちで恋をする人じゃありません。兄はあなたを選んだ。それがどういうことか、私には判ってるんです。なのにどうして……どうして私には、あなたと兄の関係が理解できないんですか」

ただ拒否反応を示しているのではなく、果奈もまた、思いの狭間《はざま》でもがいている。手の甲でぐいと涙を拭《ぬぐ》うと、彼女は再び余村を見た。

「祝福させてください。私に必ずそうさせてください。あなたが本当にお兄ちゃんを誰より好きだって言うなら、兄しかいないって言うなら、私にそれくらいさせてみせてくださいよ！」

胸の張り裂けるような果奈の思い。悲痛な心の叫びを前に、圧倒されながらも言葉は自然に零れた。

「僕も彼の幸せを願ってる。君と同じように幸せになってほしいと思ってる。だから……きっと、君を変えてみせるよ」

「余村さん……」

「また君に会いに来てもいいかな？」

「え……？」

「こうして話させてほしいんだ。彼が僕に教えてくれたんだよ。伝えるために言葉はあるんだって。君が助けられてきたって言うように、僕も彼に救われたことがたくさんある。僕はね、彼がいてくれたから今の自分に変われたんだよ」

なんのことか、果奈に判るはずもない。それでも告げずにはいられず、いつかそのことも話せる日が来ればいいと思った。

いつか。それは近づいては遠退《とおの》く不確かな日ではあるけれど、歩みを止めずに求め続ければ永遠に来ない日ではない。

「約束するよ。僕は君を変える」

断言し、余村は微かに笑んだ。

見つめ返す果奈は笑わなかったけれど、頬の涙の跡を慌ただしく拭い、何事もなかったかのように湯のみのお茶を飲んだ。

「余村さん、黙っててごめんなさい」

「え？」

「今日、家に来てもらったのはわけがあるんです」

吹っ切れたような声で言われて戸惑う余村を前に、果奈は立ち上がる。廊下へ続く間口へ歩み寄ると、誰もいないはずのそこへ声をかけた。

「いるんでしょ？」

呼ばれて静かに現われた男の姿に、心臓が止まらんばかりに余村は驚かされた。

「修一……」

今はまだ店で働いているはずの長谷部だった。私服の黒いブルゾン姿で、少し怒ったようないつもの感情の読みづらい表情で見下ろしている。

「君、今日は遅番のはずじゃ……」

疑問には果奈が先に答えた。

「言われてたんです。もし、余村さんからまた連絡があったら伝えてほしいって……私に上面《うわつら》でも認めるつもりがあるなら、教えろって」

「すみません、あなたが俺に内緒で果奈に会ってたんだろうってことは、なんとなく判ったんで……今日会うのを聞いて、シフトは代わってもらいました」

では、自分の後を追って長谷部は店を出たのか。

どこから話を聞いていたのだろう。気まずく視線を泳がせていると、果奈が口を挟んだ。

「お兄ちゃん、話はもう終わったから余村さんを家まで送ってあげて」

「え……あ、いや大丈夫だよ。まだ遅くもないし、僕は一人で帰れるから……」

「そうして、お兄ちゃん。ご飯もついでに食べてきたらいいじゃない。遅くなるならメールぐらいはしてよね」

「果奈ちゃん、君……」

果奈は余村のほうを見ようとはしなかったが、まるで後押しをするかのように続けた。

「私もちょうど康平くんから誘いが来たとこなの。仕事終わりそうだから、夕飯でもどうかって」


家を出て果奈と別れてからも、長谷部の口数は少ないままだった。

隠れて会っていたのを怒っているのか。思い詰めたような表情をした横顔を前に、余村も言葉を失い、ほとんど会話はせずに駅まで歩いた。

電車は来るときよりも、もう空《す》いていた。

「ちょっと、寄りたいところがあるんで降りてもいいですか」

そう長谷部に声をかけられたのは、職場の最寄り駅に停車する間際だ。

通過するだけのはずの駅で連れ立って降りる。店に忘れ物でもしたのかと思えば、長谷部が足を止めたのは、コンコースを出たところにある広場のクリスマスツリーの前だった。

真っ白に輝くツリーは、今夜も冬の夜空に向け高く聳《そび》え立《た》っている。

「去年、このツリーの前に和明さんが立ってるのを見ました」

「え……」

仰《あお》いで話し始めた男の横顔を、余村は見る。

冷えた空気に、その唇から息が白い水蒸気となって零れた。

「イブの前の日です。会社帰りにあなたがここにいるのを見かけて、デートの待ち合わせでもしてるのかなって、俺は思ったんですけど」

「待ち合わせなんてしないよ。見てたのも……ごめん、全然覚えてないかな」

クリスマスにいい思い出はなかった。もし見ていたのだとしたら、感傷《かんしょう》にでも浸《ひた》っていたのだろう。

「和明さんがずっと一人でいるのに、俺はほっとしました。あの辺りからしばらく見てたんです」

「声かけてくれればよかったのに」

「ただ同じ店で働いてるってだけで、話したこともないのに？　和明さん、俺のことはよく覚えてなかったんじゃないですか？」

「修一……」

ずっと、気づきながらも言わないでいたことがある。それを伝えたら、夢から覚めるように長谷部の自分を見る目も変わってしまうんじゃないかなんて——

「君が僕を好きになったのは、僕に心の声が聞こえていたからだよ」

「……どういう意味ですか？　逆でしょ？　聞こえてたから和明さんは俺の気持ちに気づいて、俺を意識し始めたって……」

「そうだよ。でも、そもそも心の声が聞こえていなければ、僕は君の頭痛に気づいて声をかけたりもできなかった」

訝《いぶか》る顔の長谷部は、やや眉根を寄せた。

「それは、薬をくれたから俺はあなたを好きになったと?」

「そうじゃないのか?」

「きっかけはそうかもしれません」

「だったら……」

「俺はその瞬間恋に落ちたわけじゃない。あなたを見るうちに、好きになっていったんです」

穏やかだった声が険《けわ》しくなる。まるで大切ななにかを否定されたとでもいうように、強い口調で長谷部は言《い》い募《つの》った。

「ずっと片思いだった。心の声を聞いてたって、俺がどんな思いで毎日見てたかなんて、和明さんは知らないんでしょ? 俺が姿を一目見るのを楽しみにしてたことも、ちょっと挨拶《あいさつ》かわすのだって俺、緊張してドキドキして……嬉しくて、でも和明さんは俺の顔も見てはくれなかった」

返す言葉がなかった。

なに一つ覚えてない。挨拶くらいなら、きっと店の中で無意識にかわしていただろう。けれど、その瞬間のことを知らないし、長谷部の言うようにどんなふうに自分を見ていたかも知らない。

「……くそっ」

「修一?」

「俺、今最高にカッコ悪い。ていうか、気持ち悪いですよね。そんな一方的に思い詰められてたなんて」

頭を抱えるような仕草をした男は、足元に視線を落とす。言い過ぎたと後悔しているのだろう。

「そんなことないよ。嬉しいよ、ありがとう」

「言っておきたかったんです。俺がどんなにあなたを想ってきたか。果奈のこと、答えが出なくても、俺は諦めたりしないって。もっとちゃんと判ってほしかった」

少したどたどしい声で言う。互いを知った頃のように心の声は聞こえないけれど、疑うことも、聞いて確かめたいと不安に駆られることもない。

「……うん」

余村は頷いていた。

「和明さん」

「ん？」

「俺のこと、いつか和明さんがもし本気で嫌になったら、俺は……俺もあなたを忘れる努力をします」

思わぬ言葉にどきりとなる。ただの仮定と笑い飛ばすには、長谷部は真剣な顔で、どこか不安そうな目で自分を見ていた。

「でもそれ以外の理由で離れるようなことはやめてください。俺を少しでも想ってくれるなら、いなくなったりしないで……そんなの、俺には納得できない。納得できないことには……俺は堪《た》えられない。きっとずっとあなたを求めてしまう。いつまでも探し続けて、十年でも二十年でも……考えただけで、怖い」

長谷部なら本当にそうするのだろう。

もちろん、そんなことをさせるつもりも、理由もない。

「……じゃあ、ずっと僕は君の傍《そば》にいるよ。いなくなったりしない。だって、気持ちは変わりようもないから」

「和明さん……」

見上げた余村の目には、嬉しげに表情を緩《ゆる》ませた長谷部は輝いて見えた。艶《つや》やかな黒髪に、ツリーの光が微かに反射している。

「せっかくだから、少し見て帰ろうか」

余村ははにかんだ。

ツリーの周囲にはこの時間でも多くの人がいた。冬の夜に舞い降りた美しいイルミネーション。純白の輝きを前に恋人たちは寄り添い、語らいながら手を繋《つな》いだりして、互いの存在と温《ぬく》もりを伝え合っている。

けれど、いくら愛《いと》しくともこの人目の中では余村は長谷部に触れることはできない。

どんなに今、この瞬間に触れたいと思えても。

ただ一歩ふらりと近づいて添い立ち、余村は下ろした手の甲をそっと押し合わせた。

ぶつかったかのように触れた手に、長谷部が気づかないはずはない。けれど、離れることも、それ以上強く触れ合うこともなかった。

ただじっと互いの微かな熱を感じ合う。

去年は一人で見たツリーを、今年は二人でしばらく眺め続けた。

家に帰ると部屋に入ってすぐにキスをした。

明かりを点《つ》けただけで、まだ寛《くつろ》いでもいなかったけれど、手を取った長谷部に向き合わされて極自《ごく》然と唇を寄せた。

冬空に冷えた唇に触れ、温める。その存在を確かめるように互いの眸を見つめ、唇を重ね、何度も啄《ついば》んでは離れる。

角度を変えたりして繰り返すうちにそれだけでは足りなくなり、キスは貪《むさぼ》るような口づけへと変わった。

「ん……ぅんっ……」

静かな部屋に唇を吸う音が響く。上唇、それから下唇も。艶めかしく弾ける音に鼓膜《こまく》が震え、頬は熱くなる。

舌を伸ばし合って、粘膜《ねんまく》を探った。

「んっ、しゅうい…っ……」

名前を呼ぼうとしたけれど、最後まで言葉にできなかった。深い口づけに唇が塞がれる。反射的に胸元を押し戻そうとした手はぎゅっと摑まれたまま。逃《に》げ退《の》こうとする体を追うように、長谷部の長身は迫ってきた。

「あ……んぅっ、まっ……待って……」

一方の手でコートの腰を抱かれ、奥の寝室へと連れて行かれた。その間も止《や》まないキスは余村に降り注ぎ、熱い舌は口腔《こうこう》を掻き回す。

久しぶりの熱烈なキスに、どうにかなってしまいそうだ。

「んっ、んんっ……」

息が上手く継《つ》げない。そう錯覚《さっかく》してしまうほどに、長いキスだった。

足元がふらついた拍子《ひょうし》に、そのままベッドへと荒っぽく押し倒される。

ダイブするように折り重なった二人にスプリングは弾《はず》み、息を飲んで見上げた男の眼差しは、ちょっと怖いほどに自分を見据《みす》えていた。

「しゅ、修一、もしかして怒ってるのか？」

問いかけにも、怖い顔をしたままだ。

「怒ってないと思いますか？　ずっと放っておかれたのに」

「ほ、放っておいたのは君だろう。頭冷やしたいとか言って……」

「……そうでした。でも俺、どうしたらいいか……考えてもそんな都合のいい打開策なんて思い当たらなくて。果奈が反対してないのに、本当はどう思ってるとか言われても、俺には距離置かなきゃならない理由が判らなかった」

長谷部は兄だ。誰よりも妹の気質を知っている。反対しないと決めたからには割り切ろうと努《つと》める、彼女の潔《いさぎよ》さを判っていたのだろう。

「ダメですね。俺はただ、あなたに会いたい会いたいって、この二週間そればっかりで……けど、それじゃ和明さんを納得させられないのも判ってたから、どうにかしないとと思って、今日は引かれても話に割り込むつもりでいました」

「修一……」

「果奈に言ってくれた言葉、嬉しかった」

張り詰めた気持ちが緩《ゆる》んだように、その唇が綻《ほころ》ぶ。

「あいつの気持ちも、あなたの気持ちも」

「ん……君の幸せを願ってるよ」

「俺の幸せはあなたがいることです」

すっと降りてきた顔に、余村は目蓋《まぶた》を落とした。

今しがたのキスに湿った唇は、吸いつくように目蓋に触れる。そのまま頬へと滑《すべ》り、幾度か押し当ててから唇へと移った。

啄む唇を舌で捲《めく》りながら、コートを身につけたままの体を両手で探られる。起毛《きもう》したウールの滑《なめ》らかな表地の感触ではなく、明らかにその下の身を暴《あば》こうとする動きに、余村はぞくんと肌をざわめかせた。

「あっ、待っ……」

「まだ、俺に触るなって言うつもりですか?」

「そうじゃ、ないけど……んっ……ぅ……」

唇を塞がれつつコートの合わせ目に手をかけられ、余村も長谷部の衣服に手を伸ばす。

「きっ、君…も……」

縺《もつ》れ合《あ》うようにして服を脱がせ合った。

ベッドの下で折り重なるコートやブルゾン。今夜は、着替えずに店から慌てて自分を追いかけて来たのだろう。長谷部の上着の下は白いワイシャツだった。

ネクタイを解《と》いてボタンに指をかけた。シャツを脱がせていこうとするのに、協力的でない男は邪魔をする。

「しゅ、修一…っ……」

露《あら》わになった余村の肌に、長谷部は顔を寄せた。たくし上げられた柔らかなカシミヤセーターの下からは、反するように硬くツンと尖《とが》ったものが存在を主張している。

寒いのではない。久しぶりのセックスへの緊張と期待に形を変えている乳首をじっと見つめられ、恥ずかしさに頬が火照《ほて》る。男でもそこが色づいたり、感じて膨《ふく》れるのだと知ったのは、長谷部に抱かれるようになってからだ。

「修一、まだ服が……」

頭を押し返そうとすると、両手を引っ摑まれた。

シーツに腕を縫《ぬ》い止《と》められ、乳首を唇で食《は》まれる。

「ふ…ぅん……」

早くも妙な声が出た。甘く鼻にかかった声を上げ、余村は愛撫を享受《きょうじゅ》する。首筋や鎖骨《さこつ》の辺りを擽《くすぐ》る、長谷部の硬い髪の感触。鼻孔《びこう》を掠《かす》める恋人の匂いに、性的な興奮を覚える。

「あっ……ん……」

自由を奪われた手を動かそうとした拍子《ひょうし》に、胸元まで揺すってしまい、吸われた小さな乳首が捩《よじ》れて鈍《にぶ》い痺《しび》れをもたらした。じんとした疼《うず》きは水紋《すいもん》のように広がって体に巡《めぐ》り、快楽に敏感な腰の中心が熱くなる。

左右の尖りをあやすように刺激しながら、男の手が内腿《うちもも》へと滑り込むと、それだけで昂《たかぶ》ったものは恥ずかしくボトムの前を突っ張らせた。

触れてほしい。触って感じさせてほしいと切なく疼く。けれど、待《ま》ち侘《わ》びる手は期待に反し、足の付け根まで這い上ったかと思うとまたするすると下っていく。

「あっ、修一……」

「……これ、俺が触ったら駄目なんでしょう?」

公園で拒んだ夜の仕返しらしい。

どこか子供っぽく不貞腐《ふてくさ》れた声音《こわね》で言われても、それをからかって笑う余裕など今の余村にはなかった。

「駄目……じゃない。だめじゃ、ない…からさっ……」

我慢が効かない。触ってくれとねだるように腰を浮かせ、長谷部の腹部に膨らみを押しつけた。

軽い圧迫感にすら感じてしまい、身を震わせたのも束《つか》の間《ま》、ぎゅっと手のひらに握り込まれる。

「ひぁ…っ…あ…ぅ……」

すでに濡れている気配のする性器を揉《も》まれ、余村はシーツの上の身をのたうたせた。残った衣服を取り除かれ、裸になって欲望に頭を擡《もた》げたものを晒《さら》す。

女の子みたいに足を開く瞬間は、何度経験しても慣れない。羞恥《しゅうち》で気が変になってしまいそうだと思う。

それでも、戸惑いの後にくる愉悦《ゆえつ》を余村はもう知っていた。

手のひらや、絡みつく長い指の与える悦《よろこ》び。快感を得やすいポイントをすっかり覚えた恋人の指は、余村が泣《な》き喘《あえ》ぐほどに刺激して身を開かせる。擦《こす》られるごとに体から力が抜け、くたくたになって身を預けた。

これも仕返しの一つなのか。いつにない焦《じ》れったさに、やがて自《みずか》ら腰を揺らし始める。余村は切れ切れの声を上げながら腰を上下させた。

「あっ、あっ、ん……やっ……」

途中からは燻《くす》ぶる熱を晴らすことしか考えられなくなっていた。

「も……もう、修一っ……も、出るっ……」

「……もうイキそうなんですか？」

少し怒ったような声だったにもかかわらず、歯止めは利かなかった。

啜《すす》り喘ぐ余村は、そのまま長谷部の手を濡らした。自分だけ射精をしてしまい、高みを駆け上って充足感を覚えたのは僅《わず》かな間で、きゅっと強く握られたものに声を裏返らせる。

「ひぁ…っ…」

まだ残滓《ざんし》が溢れているものを手指で煽られ、しゃくり上げた。

「嫌…だ、まだ、しなっ……修一っ……」

「……ここが好きなんでしょ？　俺にしてって言った。いつも、手でも唇でもこうやって、してって……そう言ったのに」

「やぁ…っ、ひぅ……」

「……和明さんは意地が悪いな。俺が知ってるのはこの体だけです……ほかの誰も知りたいと思えないし……和明さんだけなのに、それを奪おうとするなんて」

「あっ、やっ……」

否定できなかった。そんなつもりなどなかったけれど、離れて行ったと誤解させるほどに、長谷部を傷つけ、途方に暮れさせていたのだ。

「……和明さん、うつ伏せになって腰上げてください」

「あ……う、うん……」

命じられ、少しまごつきつつも余村は頷く。

もう何度も長谷部とはセックスを繰り返しているけれど、未《いま》だにこういう形で後ろから繋がったことはない。たぶん互いの顔の見えるセックスを好んだからだ。

促すように腕を取られ、求められるままに余村は身を伏せる。ベッドに膝をついて言われたとおりに腰を掲《かか》げると、もう今更隠す場所などないと思っていたのに、想像以上に恥ずかしい。

「あの……やっぱり、これは……」

振り仰ごうとするとベッドが軽く揺れた。

背後に回った長谷部が両手で腰を捉え、背を丸めて身を屈《かが》ませる。

「修一っ……あっ、や……」

狭間に長谷部は顔を寄せてきた。降りかかる息にビクンと身を竦《すく》ませた次の瞬間には、濡れた感触が道筋をなぞり、余村は発した声を震わせる。

「ひ…ぅっ……あ……」

やんわりと両手の指で分け広げた窪《くぼ》みを、躊躇《ちゅうちょ》なく舌は慣らし始めた。湿った舌先が震える窄《すぼ》まりを突っつき、柔らかに蠢《うごめ》いて口を開かせる。時折、唇が覆《おお》っては、キスの音を立てた。

「しゅっ……修一、そんな…っ…こと……」

舌で慣らされるのは初めてではないけれど、すべてを曝《さら》け出《だ》す格好に抵抗を覚える。

これは愛撫であると同時に、罰《ばつ》なのかもしれない。戸惑いに駆られるまま、逃げるような言動をした罰だ。

シーツに顔を伏せた余村は、羞恥に身を焦がしながらも恋しい男の意のままになった。

「……ぁぅ……んっ」

くぷんと飲み込まされた舌に、鼻にかかった声が出る。痛みを与えられているわけではないのに、折檻《せっかん》でもされたような声が次々と零れた。

「あっ、や…ぁっ……やだ…っ……」

舐《な》め解《と》かされる間に眦はじわりと浮いた涙に濡れ、微かな啜り泣きは隠しようのない嬌声《きょうせい》へと変わる。

溶かされていく。舐められているところだけでなく、見えない部分も、頑《かたく》なになっていた心も。

和らいだ窄まりとは反対に再び硬く育ったものは、長谷部の手の中でとろとろと先走りを溢れさせていた。やんわりと扱《しご》いて性器へも刺激を施《ほどこ》され、余村が音《ね》を上げるのに時間はかからなかった。

「……もうやだ……っ……いや…だ、それっ、嫌……しゅう…いちっ……」

泣きごとを漏らす瞬間にも、零れた雫《しずく》がシーツを打つ。

ようやく顔を離した長谷部は、解放するどころか、吐息混じりの掠《かす》れた声で言った。

「……これ、かなり来るかも。俺も、マズイ」

『なにが?』とは問えなかった。長谷部の気も高ぶっているのは、振り返らずとも判った。

ほとんどまだ身に残していた衣服を自ら脱ぎ始めた男は、同じく裸身《らしん》になると、背後から猛《たけ》るものを押し当ててくる。

「しゅ、修一……っ……あ……」

ぬるりとなすりつけられるそれは、少し不安になるほどの雄々《おお》しさだった。いつもより熱い。ずっと大きくて、硬い。

丸く張った滑《なめ》らかな先端をぐっと押しつけられ、ひくっと喉が鳴った。

「……和明さんっ」

「あ……ああ…ぁっ……」

ゆっくりと穿《うが》たれても、悲鳴じみた声が出る。

潤滑剤《じゅんかつざい》を使っていないせいで開かれたところが軋む。初めての頃ほど狭くはないけれど、擦れる感覚が強くて飲み込むのが辛い。

「……はっ…は…ぁっ……」

「……きつい？」

「ん……うんっ……」

余村は必死になってコクコクと頷いた。

長谷部はいつも自分が苦しいと言ったら止《や》める。時々もっと強引であってもいいのにと思ってしまうほどに優しい男だから、今だってすぐに抜いてくれるのだろうと思った。

けれど、反応はなかった。なにか葛藤《かっとう》するように沈黙した男の乱れた息遣いだけが響き、そして低くなった声がぽつりと告げた。

「……ゆっくりする」

「……修一？　あっ、や……」

じわりと尻を押し上げるように腰を入れられ、体が浮き上がる。舌では届かなかった奥の粘膜が長谷部の形に開いていくのを、その圧迫感にまざまざと感じ取った。

「うあっ、あ…ふっ……」

「和明さん……痛い？　これ、我慢できますか？」

切羽詰《せっぱつ》まった声が、腰を動かしながら問う。

ゆらゆらと鈍く揺らされ、下腹を裏から押される感触を覚えた。

「やっ……や、変な…っ……」

「……変？」

「変なとこ、当たっ……あぁっ……」

「いつもと違う感じ？　気持ちいい？　ちゃんと、感じられそう？」

余裕のない男は矢継《やつ》ぎ早《ばや》に尋ね、理性を総動員して気遣いつつも引く気配はない。荒い息遣いが背後から注《そそ》がれる。

「んっ、ん……あぁっ……」

ん…

後ろから抱《だ》き潰《つぶ》すように圧《の》し掛《か》かられ、その身に囚《とら》われて、尻の奥を深くこねるように突き上げられた。無意識にシーツを掻《か》こうとした余村の右手を阻《はば》み、手の甲を熱い手のひらで包んだ長谷部は、指の一本一本まで絡みつけてぎゅっとベッドに押しつけてくる。

まるで少しも逃げては駄目だというみたいだ。

重みに圧迫された胸も穿《うが》たれた場所も苦しいのに、長谷部を包んだところがきゅんと切なく疼いた。

「あっ、あっ、あぁっ……」

シーツに押しつけた頬が耳朶《じだ》まで真っ赤に染まる。開き見た視界はぼやけていて、浮き上がる傍から涙はシーツに消える。

「腰……もっとちゃんと上げてくれますか」

色づいた耳に囁きとなって響く、蹂躙《じゅうりん》する男の艶《なま》めかしい声。

「んんっ……あっ、あっ……ふぁっ……」

「奥、いい？　結構すごいとこまで……入ってる」

「あぅっ……あんっ、そこ強くしな…っ…で……」

「ここ？　はぁっ、いい……和明さんの中、すご…っ……いい」

ぐっと一際《ひときわ》強く穿たれ、ぱちゅっと粘液質な音が響いた。

「やぁ……嫌だ、やだ、しゅう…いち…ぃっ……」

長谷部の熱を体の奥でも、触れ合った肌でも感じる。根元までいっぱいに飲まされたのだと判った瞬間、ぴゅっと小さく弾けるような感覚を覚えた。

ぶるっと波打つ痙攣《けいれん》が体に走り、奥へと飲んだものを締めつける。あまりにも呆気《あっけ》ない射精。達した感覚よりも、長谷部の艶っぽい微かな呻《うめ》きに気を取られたくらいだった。

「………また、イった?」

低く問われて、全身がカッと熱くなる。

「精液、少ない……ドライだったのかな」

「どら…って?」

「後ろでイクとそういうことも起こるんだって……嬉しいな、和明さん……もう、そんなに感じるんだ」

うっとりと陶酔《とうすい》したような声を耳に吹き込まれ、身の奥に頬張ったままの長谷部の屹立《きつりつ》は、言葉と共にぐんと膨れた気がした。

「あ……も、もう僕は……」

「俺はまだイってないです」

「あっ、でも……あぅっ……」

「……辛い?」

ゆっくりと抜き取られる。

終わりかと思ったら違っていた。うつ伏せた体を反転させられ、快楽に力を失くした体は仰向《あおむ》く格好になる。くたりと伸びた両足を畳《たた》んで抱え広げた長谷部は、しとどに濡れた場所を露《あら》わにし、その奥のぬかるんだ窄まりに再び猛るものを宛《あて》がってきた。

「いや…ぁ……」

一息に頬張らされ、熱い頬を涙が伝う。

「……しゅ…いちっ」

しゃくり上げながら、また昂ぶりを飲んで受け止める余村を、長谷部は怖いくらいに強い眼差しで見ていた。

熱っぽい視線を浴びながら、抽挿《ちゅうそう》を繰り返されるうち、余村の性器も萎《な》えることなく兆《きざ》しを見せる。

「あっ、あっ……」

「なんか……今日の和明さん、すごい。ずっとして……なかったの?」

ぼんやりした頭で問いの意味を考える。射精はしばらくまともにしていなかった。一人でしても、長谷部のことを思い出してしまって虚《むな》しくなるばかりだ。

余村は答えにもならない曖昧《あいまい》な呻きを上げた。

「んっ、うん…っ……」

ゆっくりと強張りを押し込まれる度《たび》に、先走りが浮いて溢れる感じがする。起き上がった性器が長谷部の腹を打ち、とろとろに感じているのを知らしめて恥ずかしい。

「あっ、もうっ……」

張り詰めた幹《みき》を擦り上げるように、締まった腹部で抽挿に合わせて上下にこねられ、余村は啜り喘いで頭を振った。

愛撫に晒《さら》され続けた性器は、熟《う》れて果汁を滴《したた》らせる果実のように濡れそぼっている。

こんなにすぐにまた達しそうになるなんて初めてだ。

「修一、も……イキそう……イッちゃ…う、あっ……ね、もうっ……」

自分でも信じられないほど、甘えた声を発していた。こんなに乱れて恥ずかしいと思うのに、快楽の前にはすべてどうでもいいことのように思える。なにより、自分を見つめる男の眼差しを目にすると昂ってどうしようもなくなる。

長谷部はもう、言葉もなく余村を貪《むさぼ》っていた。

包んだ粘膜できゅっと強く締めつける度に、熱い息がその唇から洩《も》れる。上がる息を頭上から零しながら腰を打ちつけられ、余村はぎゅっと腕を掴んだ。

「いや…っ、あっ……あ、修一…っ」

繰り返される抽挿。まるでそこが溶け出しているみたいに、濡れた音がする。卑猥《ひわい》な音を立てて抜いては穿たれ、もう駆け登る瞬間のことで頭がいっぱいになる。

「しゅ、いち…っ…君も、ねぇ……きみもっ」

両腕を首筋に回してしがみつき、顔を引き寄せた。熱っぽく濡れた男の眸。赤く染まって見える眦に、吐息に湿った唇を押し当てる。

「……いち、しゅういち…っ……」

「……和明…さん…っ」

「ああっ、だめ…っだ、修一、そんな…したらっ……あぁっ」

悲鳴を上げたと同時に、びくんと腰が大きく跳ねた。先に達してしまい、今度は勢いよく白濁《はくだく》が噴き零れる。もういくらも保《も》ちそうにない長谷部に激しく腰を入れられ、余村は啜り喘いだ。

残滓を絞り出すように手で扱《しご》かれ、うねる内壁を強張りが責め立てる。

「あっ、あっ……あつ、い……」

ぐっと奥深くに打ち込まれたものが、どくんと脈打ち震えた。

「ん…ぁっ……」

放たれた熱の衝撃に、長谷部を仰ぐ余村の眸は揺らいだ。ゆったりと何度も腰を入れ、全部奥へ奥へと流し込むように繰り返される突き上げに、どこまでも溶かされる。

「修一…っ……」

「はぁっ……和明、さん……」

まるで自分のものだと、所有を主張しているかのようだ。受け止めきれなかったものが、とろとろと縁《ふち》から溢れる。

「あっ、もう……」

「……いや?」

至近距離の黒い眸を揺らし、長谷部が問う。

その澄んだ眸を覗き込んだ余村は、ぶわりと胸に愛しさが溢れた感じがして、声を上擦《うわず》らせながらも言った。

「修一、好き……すき」

黒くて硬い、癖のない髪を愛しげに掻き回す。

「……修一、愛してる」

熱い唇を軽く押し合わせて言うと、すぐに返事は降りてきた。

「俺も……あなたを愛してます。もう、ずっと……ずっと」

「もうこんな時間か」

ベッドに伏せて寝そべる余村は、肘《ひじ》をついて頭上を仰ぐと呟いた。

ヘッドボードの上部の置時計は、十一時前を差している。まだ十時前かと思っていたのに、布団に包《くる》まれてうとうとするうちに随分時間が過ぎてしまった。

長谷部は体温が高いのかもしれない。一人では温まりにくい布団も、二人であれば陽だまりのようにぽかぽかとしていた。

眠気も誘われるはずだ。抱き合った後、しばらくは名残惜《なごりお》しげに互いの体に触れたりと戯《たわむ》れていたけれど、いつの間にかどちらからともなく眠りに落ちた。

「ん……」

まだ寝息を立てていた長谷部が、呟きに反応して寝返りを打つ。

「あ、和明さん……起きたんだ」

「十一時近いよ」

「もうそんな時間に……どうしたんですか？」

眠たげな声で応える長谷部は、余村がふっと笑ったのを不思議そうな目で見た。

「ん、君といると時間が経つのが早いなと思って」

一人でじりじりと過ごしていた夜、あんなに停滞していた時は、二人でこうして満ち足りているとあっという間に過ぎ去ってしまう。

残念ではあるけれど、今はそれが幸福であると感じられた。

自然と笑みが零れる。

「さっきさ、夢を見たんだ」

長谷部のほうを見つめて横臥《おうが》すると、余村はふと思い出して言った。

「どんな夢？」

「また心の声が聞こえるようになる夢」

「えっ……」

寝ぼけていた男は、途端に冷水を浴びせられたような声を上げた。そんなに驚くとは思わず、慌ててつけ加える。

「ただの夢だよ。それに、悪い夢じゃなかった。君にお弁当を作る夢なんだ」

「べ、弁当？」

「うん。それで君に『なにが食べたい？』って訊くんだけど、そしたら君は『なんでもいいです』って。でも本当は『ラーメンが食べたい』って言ってるのが心の声で聞こえてきて、僕はなんとかラーメンを弁当に詰めようと四苦八苦するんだ」

見た夢のままに説明すると、隣から見返す長谷部は明らかに困惑した顔だ。

「なんか……日常的なのかシュールなのか判らない夢ですね」

「夢ってそんなのが多いかな。大抵筋が通ってなくて無茶苦茶なんだ」

「確かに……でも、和明さんが作ってくれる弁当なら食べてみたいかも……あ、いや、ラーメン以外でですけど」

大真面目に注文をつけた長谷部に、余村はおかしくなって思わず噴き出した。震わせた肩に、二人を包む布団やベッドまで揺れる。

「あ、笑うほどじゃないでしょ。だってラーメンですよ？」

「むしろそのくらい奇抜《きばつ》じゃないと敵《かな》わないかも」

「え？」

「果奈ちゃんの美味《おい》しいお弁当を毎日食べてる君だからさ。ハードルが高いよ」

くすりと笑って言い、余村は寝返りを打つ。

見慣れた白い天井を仰ぎ見ると、果奈を思って真顔になった。

「修一」

「……ん？」

「結局、果奈ちゃんが反対しないでいようとしてくれるのは君のおかげだったんだな」

「俺の？」

「うん。君が苦労しながらも、果奈ちゃんをずっと守ってきた……君の今までのたくさんの努力のおかげなんだよ」

偶然でも、ただの幸運でもない。

この時間は、長谷部が引き寄せてくれたものだ。

普通なら親任せでなに不自由なく暮らしているはずの未成年の頃から、長谷部は頼る親も失い、親代わりとなって妹を守り続けてきた。

果奈はその与えられた愛情に応えようとしただけだ。

余村の導き出した結論に、長谷部はぽつぽつと言葉を紡《つむ》いだ。

「苦労だったのかな……今はもう判りません。目の前のことをこなすのに俺は精一杯だっただけだし、あいつが居てくれたから頑張れたことがたくさんあるんです」

隣をちらと見ると、長谷部も天井を見上げていた。

「俺一人だったら、どうしただろうって……考えると、ちょっと怖くなる」

「修一……」

どれだけの哀しみを彼は背負ってきたのだろう。

きっとできなかったことも、諦めたこともたくさんあったはずだ。それでも真っ直ぐに、懸命に生きてきた。

余村は片肘をついて身を起こすと、仰向けになった長谷部を見下ろし、そして覆い被さるようにして唇を重ね合わせた。

さっきまでの情熱的な時間とは違う、静かで優しい口づけ。

「和明さん？」

唇だけでは足りない気がして、頬に、額へと慈《いつく》しむキスを贈った。

「君が好きだよ」

果奈だけじゃない。自分も何度救われたか判らない。

「修一、僕は今、君がなにより大切なんだ。だから君を守りたい。なにができるか判らないけど、僕にそうさせてくれるかな」

「和明さん……」

二度と、災《わざわ》いが降りかかりませんように。

この綺麗な心を持つ愛おしい男が、二度と哀しみに囚《とら》われることのないよう、自分に守れるものならと強く願う。

「じゃあ、ずっと俺の傍にいてください。どんなときも、一緒に」

黒髪を撫でようとした左手を取られる。

余村の手を引き寄せ、長谷部はそっと薬指の付け根にキスをした。

言ノ葉便り　〈追伸・桜咲く頃〉

緩《ゆる》く日差しの暖かさを孕《はら》んだ風が、路地には吹き抜けていた。

家までの道程を歩く余村《よむら》の体を、まとわるように包む。時折、どこかの庭先から運ばれた薄紅色《うすべにいろ》の花片《かへん》が空を舞っては、街に春の訪《おとず》れを告げていた。

気づかないうちに髪に降りた桜の花びらを、隣から伸びてきた手が指先で払う。

「修一《しゅういち》？」

「花びらが」

「ああ、ありがとう。いつの間についたんだろ」

今日は長谷部《はせべ》と一緒の休日だった。穏やかな春の午後。特になにをするでもなく、いつものように余村の部屋で過ごす予定の二人は、近所のスーパーで食材を買って帰るところだった。

平日の住宅街は人通りも少なく、優しい陽光も加わってのどかな空気だ。

「そうだ、和明《かずあき》さん、次の休みは買い物に付き合ってもらえますか？」

グリーンのレジ袋を手に提《さ》げて歩く長谷部が、思い出したように言った。

「いいけど、珍しいね。なに買うの？」

「スーツが欲しいんです。ブラックスーツを持ってなくて」

「ああ……」

余村はすぐに察した。

年が明けてすぐ、果奈《かな》が彼から正式なプロポーズを受けたと聞いた。式は六月の終わりに挙《あ》げるそうで、ジューンブライドになる。決まったときには『実感が湧《わ》かない』なんて話を長谷部はしていたけれど、気がつけばもう四月で、結婚準備も着々と進んでいる頃だ。

あれから、果奈には一度会った。

正月明けの連休に予定どおり温泉旅行に行き、その土産《みやげ》を翌週彼女に手渡した。結婚の話を聞いたのもそのときだ。会話は以前のようにとはいかず、やっぱりぎこちなさはまだあったけれど、土産を受け取ってくれただけでも喜ぶべきだ。

元の関係には戻れないかもしれない。

でも、少しずつでも自分の作ってしまった溝《みぞ》を埋《う》めていけたらと思う。

「じゃあ、いいやつを買わないとだね。君は果奈ちゃんにとって親代わりでもあるんだし」

「二つしか年は離れてないんですけどね。和明さんは、スーツはたくさん持ってるんですか？　前の仕事はスーツだったんでしょ？」

余村は微笑むと言った。

「ああ、あるにはあるけど……昔買ったものばかりだからなぁ。もう着る気にならないかな。今の仕事は制服があるから、最近はネクタイとワイシャツぐらいしか買ってないよ」

「じゃあ一緒に見るといいですね」

「え？　僕が見たってしょうがないだろ」

「和明さんのスーツ姿、俺も見てみたいです」

臆面《おくめん》もなく言う長谷部にちょっと驚いた。

深い意味はないのかもしれないけれど、言葉に照れてしまい、余村は誤魔化《ごまか》すように返した。

「結婚式、楽しみだね」

「俺は気が重いですよ」

「え、今更お嫁に出すのが惜しくなった？」

予想外の返事にやや驚いて問えば、からかわれたと思ったのか、長谷部はむすりとした声で理由を語る。

「違いますって。うちは親がいないんで、彼の身内にも俺が挨拶《あいさつ》しないとならないし、披露宴《ひろうえん》もスピーチすることになったらどうしようって……一人で喋《しゃべ》るとか、考えただけで胃が痛い」

本気で嫌そうに眉を顰《ひそ》めた男に、余村は思わずくすっと笑ってしまった。

「あ、どうして笑うんですか」

「いや、君でも緊張するんだなって思って」

「しますよ、当たり前じゃないですか」

その当たり前のことを、自分は一つずつ知って覚えているところだ。

付き合って、まもなく一年。もうずっと一緒にいる気がするけれど、まだ出会ってから何年も経《た》つわけじゃない。これから、もっともっと彼のいろんな一面を知るのだろうと思う。

なんとなく面映《おもは》ゆい気持ちで笑むと、まだ笑っていると言いたげに、レジ袋を提げた手で軽く脇を小突かれた。くすぐったさも入り交じって、余村は『ははっ』と余計に笑う。

そうこうするうちにマンションに着いた。入口には桜の樹が植えられていて、まだ若くて小さいが立派に花を咲かせている。その傍《かたわ》らを過《よ》ぎりながら、余村はふっと真顔になって口を開いた。

「さっきの話だけど……」

「はい？」

「僕も君のスーツ姿が見たいな。試着じゃなくて、ちゃんと着たとこ。ブラックスーツ、似合うと思うよ。写真を後で見せてくれるかな？　果奈ちゃんのドレス姿も見たいし」

「和明さん……」

「どんなドレスかな。お色直しもちろんするんだろう？　僕もなにかお祝い贈らせてもらいたいけど、どうかなぁ。果奈ちゃん、やっぱり……」

旅行土産はともかく、結婚祝いまでは受け取りたくないかもしれない。でも、仰々《ぎょうぎょう》しいものでなければ――

考えながらエントランスホールに入った余村は、習《なら》い性《しょう》で無意識にポストを開けた。入口がオートロックではないため、何枚かチラシも紛《まぎ》れ込《こ》んでいる。

無造作に取り出そうとした拍子《ひょうし》に、白い封筒が間から滑《すべ》り落《お》ちた。

真っ白な、やや厚みのある封書。拾い上げた余村は、裏を返してみて目を瞠《みは》らせる。

差出人は森崎康平《もりさきこうへい》、そして長谷部果奈。

「これって……」

「そろそろ送るとは言ってましたけど」

「修一、知ってたのか？」

「一応は……すみません、黙ってて。隠してたわけじゃないんですけど、あいつの気持ちなんで、俺から伝えるものじゃないかなって……和明さん、来てやってくれますか？」

披露宴への招待状。

友人でも、まして身内でもない自分を招くその意味——

「和明さん？」

封筒を見つめた余村は、長谷部の顔をちらと見上げると微かに笑い、そして不意に堪《こら》え切《き》れなくなって顔を俯《うつむ》かせた。

瞬《しばた》かせた目蓋《まぶた》に雫《しずく》が溢れ、涙は雨粒のようにぱらぱらと足元のタイルを打つ。風に乗って悪戯《いたずら》に飛び込んできた花びらが、その上を転がるように舞った。

桜咲く頃。

春に届いた便りは、幸福の報《しら》せだった。

言ノ葉手帖 ―聖夜―

「やっぱりクリスマスはこういう店って不人気なのかな」

日本酒のグラスに唇を押し当てたまま、店内を見渡した余村《よむら》は言った。

クリスマスイブの居酒屋は空《す》いている。明日は平日とはいえ、今日は振り替え休日の月曜だ。通りはカップルの姿が普段より目についたというのに、店内の雰囲気は淋しい限りである。

余村と長谷部《はせべ》は今日も仕事だった。しかも遅番で、店を出たのは九時近かったけれど、帰りに行きつけの居酒屋に寄った。明日は揃《そろ》って休みなので、ゆっくりできる。

「もっとそれっぽい店に行けばよかったですね。クリスマスらしいって……フランス料理とかかな」

イカ刺しに伸ばした箸《はし》を止め、長谷部は少し困ったような顔をして応《こた》える。確かに大衆居酒屋よりはずっと、いかにもなカップルらしいクリスマスディナーになるだろうけれど、余村は小さく笑って首を振った。

「いや、フレンチも嫌いじゃないけど、あえてクリスマスに行きたいとは思わないし。それに……」

「それに?」

「人目を気にしなくていいから、居酒屋のほうが嬉しいかな。イブに高級レストランなんて、目立っちゃうだろう?」

男二人で行くべきところではない。

ふっと笑《え》んだ余村は、小首を傾《かし》げて頬杖《ほおづえ》をつくと、目の前の男の足を革靴《かわぐつ》の先で突っついた。

テーブルの下で見えないが、脛《すね》の辺りに当たったはずだ。故意だとは思わなかったのか、長谷部は鈍《にぶ》い反応だった。もう一度、今度は足首に狙《ねら》いを定めて靴の側面で擦《こす》るような仕草をすると、途端にうろたえる。

「か、和明《かずあき》さん、もう酔ったんですか？」

「どうだろう。でも気分はいいかな……久しぶりのお酒だし」

こうやって二人で飲むのは、果奈《かな》のこともあったから約二週間ぶりだ。

長谷部と話すようになり、ちょうど一年後の夜でもある。彼が好意を持ってくれていると知った夜。あの奇跡のようなクリスマスイブから。

クリスマスが楽しいと思えるなんて、いつ以来だろう。

余村はふと、子供の頃のキラキラワクワクしていた気持ちを思い出した。街全体がその日を心待ちにしているかのような特別感が好きだった。

サンタクロースも信じない、冷めた子供だったたくせして――

「修一《しゅういち》、君はいくつぐらいからサンタを信じなくなった？」

「え？」

突然の問いに、長谷部は驚いた顔をする。

考えるほどのことなのか、しばらく間が空《あ》いた。

「……いつからかよく判らないんですけど」

「普通そうかな。僕もだよ。物心ついたときは信じてたんだろうけど、いつの間にかサンタなんていないって当たり前に思っててさ。幼稚園のうちから、クリスマスプレゼントは親にねだってた気がする」

話を合わせたつもりが、テーブル越しの顔は当惑したような表情になる。

「いや……そうじゃなくて、俺はずっと信じてたんで。さすがに高校に入る前には判ってましたけど、いつからって言われると中学のうちとしか」

今度は余村が驚く番だった。

「なんか俺、馬鹿な子供ですね」

「そ、そんなことないよ」

「親が行事を大事にするほうで、わりと真剣に信じ込ませようとしてたからですかね。果奈《かな》も信じてて、小さいときはケンカしてましたよ」

「……ケンカ？　クリスマスに？」

兄妹ゲンカなんてしないのかと思っていただけに意外だ。

「靴下の大小でね。サンタは靴下にプレゼントを入れるって言うでしょ？　用意してたら、果奈が『お兄ちゃんの靴下のほうが大きい、ずるい！』ってごねて泣き出して、それで父さんの靴下を借りようとするもんだから、今度は俺が不貞腐《ふてくさ》れて大ゲンカに……ホント、馬鹿ですよね」

「で、どうなったの？」

思わず話の続きが気になる。一人っ子の余村には、兄妹ゲンカ自体が未知の世界で、子供の頃は羨《うらや》ましくもあった。

「母さんに『ケンカをするような子のところにはサンタさんは来ない』って叱られて、ピタッと収まりましたね。『仲良くしたら、大きなプレゼントが届く』とも言われて……翌朝届いてたプレゼントが靴下に収まらない大きなオモチャだったもんだから、二人して『やっぱり仲良くしなきゃ、サンタさんが見てる！』ってなったんですけど」

「ふうん……いい話だね」

「そうですか？　見てたのは母さんだし、それに今思うと、靴下に入らないようなプレゼント用意してたもんだから、あんなこと言ったんじゃないかって。一石二鳥でしょ？　プレゼントが入らないの誤魔化《ごまか》して、ついでに兄妹仲良くさせるなんて」

「夢がないなぁ」

「あ、それ言うんですか。元々、サンタ信じてないとかって言い出したの、和明さんなのに」

「はは、そうだっけ」

笑って誤魔化すと、長谷部は不意に真顔になって言った。

「俺は今も少し信じてますけどね」

「え？」

「今夜あたり、俺の欲しいものがもらえるんじゃないかって。サンタさんの力かな？」

テーブルの下の靴の爪先《つまさき》に違和感を覚えた。

遠慮がちに押しつけて触れてきた長谷部の靴の感触に、余村は自分から仕掛けたことだけれど、照れずにもいられない。
赤く染まった頬は、幸いアルコールが誤魔化してくれた。

KOTONOHA DAYORI

言ノ葉ノ誓《ちか》い

「うん、すごく似合ってるよ」

そう告げる自分の言葉がやけに甘かった気がして、余村《よむら》は息を飲んだ。

小ぢんまりとした店構えのテーラーは、週末でも百貨店のように混み合う客の姿はない。おかげで試着室の男に向けてかけた声も、響いて聞こえた。

「そうですか？　なんか落ち着かないな」

フォーマルスーツを身につけた長谷部《はせべ》は、鏡に映る姿を確認しつつ応《こた》える。

六月の終わりの果奈《かな》の結婚式まで、残すところ半月ほど。今日は珍しく土曜の休日が重なり、長谷部とオーダーメイドで注文していたスーツを受け取りに来た。

パターンを使ったセミオーダーでも少々時間がかかるだけあって、仕立ての丁寧な店だ。フルオーダーのような仕上がりのブラックスーツは、長身で見栄《みば》えのするスタイルの長谷部を存分に引き立てる。

こうして見ると男前であるのは隠しようもない。ベストも加わったスリーピースは、すらりとした体軀《たいく》によく似合う。

つい漏らしてしまった感嘆の声を、余村は慌てて消し去るように言った。

「すぐに慣れるよ。動きづらくはないだろう？　よく体にフィットして……」

「和明《かずあき》さんもよく似合ってましたよ」

せっかく涼しい顔をしてやり過ごそうとしたのに、たった一言で引き戻してくれる。負けず劣《おと》らずの、甘い褒《ほ》め言葉。新調したスーツを余村も先に試着したばかりだ。

傍《かたわ》らで静かに微笑《ほほえ》むテーラーの男性店員の視線が痛いように感じるのは、意識しすぎか。まるで気にした様子もないマイペースな長谷部に鏡越しに笑《え》まれ、余村はやや早口になりつつ返した。

「ネクタイも選ぶんだろう？　シルバーなら地模様があるのがいいんじゃないかな、無地は味気ないしさ」

「そういうもんですか？」

長谷部は結婚式に出るのは社会人になって初めてらしい。

アドバイスを求められ、ネクタイは市松《いちまつ》模様を勧《すす》めた。シルバーの細かな地模様は品よく、ポケットチーフと合わせれば定番のストライプよりも洒落《しゃれ》て見え、長谷部によく合う。余村はまた綻《ほころ》んでしまいそうになる口元を、意識して引き締めなければならなかった。

会計を終え、店員に見送られながら店を出る。揃《そろ》ってテーラーの袋を提《さ》げているのは変な感じだ。

「いいスーツが買えて良かったです。和明さんの勧める店だけありますね」

「僕もいくつも店を知ってるわけじゃないよ」

とはいえ、昔はそれなりにスーツには拘《こだわ》りがあった。会社員だった頃、よく仕立ててもらっていたテーラーを、こんな形でまた利用するとは思ってもみなかったけれど。

「でも果奈のドレスはレンタルなのに、俺がわざわざ買うって変じゃないですか？」

長谷部のふとした問いに、歩道を並んで歩く余村は笑う。

「ドレスとフォーマルスーツは全然違うだろう。スーツはほかで着る機会もあるだろうし」

「結婚式に呼ばれる機会なんて……ああ、親戚は未婚が何人かいますね。従兄弟《いとこ》たちが独身で……上はもう三十代半《なか》ばなんですけど、結婚しないつもりなのか、まだ……」

「はは、きっと君もそんなふうに言われるようになるよ」

「言われてもしませんけどね、俺も」

冗談めかして告げれば、やけにきっぱりとした返事を寄越された。少しドキリとしつつも「うん、そうだね」と笑んで応える。

「でも……まぁスーツは君なら完全な既製品《きせいひん》でもよかったかもしれないね」

「あ、なに着ても一緒ってことですか？」

「まぁそうだけど、君が思ってるのとは違う意味でね」

「違う意味？」

「オーダーメイドじゃなくても格好《かっこう》よく見えるだろうってこと。仕立ては着る人が理想的なパターンに近ければいいわけだからさ。それでも生地《きじ》の違いとか、いろいろ微妙に出るだろうけど……本当によく似合ってたよ。普通の会社員だったらもっと着る機会もあったのに……」

信号待ちで足を止める。ふと隣を確認すれば、妙に強張《こわば》った男の横顔を目にし、余村ははっとなった。まるで怒ったみたいな顔で長谷部は信号を見据《みす》えている。耳の端が寒くもないのにうっすら赤い。

「……そう…ですか、どうも」

急にぎこちなくなった返答は、照れているらしかった。思いがけない反応に、照れは原因を作った余村まで跳ね返ってくる。

なにを饒舌《じょうぜつ》になっているのだろう。店を出て二人になった途端に抑《おさ》え切《き》れなくなったみたいに褒めまくるなんて、浮かれたカップルのようだ。

実際そのとおりなわけだけれど、惚れた欲目ではなく本当に誰が見ても似合っていると思う。そんな再確認は、今度こそ心に押《お》し留《とど》めた。

「修一《しゅういち》、これからどうしようか、どこかでお茶でもする？　うちに来る？」

用事もすませて特に行き先はない。まだ日差しの眩《まぶ》しい午後三時過ぎ。梅雨《つゆ》の一歩手前の空は清々《すがすが》しいほどに晴れ渡っていて、気持ちのいい夏の初めだ。

「和明さんがどこでもいいなら、よかったらうちに来ませんか？」

「え、いいの？　じゃあ、果奈ちゃんに知らせとかないと……」

今からでも急すぎて遅い気がする。

「今日は果奈はいません。森崎《もりさき》くんの実家に二人で行ってて……入院中で式に来られないおばあちゃんに挨拶《あいさつ》しときたいからって。彼の実家は仙台で遠いから、今夜は泊まる予定です」

「果奈ちゃんも結婚前はいろいろ大変だね。仙台じゃ確かに日帰りはきついか……でも、僕が家に行くならやっぱり断っておいたほうが……」

「和明さんに来てもらえって言ったの、あいつですし」

「え？」

「『一人じゃ寂しいでしょ。なんなら泊まってもらえば』って、今朝家を出るときに」

果奈からの提案だとは、意外だった。驚くと同時に、とても嬉しくも思う。

余村は揺れる街路樹の木漏れ日《こもび》のように、淡い色の眸《ひとみ》を輝かせた。

「そうなんだ？　じゃあ、遠慮なく寄らせてもらおうかな」


長谷部の家を訪《たず》ねるのは久しぶりだった。

家の空気は一見変わりない。玄関に揃《そろ》え置《お》かれた果奈のパンプスも、居心地よく掃除の行き届いた居間の雰囲気も。違いは、暖かくなって暖房器具が完全に姿を消し、ソファに涼しげな白いクロッシェレースのカバーがかけられたことくらいか。果奈が一冬かけて編んだものだと聞いて驚いた。

けれど、もうすぐその彼女はこの家からいなくなる。結婚式のためのスーツを用意してもなお、実感は湧《わ》かない。

コーヒーを淹《い》れると言って長谷部はキッチンへ消え、余村はソファに座って待った。戻る気配がなく、様子を窺《うかが》いに行ったのはしばらく経《た》ってからだ。

廊下を挟んだキッチンを覗いて目を瞠らせた。

『冷蔵庫はしっかり閉めてください』

まず視界に飛び込んできたのは、冷蔵庫に貼られた紙の一文だった。

前はなかったはずの貼り紙は、そこら中に目につく。ガステーブルには『元栓《もとせん》も閉めてください』、トースターには『パンは2分』とまで。

「なんていうか……」

余村は呆気《あっけ》に取られ、目が合った長谷部はバツの悪そうな顔を見せた。

「あいつ、俺のこと自分が嫁に行ったら一人じゃなにもできない子供かなにかだと思ってんです」

「でも実際、塩と砂糖の区別もつかないんだろう？」

棚《たな》の陶器《とうき》のポットに貼られた真新しいシールに、つい揶揄《やゆ》るようなことを言ってしまう。テーブルにはティーカップが並び、どうやら来客用のコーヒーカップは見つけられなかったようだ。

「そ、それは、料理はあいつに任せてたから……ほかの家事は俺も少しは手伝ってましたよ。これからは料理もやります」

「自炊するの？」

「毎日昼も夜もコンビニ弁当じゃ味気ないですからね。少しくらいは……今日の夕飯は俺が作るんで、和明さんはゆっくり寛《くつろ》いでてください」

ムキになったように言う男に、思わず笑みが零《こぼ》れる。

「ふうん、楽しみにしてるよ」

皮肉ではなく、言葉にすると本当に楽しみになってきた。

べつにコーヒーもティーカップで出てきたからといって支障はない。コーヒーを飲みながらテレビを観て、特に内容があるわけでもない会話をする。自分の部屋で過ごすときとさして変わらない午後だったけれど、夕方になると長谷部が宣言どおりにキッチンに向かった。

生姜焼《しょうがや》きを作るつもりらしい。手始めの男の料理としては無難な選択だと思うが、果奈が記してくれたらしいレシピメモを手になにやら難しい顔をしている。「手伝おうか?」と声をかけたところ、座っていてほしいと拒《こば》まれた。やっぱりムキになっていると思う。

追い出されないのをいいことに、ダイニングテーブルの椅子を引いて余村は腰を下ろした。

出かける前にもコーヒーを飲んだのだろう。長谷部のものらしき一センチほど飲み残された水色のマグカップが置かれている。

その隣にある本のタイトルが、ふと目に留まった。

——気持ちを伝える結婚式のスピーチ?

盗み見るつもりはなかったけれど、手に取ると挟まれた紙が滑《すべ》って落ちる。

「本日はご多忙のところ、両家のためにご出席くださいまして……」

「あっ、ちょっとなに勝手に読んでんですかっ!」

歪《いびつ》な形をした生姜を、慣れない包丁でさらに歪に剝《む》いていた男が、珍しく狼狽《うろた》えた声を上げて振り返った。

どうやら見てはならないものだったらしい。

「これって、スピーチの準備？　君はやらないんじゃなかったの？」

父親がいてもいなくても、通常は披露宴《ひろうえん》での挨拶は新郎《しんろう》側がやるものだ。

「森崎くんのお父さんの体調があまりよくないそうで、急に頼むこともあるかもしれないから、果奈がなにかあっても一言ぐらい言えるようにしておいてくれって」

「それで……君も大変だね」

「和明さん、代わりに考えてくれてもいいですよ。俺より、そういうの得意そうだし」

「僕がスピーチを？　ダメだよ、どんな内容でも君の言葉だってのが重要なんだから」

まさか本気ではないだろう。よほど荷が重いのか、長谷部らしくない冗談と判《わか》っていながらもつい真面目に答える。

「それに、僕は一人っ子だから兄の気持ちは判らないしね」

「べつに兄妹いたって普通ですよ。特別な感情はなにも……」

「そんなことないよ。君にとっては当たり前すぎて普通なんだろうけどさ……ね、こっちは？」

四人掛けで広いテーブルの上には、アルバムらしきものも積まれていた。

「ああ、果奈が写真を整理するって言って、出してきたんです。貼ってないのがあるから……」

「へぇ、見てもいい？」

長谷部は少し考える素振《そぶ》りをしてから応える。

「いいですよ」

一番上の紺色の一冊を手に取った。許可が下りたとはいえ、他人の家のアルバムを見るのは微《かす》かな緊張を覚える。余村はそろりとした手つきで布地の厚い表紙を捲《めく》った。

よくある貼り込むタイプのアルバムだ。最初に目に飛び込んできたのは、性別も判らない赤子の写真だった。下に書き込まれた『長男誕生』の文字に、生まれたばかりの長谷部であると判る。

『命名　修二』、その数枚後に書かれていた。

小さい。顔が真っ赤で、しわだらけで、あまり丸みはない。じっと見つめていると、テーブルの傍《そば》から決まりの悪そうな声がかかる。

「あんまり真剣に見ないでください」

「なんていうか……面影《おもかげ》はないかな」

「早産《そうざん》で未熟児だったんです、俺」

「未熟児……初めて聞いたよ」

産まれたときはどうであれ、健《すこ》やかに成長したのは続く写真で判った。お宮参《みやまい》り、百日祝い、初節《はつぜっ》句《く》。長谷部は逃げるように生姜をすりおろす作業に戻り、余村は次々とページを捲った。

長男らしく枚数は多い。小さい頃は表情豊かだったんだなと思うほどに、幼子の長谷部はよく笑っている。けれど、捲るうちにそうではないのかもしれないと思った。幼い頃の長谷部が積み木を握っただけでも笑う子供だったのではなく、少しでも笑顔の写真を両親は撮ろうと努力したのではないか。親なら子の笑う顔が見たい。残したいと考える。それくらいは子供を持った経験のない余村でも判る。

アルバムはすぐに二冊目へと移り、途中で妹の果奈が加わった。ベビーモデルにもなれそうなほど、丸くて柔らかなマシュマロのように可愛《かわい》らしい赤ん坊だった。

丁寧な文字でもしたためるかのように、歪《ゆが》みなく一枚一枚台紙に貼られた写真の数々。いくつかはメッセージも添えられていた。それほど多くはない。ただ、誕生日には必ず『おめでとう』と我が子への祝いの言葉。

『修一、三歳おめでとう。ありがとう』

『果奈、一歳おめでとう。ありがとう』

繰り返し添えられる『ありがとう』のメッセージ。何度もアルバムの中の二人が誕生日を迎え、写真の下の言葉を目にする度《たび》に、二人がどれほど両親に愛され、大事にされて育ったかが判る。

生まれてきてくれてありがとう。

健《すこ》やかに成長してくれて、ありがとう。

短い言葉の中に幾度《いくど》も込められた両親の想い。子供たちと一緒に写った両親はどちらも穏《おだ》やかに笑んでいて、初めて見る顔なのに、初めてである気がまるでしなかった。現在の兄と妹に、それぞれのパーツがミックスされつつも似ているからかもしれない。

——いい家族だな。

素直にそう感じた。ページを捲る余村の表情はますます和《やわ》らぐ。

「あ……」

ふと漏らした声に、びくりとしたようにシンクに向かう長谷部が反応した。

「どうしたんです？　なんか変な写真ありました？」

「いや、この頃になると君も面影が出てきたなと思って。ほら、海の写真！　夏休みかな？」

思わず声を弾《はず》ませてアルバムを掲《かか》げ見せる。

「君によく似てるよ。変わってないね」

「似てるって、俺ですし……そんな日焼けで真っ黒の小学生んときの写真、変わらないって言われても嬉しくないっていうか……」

楽しげな余村に対し、長谷部は微妙な反応だ。悔しげとも取れる声で言う。

「今度、和明さんの写真も見せてくださいよ」

「うちには子供の頃のアルバムはないよ。実家にならあるけど」

「じゃあ、いつか……いつか、お願いします」

言いかけて躊躇《ためら》い、言葉を選んで続けた長谷部は、こちらに向けた顔を調理台へ戻す。

いつか。持ってきてほしいと言うつもりだったのだろうか。

それとも。

「修一、こないださ、『連れてきて』って言われたよ。実家に帰ったとき、母さんに君のこと話したら」

「え……話したんですか？」

「付き合ってるとは、まだ言ってないけどね。たぶん母さんは友達だと思ってる……でも、君のことは気に入ったみたいで、連れてきてほしいってさ」

「そうですか……よかった。じゃあ、いつか俺も和明さんの家でアルバム見せてもらえることもあるかもしれませんね」

『そしたら夏休みの写真、見せてもらいます』なんて、念押すように言う男に、余村は苦笑する。あまり日焼けはしない体質で、真っ黒の写真はないけれど、やっぱり見られるのは照れくさいかもしれない。

「君のご両親は随分たくさん写真を撮ってたんだね」

「ああ……休みに出かけるときは力が入ったみたいで」

「ふうん……あ、果奈ちゃん、浴衣《ゆかた》だ。これは花火大会かな」

綴《と》じられた思い出の数々。焼きつけられた過去の幼き日の姿。古い写真が次第に新しく、色鮮《あざ》やかになっていくと同時に、写し込まれた『長谷部修一』という名の少年も成長していく。

小学生。中学生。アルバムはさらに数冊目に変わり、美しく咲《さ》き誇《ほこ》る桜を背に撮られた入学式の写真は、詰襟《つめえり》の学ラン姿も初々《ういうい》しく、微笑ましかった。

仏頂面《ぶっちょうづら》で、いつも同じ表情をした少年。中学から高校へ進学する頃には、すっかり今の長谷部の原型へと成長していて、ふっと笑みを漏らしつつページを捲った余村は、『あっ』とまた声を上げそうになった。

息を飲む。はっとなって顔を起こした。下準備を終えてガステーブルに向かおうとしている男が振り返らなかったことに、安堵《あんど》する自分がいた。

アルバムは突然途切れていた。

なんの前触れもなく。

最後の写真は、長谷部が高校へと進学した春。例年と変わらない花見の写真で、ボブヘアの少女の果奈が、桜餅《さくらもち》を頬張り少し気恥ずかしげな顔をして笑んでいた。

余村は最後のアルバムの下のクリアファイルに気づいた。写真が束《たば》で無造作《むぞうさ》に入れられている。

その後、なにかの折りに撮られたのだろう。果奈の入学式や、二人の卒業式。機会はいくつもあったはずで、けれどアルバムに貼られることのないまま、ただ残され続けた幾枚もの写真。

果奈が写真の整理を始めたと長谷部は言った。

それはもう一度、止まったアルバムの時間を彼女が動かす決意をしたということだ。

「和明さん」

かけられた声に、小さく肩を弾ませる。

「……え、あ……なに？」

「うちの生姜焼き、結構甘めなんですけど大丈夫ですか？　砂糖は控《ひか》えめにしましょうか？」

長谷部は穏やかな表情で問いかけてくる。

すっと小さく息をつき、余村も笑んだ。

「大丈夫だよ。君の家の味が食べたいな」

夜は成り行きで泊まることになった。

風呂の後は借りたパジャマを着て、渡された新しい歯ブラシで歯を磨《みが》いて。明日は二人とも仕事だ。余村は遅番で一度家に帰るにはちょうどよかったけれど、長谷部の家に泊まるからといって、中高生のようにはしゃいで夜更《よふ》かしをするわけにもいかない。

日付が変わる前に布団に入った。二階の長谷部の部屋のセミダブルベッドは、就職したときに買い直したものだそうで、男二人でも並んで眠れる。

横になって、少し話をして。明かりを消してすぐに、天井にぼんやりとした光源《こうげん》があるのに気づいた。

「天井が光ってる」

すぐ耳元で、枕を並べた長谷部が応える。

「ああ、シールですよ。果奈が子供のときに貼ったんです」

「蓄光《ちくこう》シール？」

「そう、それ……小学生のときだったかな、友達の間で自分の星座を部屋の天井に貼るのが流行《はや》ったらしくて、余ったのを勝手に俺の部屋にも」

不服そうな声だ。でも、今までずっと剝《は》がさないでいたのは、案外気に入っているからかもしれない。単に見慣れて違和感をなくした可能性もあるけれど。

「君はおうし座だっけ？」

「はい」

「おうし座ってどんな形なの？」

「形って、さぁ……牛としか……果奈が星座表を見ながら貼ってたから、きっとこんな形なんだと思うけど」

目線で頭上を指すように、隣の枕の長谷部は応える。

「ふうん……ねぇ修一、あそこの星が集まってるのは？」

「ああ、あれはプレアデス星団《せいだん》です」

「プレアデス？　なんか聞いたことあるな……」

「すばるですよ」

日本人にはそちらの呼び名のほうが馴染《なじ》み深いかもしれない。おうし座がすばるを含んだ星座だとは知らなかった。

「そっか、冬の星座なんだね」

余村は天井を見つめるまま応える。

ぼんやりと光る点と点。シールの星の形までは定かではない。余村のイメージする星座とは、星と星が線で結ばれたものだったが、どの光とどの光を結べばいいのかも判らなかった。そもそも、星座なんて昔の人々が勝手に図柄にしてしまったものだ。

輝く恒星《こうせい》の一つ一つは干渉《かんしょう》し合うこともなく、ただそこに存在している。遠い星々は、互いの存在すらも知らずに瞬《またた》いている。

昔の人は何故《なぜ》それを線で繋《つな》げようと思ったのだろう。

単に覚えやすくするためか。時を知る指標として、あるいは信仰のため——

「和明さん」

不意に呼びかけられた。

「うん？」

「もう寝たのかと思いました」

「まだ眠くないかな」

布団の上でいつの間にか組んでいた手を解《ほど》く。もう、薄い布団でも肩を出して眠れる季節だ。

「寝苦しいなら、布団敷きましょうか？」

「いや、いらないよ」

「でも、暑くないですか？　俺と一緒だと……」

「君がそうしたいなら、別々に寝るけど？」

余村はくすりと笑った。寝返りを打とうと枕の端に手を置いたところ、同じくこちらを見ようと横臥《おうが》した長谷部と指が重なり、心臓が微かにトクンと鳴った。

「修一……」

寄せた互いの枕の縁《ふち》の上で重なった手を、そのままそっと握られ、至近距離で目を合わせた余村は照れ隠しに口走った。

「君の指、生姜の匂いがする」

「えっ、ちゃんと洗ったのに」

「嘘だよ」

「……嘘って」

悪戯《いたずら》にでも成功したみたいに笑うと、呆気《あっけ》に取られた反応が返ってくる。暗がりに慣れた目にも、その表情はぼんやり見て取れた。

「お風呂にも入ったんだから残ってないよ。生姜焼き、美味《おい》しかったな」

「な、なんで笑うんですか？　本当はイマイチだったとか？」

「いや、違うよ。修一ってさ、案外なんでも信じやすいところがあるなぁって思って。クリスマスのサンタの話も、意外だったし」

「……和明さんは、案外意地が悪いです」

むっとした声に、繋いだ手を振り解かれるのかと思えば逆にぎゅっと力強く握り込まれた。

「なんか……変な感じするかも。部屋に和明さんがいるって」

「うちにはいつも泊まってるけど、君の部屋は初めてだからかな……前に、酔《よ》い潰《つぶ》れて客間に泊めてもらったことはあるけど」

あのときはまだ親しい間柄でもなかったのに。初めて家を訪《たず》ね、初めて家族を紹介され、初めて一緒に飲んで。それから――

思い出を振り返るうちに、あの晩キスをしたのを思い起こした。

そう、初めての。

軽く触れ合っただけなのに、すべてがひっくり返されてしまったキス。

『触りたい。キスしたい。抱きたい』

あの夜、たどたどしく響いた心の声を覚えている。暗がりの中でこうして静かに見つめ合えば、もう聞こえなくなったあの『声』が頭に蘇《よみがえ》る。

記憶と現実の狭間《はざま》。三十センチと離れていない距離で、長谷部はじっとこちらを見ている。眼差《まなざ》しも繋がれた指も熱っぽい。

「今日は……したらダメなんですか？」

囁く問いかけに、余村は予期していたかのように応える。

「ダメっていうか……君もしたくないかと思って」

「俺の家だから？」

「……うん、そうかな」

「和明さんの家ではするのに？」

「僕は一人暮らしだから……」

ベッドが軽く揺れ、深く影が落ちる。余村の身の反対側へと片手をつきながら、長谷部は言葉を遮《さえぎ》る口づけを落としてきた。

「……今いない家族にまで気遣う必要はないでしょ？」

「それは、そうなんだけど……」

繋がれたままの右手に体重がかかる。ただ指を絡《から》みつかせるのではなく、ベッドへと深く縫《ぬ》い止《と》めてくる大きな手。

「んっ……」

一息に唇を捲って深くなるキスに、抗議のタイミングは奪われた。歯列《しれつ》を抉《こ》じ開《あ》けるように侵入してくる熱い舌を、余村に拒む術《すべ》はない。心の底から拒みたいわけでもない。

奥へと招くように、長谷部のそれより幾分薄い舌をくねらせ、絡ませる。舌先で根っこを擽《くすぐ》られれば、ざわついた肌が震えた。キスだけですぐに体が熱を上げるようになったのは、いつからだろう。

あの夜はあれほどに戸惑ったキスなのに——いや、初めてのときも戸惑ったのは翌日で、受け止めた瞬間は不思議なくらい違和感がなかった。

拒もうとも考えずに何度も受け止め、もっと唇で彼を感じたいとさえ思った。

もっと、もっとと——

「あ、待っ……」

長谷部の繋がれていない右手が、するりと脇から腰へ這《は》い下《お》りる。求めるキスも下唇を一度甘《あま》噛《が》みしてから頤《おとがい》へ、首筋へと下りていき、借りたコットン地の薄いパジャマの内に手のひらが忍べば、余村はいつになく身を強張らせた。

「やっぱり今日はしたくない？」

欲望を押し殺そうとする声は、どこまでも優しい。

「したくないっていうか……」

「嫌ならちゃんとはっきり言ってください」

「ち、違うんだ。そうじゃなくて、たぶん……君のベッドだから」

「え？」

「君の匂いがするし、安心するんだけど……なんていうか、落ち着かない感じもするっていうか」

やけにさらりとした感触のシーツやカバー類は、自分を泊めるために替えられたに違いない。それでも他人のベッドだ。長谷部の存在を強く感じる。横たわっただけで、すっぽりと抱き締められたかのような気分になっただなんて、間違っても言わないけれど。

「……そういうの、嫌なんじゃなくて、興奮するって言うんじゃないですか？」

長谷部は饒舌《じょうぜつ》な男ではないが、けして鈍《にぶ》くもない。あっさりと正解を引き当ててくる。

「べ、べつにそういう意味じゃっ……」

煽《あお》ったつもりはなくとも、火を点《つ》けてしまったらしい欲望。遠慮をなくした手が衣服の内で這い上る。

「……あっ」

「違うんですか?」

「待っ……ぁっ、う、ふ…っ……」

指先に触れた小さな粒を摘《つ》ままれると、微弱な電流のような刺激が走った。

今はもう馴染《なじ》んだ甘い痺れ。うずうずとしたその官能の先にある激しい悦楽《えつらく》を、余村はもう覚え過ぎたほどに知っている。

パジャマのボタンを外す指は、やがて唇へと代わった。膨《ふく》らんだ乳首は硬くなるほどに鋭敏《えいびん》になり、濡れた舌に転がされる度、快感は身の奥へと浸透《しんとう》して淡く積み上がる。

やんわりと吸い上げられると、背筋が軽く撓《しな》って、びくびくと腰が震えた。膨らませた中心をパジャマのズボン越しに摩《さす》られ、余村は「あっ、あっ」と控えめな声を漏らして喘《あえ》いだ。

枕の端にこめかみを擦《こす》りつける。微かな嬌声《きょうせい》にもかかわらず、いつもより羞恥《しゅうち》を覚えた。今更ベッドが変わったくらいでセックスが恥ずかしいなんて——そのくせ軽く撫で摩られただけで、ひどく続きを欲しがって熱を上げる。

脱がされるズボンや下着のゴムの縁が掠《かす》める感触にさえ、卑猥《ひわい》に撫でられでもしたかのように肌は騒いだ。身を縮《ちぢ》こまらせて立てた膝に唇が落ち、啄《ついば》むキスが肌を下りて行く。

膝《ひざ》から内腿《うちもも》へ。足のつけ根の際《きわ》どい場所へ。滑《なめ》らかで色づきやすい白い肌を吸われ、竦《すく》む身はじわりと開かされた。

膝を畳《たた》んだ両足を恥ずかしく左右に割られ、上向いた性器からつうっと滑《ぬめ》りを帯《お》びた先走りが零れる。

「しゅ、修一……」

戸惑う声は微かに震えた。

気乗りのしない素振《そぶ》りをしたくせして、ひどく感じている。

「……俺のベッドだと、そんなに興奮する？」

下腹を次々と打つ淡い雫《しずく》の感触。見つめる長谷部の視界に映る眺めを想像すれば、やっぱり居たたまれない。閉じたがる両足を強い力で阻《はば》まれ、頭を擡《もた》げた性器がまた涙を零した。

「……んっ……あ、嫌…だ……」

「俺は……すごく興奮します。自分のテリトリーに和明さんのこと連れ込めたみたいで」

「つ、連れ込むって……あっ……」

熱っぽい息が、過敏《かびん》になったものを掠める。

長谷部が深く顔を埋《うず》めた。

「ふっ……あ…っ……」

「今でも……まだ時々、夢みたいだって思うときあるから」

「ゆっ、ゆめ…って……あっ、ん……」

「……ずっと……欲しいって思ってた。和明さんが、俺のこと気づく前から……抱きたいって……触りたいって……たぶん、こんなふうに……」

始めから知っていたはずの想いも、改めて言葉にされるとドキリとなる。あの晩、聞いてしまった深い欲望。淡々とした普段の表情や態度からはかけ離れた征服欲や、今は知る強い独占欲。

「しゅ…っ……修一っ、あっ……あぁっ」

ひくついて先走りを滴《したた》らせる小さな穴を、ぞろりとなぞる舌に声が出る。濡れそぼるほどに張り詰めた性器を、じゅっと音を立てて口腔《こうこう》に飲まれ、腰が卑猥に弾んだ。口でされるのが好きだと長谷部に教えてから、ほとんどセックスの度にしてくれるけれど、いつまでも飽き足りることはない。

触れられれば、歓喜して張り詰める。しなやかに反《そ》り返り、キスして欲しいと、イカせて欲しいと泣き濡れて愛撫を乞《こ》う。

「あっ、あっ……」

「……和明さん、んっ、ふっ……気持ちいい？　感じる？」

「んっ、ん…ぅ……ぁっ、あっ、いいっ……きもち、いっ……」

判っていた。得られる快感が好きなのではなく、相手が彼であるから、こんなにも昂《たかぶ》って仕方がないのだということ。

ちゅくちゅくと小さく弾ける淫《みだ》らな水音にさえ感じて、胴《どう》が震える。

「あ…っ……や…いいっ、あっ、いい……」

日頃の澄まし顔も忘れ、愛《いと》しい男のベッドで余村は乱れた。性器を愛撫しながら後ろに指を挿入《そうにゅう》されて啜《すす》り喘ぐ。

近頃、長谷部はあまり口だけでは終わらせてくれなくなった。感じて弛緩《しかん》するままに慣らしたほうがいいのは判るけれど、一度に与えられる刺激はときに強すぎた。

高まる射精感。二本に増やされた指に中を開かれ、しゃくり上げる。

「……ぁ、や……嫌だ、修一……指、いっぱい…っ……」

「……まだ二本ですよ」

「でもっ……」

「後でちゃんと……慣らすやつ使いますから、力……抜いて」

「ん…っ、あっ……む、無理……」

「……和明さん」

その声で求められれば、もう逆らえないのを長谷部は知っているのではないかとさえ、余村は思う。

「……は…ぁっ、はっ……はぁ…っ……」

「そうです、もっと……力抜いて。口も……してあげますから」

「や……ひぁ…っ、あっ……」

促《うなが》されるままに愛撫に身を委《ゆだ》ねてしまえば、射精への欲求は抗《あらが》えないほどに強くなる。

準備したジェルを塗り込められる頃には、根元まで指を穿《うが》たれただけで一度達した。ぐちゅっと淫らな音を立てて飲んだ指を締めつけ、堪《こら》えきれずに啼《な》いて腰を揺すった余村は、弾けるような吐精《とせい》で腹を濡らした。

「……我慢、できなかったですか？」

からかう響きこそないけれど、がっかりした反応とも違う。耳元に吹き込まれる艶《つや》を帯びた声。覆《おお》い被《かぶ》さる身の重みを受け止めながら、耳朶《じだ》を掠《かす》める唇に余村は身を震わせる。

「んっ……」

「……強くしすぎたかな」

身の奥深くに浸透する囁き。滑らかに動くようになった指で、達したばかりの中もあやすように弄《いじ》られ、甘い悲鳴が零れる。

「あっ、しゅ、いちっ……まだ…っ、まだ……だめ…だっ……」

「……俺もイキたい。和明さん、次は一緒に……」

抜き出された指は、すぐさまもっと質量も熱もあるものに変わった。宛《あて》がわれて無意識に体は逃げを打つ。同性である違和感は限りなく失《う》せたとはいえ、まるで意識しないでいられるわけでもない。

ひくひくと喘ぐ入口を開かされた。長谷部の重みを受け止めると同時に、熱い猛《たけ》りがずるりと侵入してくる。翻弄《ほんろう》されるままに長谷部の形に身を開く余村は、感じてならないポイントを擦られ、うわ言のように零した。

「やっぱり……君だって、意地がわる…い……」

「……え？」

「こういう、ときっ……」

回らない頭に過《よ》ぎったのは、さっき手を繋いだ照れ隠しについからかってしまったときの会話だ。

「……こういうときって、なに？」

「ん……んっ、あっ、だから……こう…いうっ、あ…っ……」

「……欲しいって思うのは、意地悪なんですか？」

「それは……ぁっ、ん…ぁっ……」

そんな風に問われれば、啜り喘ぐしかできない。唇を軽く触れ合わされ、摺《す》り寄《よ》せられれば、なにも言えなくなる。

ちゅっちゅっと音を立て、互いの唇を吸い合った。長谷部とするキスは、どうしてこんなに幸福感に満たされるのだろう。

緩慢《かんまん》で穏やかなキスの一方で、強く穿たれる腰は体がばらばらに解《と》けていきそうな快感を生む。

「あっ、修…一っ、あっ、やっ、そこ…っ……」

「ここ……？」

「んっ、そこ、ばっ…かり、しなっ……あっ、あっ、……いや、あっ、あっ、しゅっ…いち…っ、いや…っ……」

「……嫌なの？　ホントっ…に？」

「だって……すごっ、すごい……感じる…っ……」

嵩《かさ》の張った尖端で、じわりと奥を開かれる感触。引いては繰り返す抽挿《ちゅうそう》に、とろとろとした先走りが尖端から止めどなく溢《あふ》れ出《で》る。暗がりに濡れ光る雫は見えなくとも、ぐずぐずに感じているのは長谷部には判るはずだ。

腰を入れては抜かれる度、熱い肉の擦れる音が鳴った。何度も眩暈《めまい》のするような官能に身を貫《つらぬ》かれる。

「あっ、あっ、もうっ……もっ……」

下腹の辺りが震えた。快感が駆《か》け上《のぼ》る。よく知る射精の予兆を覚え、無意識に枕の上で風呂上がりのまだ少し湿りを残した髪を余村は揺らした。

「あ…っ、あっ……いいっ、や、いい……」

悩ましげに頭を振る。再び達しそうになっては緩慢《かんまん》になる動きに、今度は巧《たく》みにその瞬間をはぐらかされる。もっとこの瞬間を長引かせたい、もっと、乱れて欲しがる様を見ていたいとでもいうように。

「和明さん…っ……はぁっ、は…っ」

「しゅう、いちっ、も…っ……」

「……もう少し……もっとっ、もっと、俺に全部見せて?」

「あぁ…っ……やっ、修一…っ、い…くっ、イクっ……もう……もうっ、出し…たい……」

訴《うった》える声は次第に細くなった。ねだってもすぐには叶わないと知り、眦《まなじり》がじわりと濡れた。馬鹿になったみたいにその瞬間を欲している。

失くした理性に取《と》り繕《つくろ》うことを完全に忘れてしまっていた。

「……んん…っ、あぁ……」

余村は中心に手を伸ばした。

「和明さ……」

「しゅう、いち……しゅ、いちっ」

啜り泣く声を響かせながら、痛々しいほどに張った性器を自ら弄《いじ》って扱《しご》き始めた余村に、長谷部が息を飲む。

「んっ、ん……ぁっ、あっ、あっ……」

吐き出す息が熱い。自分の吐息にさえ、気持ちが昂る。じわりと涙の這ったこめかみが不快なのにも気づかないほどに、とろとろに濡れたところが気持ちいい。

「我慢……できなくなったんですか？　気持ちいい？」

問われて一層《いっそう》身が火照《ほて》った。

乱れた髪を長谷部が搔《か》き上《あ》げてくる。ゆるゆると額《ひたい》を露《あら》わにしながら髪を撫でるその手を、余村は手繰《たぐ》り寄《よ》せてキスをした。

長谷部の手は体温が高い。長い指は男らしくしっかりとしていて、言葉にして褒めたことはたぶんないけれど、とても綺麗だ。

触れると一度では足りなくなって二度、三度。唇を寄せて何度も押しつければ、愛おしさと欲望はどこまでも募《つの》った。

「……しゅ…いちっ」

時折舌足らずにもなりながら、甘えた声で名を呼び、高まる欲求を滲《にじ》ませる。

「和明さん……」

繰り返しキスをした手を、下へと運んで性器に触れさせた。

「して……くれる？　こっちも…っ……」

ねだって長谷部の指を絡みつかせる。自ら求めて生んだそれだけの刺激にも堪らず腰が浮いた。

「あっ、あっ」と短く高い声を漏らして享受《きょうじゅ》する余村に、深く繋いだ腰を長谷部も揺さぶり動かす。

「……っ、は…っ……俺の手がいいの？」

「んっ、ん……うんっ、君の……で、イキたい」

切ない望みを口にする。

いっぱいになりたい。全部、彼で。

「あ…っ、いい……修一、いいっ……」

自分の手でするのとは比べ物にならないほどの快感が湧いた。愉悦《ゆえつ》に満たされる。泣きじゃくるような声を上げ、腰を前後にスライドさせて、自身と彼の快楽を追う。

雄々《おお》しく張った男の屹立《きつりつ》を、抜き出しては淫らに飲み込み、蕩《とろ》けた粘膜《ねんまく》で扱いた。

「あっ、あっ、ふ…ぁっ……しゅ、いちっ……」

「……う…ぁっ、はっ……はぁっ、和…明さんっ」

「……いい？　きみもっ、気持ち……いいっ？」

「はぁ…っ、くっ……どこでこんな煽り方っ……覚えたんですか?」

まだ足りないとでも言うように、深いところで腰を揺さぶられ、湧き出す重たくどろりとした悦楽に余村は啜り喘ぐ。自分が泣いていることにも、もう気がついていなかった。

「きみの……君が、そうしたんだろ…っ?」

手を伸ばして顔に触れた。いつの間にか、同性であるその姿形にさえ胸を高鳴らせるほどに恋をしている。愛おしくて堪らない。彼が好きで、好きで堪らず、いっぱいに気持ちよくさせたいと思う。

——こんな感情が自分にもあることを、教えたのは彼自身だ。

「……き……好きだ、修一……」

その存在を確かめるように頬を撫で、やや硬い黒髪を指で何度も梳《す》く。

「俺も、あなたが好きです……愛してます」

こんな瞬間でも、真摯《しんし》な声を響かせる彼が、やっぱり愛おしい。

狂おしいほどに恋しい。

「修一、僕も…っ……んっ……」

引き寄せるまでもなく下りてきた唇を余村は受け止め、淡く切ないその感触にも深く屹立を飲んだままの腰を震わせた。

キスをした。幾度も。角度を変え、互いの口腔を貪《むさぼ》り合って。ぐずつく蕩けた身に強張る熱は何度も埋《う》まり、深い官能を湧き立たせる。

「ふぁ…っ、ん……んんっ……」

張り詰めた嵩のある尖端でじわりと奥を捏《こ》ねられ、余村は泣き濡れた声をまた漏らした。首筋に腕を回せば、縋《すが》りついた体が震える。びくびくと小刻《こきざ》みに痙攣《けいれん》し、とろとろとした感触がぴたりと重なり合った互いの腹を温《ぬる》く濡らす。

「……和明さん……もうイってる？」

「わかっ……判らな…っ……あっ、あっ」

長谷部の手は性器から離れたにもかかわらず、軽い震えに何度も襲われる。

「奥……そんなにっ、気持ちいいんだ？」

ゆるゆると掻《か》き回《まわ》され、何度も小さな絶頂を覚えた。強すぎる快感から逃れようとのたうつ腰を摑《つか》み寄せ、長谷部は熱い杭《くい》のような昂ぶりを深く穿たせてくる。

「……俺もっ、イクけど……いい？」

「んっ、ん…っ、うんっ……あっ、あっ、早…くっ……」

「……和明さんっ、和、明さんっ……はっ、はぁっ」

「あっ、はっ、あぁっ……修一っ」

熱い飛沫《ひまつ》を最奥《さいおう》へ叩きつけられる感触に、高いところへ連れて行かれる。ぶわりと迸《ほとばし》った白濁《はくだく》と共に、わだかまっていた欲望が互いの内から爆《は》ぜた。

息を整えるのに時間がかかった。汗ばんだ恋人の背に、パジャマを纏《まと》ったままの両腕を余村は回す。

引き寄せた黒髪の頭に愛おしげに頬を摺りつけ、肩越しに天井を目にする。

さっきよりもずっと淡くなった光が見えた。

ぽつぽつと浮かぶ星たち。

まだ自分の身が揺れているのか、微かな揺らめきは星が瞬いているかのようだ。

「……和明さん」

重たく受け止めた男が身じろぎ、一つになったように繋がれた部分が擦れて、余村は微かに上擦《うわず》る声を上げた。

「ん…っ……なに？」

甘く溶け落ちそうに和らぎ、少し掠れもした声で返すと、眉根を軽く寄せた長谷部が顔を覗き込んでくる。

眼差しが熱っぽい。黒い眸は濡れて潤《うる》んでいて、ひどく艶《なま》めかしい。

「しゅ、修一？」

触れようとした両手を逆に取られ、自身のベッドへ縫い止めるように押しつけながら恋人は言った。

「もう一回、このましてもいい？　もっと、欲しい」

喉《のど》の渇《かわ》きに急速に意識が浮上した。

なにか夢を見ていた気がする。大きな船に乗って、右から左へとゆったりと揺れるような夢。波の手のひらに遊ばれているというのに、けして気分は悪くなく、むしろ心地がいいとさえ感じる夢だった。けれど、このまま眠っていたいと思うと同時に、早く起きなければとも思った。

行かなければ。

——どこへ？

彼のところへ。

——どこに？

彼は——そうだ、甲板《かんぱん》にいる。

余村が身を起こしたのは船室の細長いベッドだった。扉には丸い窓がついていて、通路の明かりが差し入っている。ハンドル式の扉に鍵はかかっていなかった。どちらかといえば用心深い自分が、この船ではもう鍵をかけない。

緩《ゆる》く右へ左へ傾《かし》ぐ細長い通路を、甲板を目指して歩く。途中足元がぐらついて壁に手をつきそうになったけれど、そうしなかった。どうして止《や》めたのか。ゲンでも担《かつ》ごうとしたのかもしれない。子供の頃、無意味にそうしたように。

家まで歩道の白線を踏み続けて帰れば、明日はいいことがある。そんなバカな願《がん》かけを生んでは実行するような子供時代が、余村にもあった。それこそ、アルバムを開かなければ思い出せないほどの遠い昔。

甲板へと上る階段は螺旋《らせん》階段で、仰《あお》げば間口《まぐち》に星空が見えた。外は夜だった。

表に出れば、なにもかもを持って行こうとでもするかのような強い海風が吹きつけてくる。広く大きな船だ。寡黙《かもく》な船は波を切る音さえ立てず、ゆっくりと、けれど確実に前へと進む。

長い航海であるのを余村は知っていた。

長い長い、とても長い旅。行き先は判らない。航海はまだたぶん半分も過ぎてはおらず、水平線には岸の明かりすら見えなかった。

暗い夜空と海原《うなばら》に区別はない。瞬く星は流れる雲の切れ目に現われては陰《かげ》り、満ちては欠ける月は毎夜明るく航路を照らすわけではない。凪《な》いだ夜も、荒れる夜もある。

ふと覗き見た海は白波《しらなみ》を立てることもなく、黒くうねっていた。深淵《しんえん》を思わせる暗がり。けれど、不思議と怖くはなかった。


『修一』

余村は彼の名を口にする。

言葉に変えて呼びかける。

目指した甲板の先に姿はなく、休む間もなく吹き抜ける海風が、放った声を紙切れのように一瞬で攫《さら》って行く。

『修一』

もう一度呼びかけた。ふと縋るように触れた手摺《てす》りは、硬い鋼《はがね》の感触ながら冷たくはなかった。始《し》終《ゅう》風に晒《さら》されているというのに、どこかほんのりと温かい。

ドクン。

それに気づいた瞬間、心臓が鳴った。

左の胸の中で。あるいは手摺りを握り締めた手のひらで。温《ぬく》もりを覚えるはずもない鋼の船に、余村は熱を感じた。

ドクン。

自らの心音《しんおん》に驚いたように目を覚ました。

はっと目を開くと同時に、余村は胸の辺りを押さえる。手のひらに鼓動を感じることはなく、けれど夢の残像に心拍数を上昇させたまま暗がりで身を起こした。布団がずれ落ちる。裸で眠っていたのは、長谷部の部屋のベッドだった。

夢を見た。今度こそ、本物の目覚めだ。けれど、隣に眠っているはずの長谷部の姿はなく、ベッドの半分は抜《ぬ》け殻《がら》で、薄く開かれたドアの向こうから光が差していた。

急いで服を身につけた余村が、音もなく開いたドアの外へ出ると、廊下の明かりだと思った光は、隣室のものだった。果奈の部屋の明かり。こちらに背を向けた長谷部が戸口に立っていた。

じっと部屋の中を見ている。

――なにをしているのだろう。

寝ぼけた頭に疑問を浮かべつつも、声をかけるのは躊躇われた。見つめる背中があまりにも静かだった。元々口数も少ない長谷部が一人で騒がしくするはずもないのに、その周囲だけ静寂が満たしているように感じられ、余村は息を潜《ひそ》めて近づく。

広い男の肩越しに、果奈の部屋の様子が窺《うかが》えた。

玄関や居間が普段と変わらず、キッチンは貼り紙で賑《にぎ》やかにさえなっていたのとは対照的に、彼女の部屋はがらんとしていた。

「……和明さん？」

長谷部が驚いた顔で振り返る。

「あ……ご、ごめん」

「いや、べつに……ちょっと喉が渇いて、目が覚めたんです」

余村が言い訳を口にする前に、長谷部が先に言った。手には半分ほど水の入ったグラス。実際、そのとおりなのだろう。

「僕もだよ。喉が渇いて……」

「水持ってきます」

「いいよ、後で……その水、少しもらえる？」

「全部飲んでいいですよ」

グラスを受け取り、コクリと一口飲んだ。部屋を目にすると、グラスを傾けて喉を潤《うるお》す手も止まる。

大きな家具はあるけれど、その中に納まっているべきものがほとんどない。部屋の隅にダンボールが積まれ、ファンシーなぬいぐるみや、余村の水族館土産《みやげ》のアザラシのマスコットの並んでいた棚も、なにも残されてはいなかった。

これが現実。彼女はもうすぐ出て行くのだということ。

淋しいね——なんて、言えなかった。今まで、果奈の結婚の話になっては、何度となく似たようなことを口にしていたのに。言えば、それが長谷部の中で確定してしまう気がした。

言葉にすれば、寂しさが住みついてしまう。

「直前だと時間なくなるかもしれないからって、あいつ結構早くから片づけてるんです」

説明する長谷部の声は、いつもと変わらない。

「果奈ちゃん、全部持って行くつもりなの？」

「そのつもりみたいですね」

「でも……お嫁に行くときって、普通はもっと荷物は置いて行くんじゃないかな。新婚なんだから、新居には新しい家具も買うだろうし、日用品だって……全部持って行ったら、帰省したときも困らないかな」

「帰る気はないんでしょうね」

さらりと返され、余村は目を瞠《みは》らせる。

「まさか……」

結婚は今生《こんじょう》の別れでも、兄妹《きょうだい》の縁を切るわけでもない。引っ越しと言っても、そう離れていない距離なのだから、実家を訪ねることもあるはずだ。

驚いて見つめた横顔は、冗談など一つも言っていないのが判る。

「あいつ、本当に俺が一人じゃだめだと思ってるんです。俺には新しい家族が必要だって言われました」

思いがけず放たれた言葉に息を飲む。

「え……」

「和明さん、一緒に暮らしてもらえませんか?」

長谷部はこちらに向き直って言った。

真摯な声は、いつもの彼だ。『付き合ってくれませんか』と、ありふれた定食屋のテーブルで交際を申し込んでくれたときと変わらない、その眼差しと声。

「あいつに勧められたから言ってるわけじゃないです。俺は元々、いずれそうしたいと思ってましたし……前にも言ったでしょう?」

「あ、ああ……うん」

「一人で住むにはこの家は広すぎるし、果奈は自分の部屋をあなたが使えばいいとも言ってました」

「えっ、そんな……」

突然の提案過ぎて驚いた。

果奈にも認めてもらえた今は、確かに同居も考えられる選択肢なのかもしれない。けれど、とても想像がつかなかった。家族の思い出の詰まった家は、気軽に他人が入っていいものではない気がする。

――いや、二人とも気軽になど言ってはいない。

「すぐにとは言いません。でも、ちゃんと考えてみてもらえますか？」

「修一……」

「和明さん？」

顔を俯《うつむ》かせると、やや不安そうに声をかけてくる男の肩口に、余村はトンと額を押し当てた。寝乱れたままの前髪を摺り寄せるように、頭を預ける。

「……うん、そうだね。考えてみるよ」

瑞々《みずみず》しく咲いた紫陽花《あじさい》の花が、雲の切れ間からベールのように下りた日の光に輝いている。

六月の終わり。結婚を司《つかさど》る女神に守護されると言われるジューンブライド。神話発祥《はっしょう》のギリシャもほど遠い日本では梅雨《つゆ》真っ只中で、挙式《きょしき》に適した季節とは言《い》い難《がた》いけれど、その日は朝から久しぶりの青空が覗《のぞ》いた。

綺麗に上がった雨に列席者の表情も明るい。ホテルのガーデンスペースにあるチャペルで行われる果奈《かな》の結婚式は、親族以外の多くの人も参加する予定だ。

少し早くに到着した余村《よむら》は、長谷部《はせべ》に果奈のいる控《ひか》え室に案内された。挙式前の新婦に会っていいものかと戸惑いつつ向かうと、一際華《ひときわ》やいだ装《よそお》いの女性たちも、入れ替わりに出てきたところだった。友人たちだろう。

「果奈ちゃん、結婚おめでとう」

余村の声に窓際で振り返った彼女は、純白のウェディングドレス姿ではにかんだ笑顔を浮かべた。

「ありがとうございます、余村さん」

「よかったのかな、僕が入っても」

控え室に連れて来た当の長谷部は、入口で親戚に捕まり話をしている。二十畳《じょう》ほどの部屋には、思ったほど人の姿はない。

「構いません。式でバーンって出るつもりだったんですけど、彼とも写真の前撮りで先に会っちゃって、案外夢がないっていうか」

果奈はいつもと変わらない口調で言うものの、挙式にはやはり女性らしい憧《あこが》れや夢があったのだろう。

いつもシンプルな装いの多かった彼女が、ドレスはとても甘いデザインだ。ふんわりと愛らしいプリンセスラインで、オフショルダーの胸元にはフランスレース。柔らかく編み込まれた髪を、白いイングリッシュローズのヘッドドレスが飾る。

そういえば、本当は可愛いものが好きなのだと長谷部も言っていた。

もちろん普段と雰囲気が違うからといって、似合わないなんてことはない。

「とても綺麗だよ。まさに六月の花嫁だね」

「あは、どういう意味ですか？　余村さんも素敵ですよ。スーツ、やっぱり似合いますね」

余村がこの日に合わせて購入したのは、ミッドナイトブルーのダークスーツだった。夜向きの色だが、ビジネス風にならないようグレー系は避《さ》けた。ネイビーよりもさらに深い紺色は、余村の白い肌には相性もいい。

「兄は……馬子《まご》にも衣装って感じですけど」

入口で高齢の男性と立ち話をしている兄に、果奈は目線を送ると言った。

「手厳しいな、彼が聞いたらショック受けるんじゃないかな」

「いいんです。だって、先に私に言ったのお兄ちゃんのほうですもん。ひどくないですか～」

「え、そうなんだ？　じゃあ……ま、いいか」

思わずくすりと笑い合う。

果奈とこんな風にまた笑えるのを嬉しく思う。それも、彼女の人生最良となるはずの日に。

「果奈ちゃん、式の準備がずっと大変だったみたいだね。こないだは留守中にお邪魔させてもらって。森崎《もりさき》くんのおばあちゃんのお見舞いだって聞いたよ」

「そうなんです。今日は残念だけど、来てもらえないから」

気がかりなのだろう。一瞬曇《くも》りそうになる表情に、余村は気を取り直させるように笑《え》んで返した。

「そっか……けど、おばあちゃん、きっとすごく嬉しいはずだよ。いいお嫁さんが来てくれたってさ」

「どうかな、そうだといいんですけど。だいぶ体調もよくなられてるみたいなんで、また今度は式の写真を見せに行こうと思ってます」

「いいね、せっかくの晴れ姿だもの……」

果奈がこちらを仰《あお》ぎ見《み》た拍子《ひょうし》に、ティアドロップのイヤリングが揺れて光った。眩《まぶ》しさに目を細める余村を、彼女は不意に真剣な面持《おもも》ちで見つめる。

「余村さん」

「ん？」

「兄から聞いたと思いますけど、遠慮はしないでくださいね？」

まさかここでその話を持ち出されるとは思わなかった。

「あ……」

「そのために部屋も片づけたんです。兄の面倒みるのは嫌だっていう理由なら、無理にとは言いませんけど。ああ見えて、家のことに関しては全然しっかりしてませんから」

「いや、僕も一人暮らしが長いだけで、しっかりしてはないから」

咄嗟《とっさ》に振られてまごつく余村に、果奈は微笑《ほほえ》みを浮かべた。ガラスの向こうの庭に下りた雨上がりの日の光のように、穏《おだ》やかで優しい笑みだ。

「お兄ちゃん、余村さんといるときはどうですか？」

「えっ、どうって?」

「ああいう性格だから、家ではそんなに喋《しゃべ》らないんです。朝なんて、ホント私が『おはよう』って声かけても、『うん』とか『ああ』とかしか言わないときもあって」

「そうなんだ……」

「でも、よく考えたら必ず毎朝言う言葉はあったんですよね」

「え……なに?」

「出勤はいつも私のほうが早いから、『行ってきます』って声かけるんです。そしたら、『行ってらっしゃい』って。そういえば、送るのは相槌《あいづち》じゃなくてちゃんと言ってくれてたなぁって」

光がまた彼女の耳元で揺れる。窓辺へ目線を移しながら、果奈は静かに思いを語った。

「気づいたら思ったんです。ただでさえ口数の少ない兄が、これからあの家で誰にもそう言わずに過ごすのかと思ったら……すごく嫌だなぁって」

「果奈ちゃん……」

「だから、やっぱり一人にはしておけないって。余村さん、兄のことよろしくお願いします」

彼女の出してくれた答え。

受け止める余村は唇を開きかけ、言葉を発する一歩手前で、長谷部の声が響いた。

「果奈!　和明《かずあき》さん!」

親戚との話はもう終わったのか、テーブルの脇《わき》を抜けて窓辺へと歩み寄ってくる。

「すみません、ちょっと話し込んでしまって」

余村は緩《ゆる》く首を振り、笑んだ。

「あ、いや……うん、大丈夫だよ。果奈ちゃん、話してくれてありがとう」


余村は昔から友人知人の結婚式を楽しみにしていたわけじゃない。

出席するのに煩《わずら》わしさを覚えた時期もある。大学を卒業して、企業に入社して数年も経《た》たないうちに、第一陣とでもいうべきか友人や従兄弟《いとこ》が何人か結婚した。

祝う気持ちはあったけれど、仕事は忙しくやり甲斐《がい》も覚え始めた頃で、招かれた披露宴《ひろうえん》は楽しみにするという感覚からはほど遠かった。

今は列席できるのを心から嬉しく思う。誰かの人生の門出《かどで》を祝福できるのは、幸福なことでもあるのだと感じた。

チャペルでの結婚式の果奈は、輝きを増し美しく見えた。前撮りで彼とも顔を合わせてしまったなんて言っていたけれど、場の緊張感とムードが加われば雰囲気は一変する。

誓《ちか》いの言葉、誓いのキス。雨雲も遠慮したかのように捌《は》けた空の下、チャペルを出る二人に浴びせられた祝福のフラワーシャワーが色鮮《あざ》やかに舞い上がる。青く澄んだ空の中へと。

祝いの鐘《かね》が鳴り響けば、ホテルのロビーを歩く宿泊客たちも気づいて足を止め、「結婚式だよ」「花嫁さん、綺麗だね」と口々に言う。

自分の妹でもないのに、余村は誇《ほこ》らしかった。

式の後は、場所を移しての披露宴だ。列席客は八十人ほどで円卓《えんたく》がいくつか並んでおり、余村の席次は友人と遠縁《とおえん》の親戚の混在する位置だった。

果奈との関係は曖昧《あいまい》で、悪目立ちしやしないかと気になっていたが、どうやらそれも杞憂《きゆう》のようだ。長谷部家の人々は、みな温かい。若くして両親を亡くした兄妹《きょうだい》を、ずっと心配してもいたのだろう。宴《うたげ》の合間に声をかけられ、兄の友人だと説明すると、むしろ「あの修一《しゅういち》に友達が」と驚きをもって歓迎されたほどだ。どれだけ真面目一辺倒《いっぺんとう》のコミュニケーション下手《べた》だと思われているのか。ある意味、長谷部の人徳でもある。

時折目で追う長谷部は忙しそうにしている。父親ではないのだからあまり出しゃばりたくないと言っていたけれど、両親に代わって挨拶《あいさつ》するのはどうしても彼の役目だ。

余村は時折立ち上がって席を離れ、持参《じさん》したカメラを構えた。初心者向けだが、そこそこに本格的な一眼レフのカメラは購入したばかりのものだ。和《なご》やかに歓談《かんだん》のひとときは流れ、やがて一時退場した新郎新婦が、お色直しをすませて戻って来た。

果奈は淡いピンクのカラードレスだ。軽やかなチュールがまた一際ロマンティックな桜色のドレス。彼女の好みでもあるのだろうけれど、母親は桜が好きだったと、いつだったか聞いたのを思い出した。

明かりが落ちてほの暗くなった会場を、トーチを手にした二人がキャンドルサービスに回る。

「余村さん、今日は来てくださってありがとうございます」

余村のテーブルに来ると、新郎である森崎が律儀《りちぎ》に声をかけてくれた。ちょっと照れの入った好青年の笑顔は、初めて長谷部の家で会ったときと変わらない。

果奈は彼に、兄とただの同僚であったはずの自分の関係を話したという。これから夫となり、長谷部とは義理の兄弟になるのだから隠してもいられない。

しかし、言葉を交《か》わす彼の態度に変化はなかった。こんなところで覗《のぞ》かせるわけにもいかないのは当然だけれど、その見えない、聞こえることもない心の奥底を、余村は違和感なく受け止められた。

たとえ彼の本心が違っていたとしても、心に秘めるのもまた優しさでもある。人がなにを考えているかなんて、本当は大したことではないのかもしれない。

「康平《こうへい》くん、果奈ちゃん、写真を撮ってもいいかな？」

余村は挨拶の後、同じテーブルの列席客たちと二人を囲《かこ》んで写真を撮った。

二人の灯《とも》す明かりは、また次のテーブルへ。淡い暗がりに次々とキャンドルの灯《あかり》が広がっていく。

彼らがこれまでの長く短い人生で繋《つな》がり合った人の数。人の心の数でもある。

小さく、大きく。弱く、強く。ピンと背筋を伸ばしたような炎もあれば、風もないのにゆらゆらと揺らぐ炎もある。今にも消えそうに。どうにか消えまいと。

それでも、光っている。美しく灯りたいと祈るかのように。

「それではここで、新婦の果奈さんから、お兄さんへのお手紙がございます」

不意に響いた司会のアナウンスに、撮ったばかりの写真を液晶モニターで確認していた余村は驚いて顔を上げた。

新婦の手紙は披露宴の定番だが、しないと聞いていた。森崎家の来賓《らいひん》には、両親のいない経緯《けいい》を知らない人もいる。気を煩《わずら》わせたくないとの理由で、不在は極力目立たせないよう注意が払われ、チャペルのバージンロードもエスコートなしの新郎新婦での入場だったくらいだ。

「なお、このお手紙は当初の進行予定にはございませんでしたが、新婦のたっての希望で、これまでの様々な思いを、お兄さんである修一さんへ伝えたいと綴《つづ》られたものです」

ようやく状況に気づいた会場が、ざわりとなる。司会者に促《うなが》されて立ち上がった長谷部も、明らかに戸惑っているのが判った。

式を本来はただただ明るいものにしたかったことを、果奈は最初に語った。

「……でも、私は誰より感謝の気持ちを伝えたい人に、この場でお礼が言いたいと思いました。後では、きっと照れくさくて、もう言えないと思ったからです」

メインテーブルの傍《そば》に立った長谷部を、果奈は一度見た。

「お兄ちゃんへ」

その声がマイク越しに会場の隅々まで響いた瞬間、円卓の余村は『あ』と言葉にならない声を発した。

すべてが明らかになる。

キッチンのテーブルの上に置いてあった本。とても病気には見えない、モーニング姿の新郎の父。

この瞬間のために、果奈は突然のコメントを求められても困らぬよう、長谷部にスピーチの準備を勧《すす》めたのではないか。

果奈の手紙に飾《かざ》り気《け》はない。ただ素直な今までの感謝の想いが綴られていた。けれど、取り立てて涙を誘おうなどとしなくとも、会場のそこかしこですすり泣く声が響き始める。

言葉の持つ力だ。

手紙が終わる頃、余村は手元で微かなシャッター音を鳴らした。

そっと掲《かか》げたカメラで、この瞬間も切り取るかのように収めた。

十年ほど前──あのアルバムが途切れた日に、誰がこの瞬間を想像できただろう。哀しみにくれる二人を、誰も上手《うま》く励《はげ》ますことさえできなかったに違いない。

それでも、未来はちゃんとやってきた。

こうして、二人の前に。

余村は強く思った。

──君の妹は幸せになったよ。

君が幸せにしたんだ。

だから君も。

君も、幸せになってほしい。

宴がお開きとなり、新郎新婦の送賓《そうひん》でほとんどの客が帰って行った後も、余村はホテルの前で長谷部を待っていた。

特にこの後の予定があるわけでもない。待つのは苦《く》にならず、エントランスの階段脇にある石造りのベンチに腰を下ろし続けた。ロビーのほうが寛《くつろ》げるが、今は人気《ひとけ》の少ない場所で余韻《よいん》に浸《ひた》っていたい気分だ。

日差しの色も変わり始めた空をぼんやり眺めていると、慌てた様子の長谷部が表に出てきた。

「和明さん、待たせてすみません！」

着替えなどは特にしておらず、余村と同じくスーツのままだ。

「そんなに待ってないよ。もういいの？」

「はい。俺はもう帰るだけですから。大丈夫ですか？　すごい疲れたんじゃないですか？」

なかなか立ち上がろうとはしない余村に、長谷部は気遣うように言った。

「いや、全然だよ。よかったなぁと思ってさ。果奈ちゃん綺麗だったし、森崎くんともお似合いで。本当にいい式だったね」

「まぁ……変なサプライズが入らなければ、もっとよかったんですけど」

長谷部は手紙の朗読《ろうどく》を事前に知らされていなかったことに不満そうだ。

結局、手紙に応《こた》える形で短いスピーチをする羽目《はめ》になり、当然と言えば当然か。

むすりとした顔を仰《あお》ぎ、余村は苦笑した。

「そんなこと言って、君だって感動しただろう？　果奈ちゃんもスピーチは事前に匂わせてくれてたじゃないか」

「最初から普通にやるって言えばいいのに、あいつ……」

「照れくさかったんだよ。君もあんなに綺麗なドレス姿を馬子《まご》にも衣装って言ったんだって？　血は争えないね」

「なっ……」

そこまで言われると、反論はできないらしい。きっと、このむすっと唇を引き結んだ表情すら、照れ隠しなのだろうと思う。小さな不満には、怒るというより拗《す》ねて黙ってしまうタイプであると、一年付き合ううちに判った。

気を許した相手にだけ見せる、長谷部の意外な子供っぽい一面も、困ったことに嫌いじゃない。可愛いなどと思っている自分がいる。『年下だなぁ』なんて、改めて感じたりも。

「そうだ、式の写真を撮らせてもらったよ」

膝上《ひざうえ》のショルダーのカメラケースに長谷部が視線を向けたのを察し、余村は気を取り直して言った。

「しゃ、写真って、なんで撮ったんですか」

「なんでって、記念になるかと思って……」

予想外の狼狽《ろうばい》した反応は、手紙の朗読の場面を撮られたと思ったからだろう。

撮影はしたが距離があった。

長谷部の詳しい表情までは判らない。

「和明さんまで撮らなくてもよかったのに。食事もゆっくりできなかったんじゃないですか?」

「そんなにたくさん撮ってないから、大丈夫だよ。思い出は多く残しておいて損はないだろう? 案外、ほかと被《かぶ》ってない写真もあるかもしれないし、思いがけないシーンだって撮れてるかも……」

「お、思いがけないって、なんですか?」

随分気にしている。やっぱり仏頂面《ぶっちょうづら》の兄も涙ぐんだりしたのか。

余村は「見てみないと判らないよ」と惚《とぼ》け、長谷部は急に視線を揺らしたかと思うと、言いづらそうに口にした。

「そういえば……テーブルではなにを話してたんですか? 従姉妹《いとこ》とよく話をしてましたよね?」

「ああ、一人で出席したから気を使ってくれてさ。大した話はしてないけど、仕事のこととか……気になる? まずいことは言ってないと思うけど」

妹夫婦にカミングアウトしたからといって、誰彼かまわず打ち明けるつもりはない。

長谷部の心配は、予想から遥かにズレたものだった。

「いや、そうじゃなくて……従姉妹は独身なんです。結婚式は出会いの場だとも聞くし、もしかして……和明さんのこと気に入ったのかなとか」

「そんな心配してたんだ?」

驚いた表情の後には、余村は微《かす》かな声を立て肩を揺らして笑った。

「わ、笑わないでください。俺は本気で心配してんですから」

「ごめん、違うんだ。僕も……ちょっと同じ心配したから。君のスーツ姿が、あんまりカッコイイから、果奈ちゃんの友達が『お兄さん紹介して』なんて言いだしたらどうしようなんて」

二人して、とんだ心配性だ。

「そ、そんな需要ありません。だいたい果奈は友達に俺のことなんて言ってるか……」

噂をすればなんとやらで、ホテルの入り口のほうから賑《にぎ》やかな声が響いてきた。出てきたのは、当の果奈と友人たちだ。エントランスの階段をこちらへ向かって下りてくる。

結婚式に出席して判ったが、果奈は友人が多い。二次会もきっとたくさんの友人が待っているはずで、今周りを囲んでいる数人は中でも親しい関係なのだろう。

ワンピース姿に着替えた果奈は、もう一見して花嫁には見えないけれど、引き出物の紙袋を提げた友人たちと違い、真っ白なブーケの入った袋を手にしていた。

話もどうやらブーケトスをしなかったことについてだ。

そういえば、確かに花を投げたりはしていない。

「だって、トスは人気ないって聞いて。結婚急《せ》かされるみたいで、参加させられたら嫌だって人もいるとか」

「えーっ、果奈、そんな心配してたわけ？　一度くらいやってみたかったのに」

「私も！　どうせなら切実に結婚を焦《あせ》り始める前に、そういうのは気軽に楽しみたいじゃない」

「うん、わかる。いつまでもできるわけじゃないんだから、振袖《ふりそで》着るようなもんよね～」

「えっ、みんなホントに？」

果奈は意外そうにしていた。同年代のまだ若い友人たちの反応は、世間とはどうやら違うようだ。ナイーブな乙女心も加わった会話。耳にした余村は微笑ましい気分に駆られ、なんとなく見ていると、向かってくる果奈と目が合った。

「じゃあ、今ここでやる？」

ぽつりと発した彼女の声に、「本気で⁉」と驚きの声が上がる。

「うん、後ろ向いてぱって投げるだけでしょ？」

そのくらいならホテルの迷惑にもならないと思ったのか、果奈は階段の途中で足を止め、友人たちを促し始めた。ベンチの前で振り返ってその光景を目にした長谷部は、妹の天真爛漫《てんしんらんまん》な行動に呆《あき》れた様子だ。

「あいつ、なにやってんだか……和明さん、行きましょうか」

「え、見て行かないの？」

もう披露宴はお開きになったのだ。余興《よきょう》でもないし、確かに見物するのも悪いかと、言われるままに余村は立ち上がる。

長谷部について行こうとしたとき、「せーの！」と果奈の声が響いた。

可憐《かれん》な花嫁のブーケトスとは思えない大きな声。背中に強く響いたその声に、思わず振り返り、『わっ』となる。

大きな放物線を描いた白い花束は、けして近い位置でも同じ方向にいるわけでもない余村の下へ飛んできて、躊躇《ためら》う間もなく反射的に伸ばした手の中へ落ちてきた。

すっぽりと、まるで吸い込まれるように。

「あー、暴投《ぼうとう》しちゃった」

舌でも出しそうな果奈の声に、取ろうと構える距離ですらなかった友人たちが、ブーイングの声を上げる。

「もうっ、果奈っ、ノーコンすぎ！　後ろも向いてないし、どこまで投げてんの〜！」

「ちょっと力入りすぎちゃって」

『すみませーん』と当然のように女の子たちはこちらへ声をかけてくる。言われるままに返そうとする余村を、一緒に近づいてきた果奈は有無《うむ》を言わさぬ調子で止めた。

「余村さん、もらってください」

「え……いや、これは……」

「一度受け取ったものを返すなんて、縁起《えんぎ》が悪いからナシでお願いします。ねっ、みんな、そうでしょ？」

ニコニコと笑いながらも、強引な同意の求めだ。

「えっ？」

「えっ⁉」

「そっ、そうだっけ？」

首を捻《ひね》られつつも、縁起担《かつ》ぎと言えば否定されないのは、花嫁だけの特権かもしれない。

「さぁ、みんな行こ。二次会、すごく楽しみ！」

現われたときと同様、賑《にぎ》やかに去っていく彼女たちを、余村は呆然と見送る。その手には、さっきまではなかった花束が残された。見た目よりもずっと重く、なんとなく飛ぶものではないことくらい、受け止めた瞬間から判る。

「……敵《かな》わないなぁ」

瑞々《みずみず》しい白いブーケを見下ろせば、自然とそんな言葉が出た。

続く問いかけも。

「修一、果奈ちゃんは何座なの？」

「え？」

「星座だよ」

「ああ……おとめ座ですけど」

不意の問いに鈍《にぶ》い反応ながらも、長谷部は律儀に答える。

「じゃあ、果奈ちゃんの部屋にはおとめ座の星が貼ってあるんだ」

「どういう……ことですか？」

「天井にはシールが残ってるだろう？　そこに住むなんて、やっぱりできないよ」

いくら果奈が荷物をまとめて引っ越した後でも、思い出までは消せない。

余村の出した結論に、沈黙が返ってくる。

ほんの一瞬、数秒にも満たない間にもかかわらず、空気は重たく変わった。そのまま閉ざしてしまいそうな唇を抉《こ》じ開《あ》けるかのように、長谷部は苦しげな声を発する。

「……一緒には暮らせないってことですか？　か、果奈の部屋が嫌なら客間にっ……」

「だから、僕は君の部屋に住ませてもらうよ」

「え……」

沈黙なんて、本当はさせるつもりはなかった。

不器用に自分を説得しようとする男に、余村は確認する。

「狭くなっちゃうけど、それでもいいかな？」

『嫌だ』なんて返ってこないのは判っていた。

それでも少し緊張した。欲しい返事は一つしかないから。長谷部もこんな気持ちで自分に求めてくれたのかと思うと、すぐに答えが出せなかったのを悪いことをしたとさえ感じた。

返事を待って見つめる余村の前で、普段は感情表現の豊かでない男は顔を歪《ゆが》ませた。目の辺りを一瞬押さえて、それから言う。

「もちろんです。俺と、一緒になってください」

完全にプロポーズだ。そのつもりで言葉を選んだのではないだろうけれど、きっと気持ちは変わらないと思うと、余村も泣きたくなるほどの高揚感に駆られる。

「うん、そうしよ？　僕も君とずっといたい。じゃあ……とりあえず、一緒に帰ろうか」

泣き笑うような声で言い、弾《はず》む鼓動を感じながら告げた。気持ちの昂《たかぶ》るままにキスの一つもするには、残念ながらここは公《おおやけ》の場所だ。

受け取ったブーケを引き出物の大きな紙袋に大切に収め、長谷部と歩道を歩き出す。穏やかな日曜日の午後。夢のような時間の余韻を引《ひ》き摺《ず》りながらも、人混みに紛《まぎ》れ、いつもの日常へとゆるゆると戻って行く。

柔らかく街を吹き抜けてくる風に、ふと甲板《かんぱん》の海風を思い出した。

「こないだ、家に泊めてもらったときさ、君の夢を見たよ」

信号待ちで足を止めた余村は、並び立つ男に向けて話す。

「俺の夢？」

「うん、でも君はいないんだ。探してもいなくて……君は船になってるんだ」

「……やっぱりまたシュールな夢なんですね」

困惑気味に返す長谷部の声が、少し可笑《おか》しい。余村はくすりと笑った。

「違うって、とてもいい夢だったよ」

「俺は船なんでしょ？」

「そう、すごく大きくて立派な船。君の船に乗って、僕は旅をしてるんだ」

長い長い、まだ岸は見えない終わりの遠い旅。

あれは、きっと――

「青に変わった。行こうか」

余村は手を引くように、長谷部のスーツの袖《そで》を小さく引っ張った。共に歩き出す。次の行く先へ向けて。

長い長い、二人での旅はまだ始まったばかりだ。

あとがき　―砂原糖子―

皆さま、こんにちは。はじめましての方がいらっしゃいましたら、はじめまして。

後書きはいつも同じご挨拶《あいさつ》から始めることにしています。特に拘《こだわ》りがあるわけでも、手を抜いているわけでもないのですが、実際初めての方もそうでない方もいらっしゃるかと思いまして。でも、今回の本は前作からお付き合いくださっている方がかなり多いのではないでしょうか。

シリーズとしては昨年『言ノ葉ノ使い』を出させていただきましたが、『言ノ葉ノ花』の二人の続きとしましては、なんと八年ぶりです。お久しぶりです！

個人的に同人誌では書き続けておりまして、この本に小冊子のショートストーリーなどとまとめていただいた形です。まさかの商業誌化に、多方面へ向け恐縮《きょうしゅく》して小さくなりつつ、本のほうはサイズも大きくなって登場です。三池《みいけ》先生にイラストを描いてもらえるという幸運に乗っかってしまった私ですが、表紙の二人の幸せそうな姿に本当に嬉しくなりました。雑誌掲載のショートコミックも収録になっておりますので、合わせて幸せな気分になっていただけたらと思います。

掲載順はストーリーの長さなどの都合上、時系列ではない部分もあります。『言ノ葉日和《びより》』は最初に書いた同人誌で、本篇では擦《す》れ違《ちが》いも多く、余村《よむら》に振り回されて大変だった長谷部《はせべ》を労《ねぎら》おう、『長谷部、幸せ計画！』がテーマだったのを覚えています。

表題作の『言ノ葉便り』はカミングアウトが絡《から》み、少しシリアスになりました。BLを書いていると、どの作品でもその後の関係を想像してふと頭を過《よ》ぎる部分ですが、なかなか実際に形にすることはないので、この二人で向き合って書けてよかったです。

書き下ろしの『言ノ葉ノ誓《ちか》い』は恋愛の形としては集大成的《しゅうたいせい》で、書き終わるのが少し淋しくもありました。幸せいっぱいになった二人に、ぐいぐい引っ張られてそこへ着地させられた感じです(笑)。今回改めて読み返し、長谷部視点の話が意外にも『言ノ葉日和』だけだったのも心残りですので、またいつかどこかで二人の話も書けたらと思っています。

イラストを描いてくださった三池ろむこ先生、ありがとうございます。表紙を拝見してすでに喜びが溢れておりますが、いつもより大きくなったイラストを手に取って眺める瞬間が待ち遠しいです。

一冊にまとめるにあたり、ご尽力《じんりょく》いただいた担当様、お世話になった方々、ありがとうございます。『言ノ葉ノ花』はこうしていろいろな形で続けることができ、余村も長谷部も私も幸せ者です。

この本を手に取ってくださった皆さま、どうか楽しんでいただけますよう。収録の作品もまたドラマCDになりますので、そちらを楽しみになさっている方も多いかと思います。様々な形で応援していただき、心から感謝いたしております。

ありがとうございます。またどちらかでお会いできますように!

２０１５年６月　　　　　　　　　砂原糖子。

初出一覧

言ノ葉日和：同人誌「言ノ葉日和」(2008年)

言ノ葉日和 —短夜—：イベント配布小冊子（2011年）

言ノ葉ノ休日 —朝—：ディアプラス文庫「恋愛できない仕事なんです」
封入ペーパー（2013年）

—昼—：小説ディアプラス2013年ナツ号（Vol. 50）

—夜—：小説ディアプラス50号記念
全員サービスプチ文庫（2013年）

言ノ葉ノ花火：小説ディアプラス2010年ナツ号
全員サービスペーパー（Vol.38）

Kotonoha Birthday：同人誌「Kotonoha Birthday」(2011年)

言ノ葉便り〈前略〉：同人誌「言ノ葉便り〈前略〉」(2010年)

〈冬木立の頃〉：同人誌「言ノ葉便り〈冬木立の頃〉」(2011年)

〈草々〉：同人誌「言ノ葉便り〈草々〉」(2012年)

〈追伸・桜咲く頃〉：同人誌「言ノ葉便り〈草々〉」(2012年)

言ノ葉手帖 —聖夜—：イベント配布ペーパー（2012年）

言ノ葉ノ誓い：書き下ろし

＊この作品は2007年発行のディアプラス文庫「言ノ葉ノ花」の番外続篇です。

砂原糖子
［すなはら・とうこ］

1月29日生まれ。水瓶座・A型。
小説家。主な作品に「言ノ葉」シリーズ、
「恋愛できない仕事なんです」（すべて新書館）がある。

三池ろむこ
［みいけ・ろむこ］

1月9日生まれ。山羊座・B型。
漫画家。主な作品に「魔法使いの恋」（新書館）、
「解ける箱庭」（幻冬舎コミックス）がある。

この本を読んでのご意見、ご感想などをお寄せください。
砂原糖子先生・三池ろむこ先生へのはげましのおたよりもお待ちしております。

〒113-0024　東京都文京区西片2-19-18　新書館
【編集部へのご意見・ご感想】小説ディアプラス編集部
【先生方へのおたより】小説ディアプラス編集部気付　○○先生

言ノ葉ノ花　言ノ葉便り

著者：砂原糖子

初版発行：2015年7月10日

発行所：株式会社 新書館
［編集］〒113-0024 東京都文京区西片2-19-18
電話（03）3811-2631
［営業］〒174-0043 東京都板橋区坂下1-22-14
電話（03）5970-3840
［URL］http://www.shinshokan.co.jp/

印刷・製本：株式会社 光邦

ISBN978-4-403-22087-6

D E A R + N O V E L

言ノ葉ノ花

砂原糖子

イラスト：三池ろむこ

文庫判／定価：本体560円＋税

世界中で、君の声だけ
聞こえるならいいのに。
切なさ200%!!
胸に迫るスイートラブ♡

二年前から突然人の心の声が聞こえ始め、
以来人間不信気味の余村。
ある日彼は、自分に好意を持っているらしい
同僚の長谷部の心の声を聞いてしまう。
罪悪感を覚えつつも、言葉で、"声"で、
一途に注がれる愛情が心地よく、
余村も長谷部を好ましく思うようになる。
そしてついに長谷部の告白を受け入れるが、
余村が心の声を聞けると知った長谷部の反応は
意外なものだった……。
切なさ200%!!　胸に迫るスイートラブ♡

S H I N S H O K A N